ちょっと戦争、勝ってくる

鏡遊

MF文庫J

口絵・本文イラスト●イセ川ヤスタカ

ちょっと戦争、勝ってくる

鏡遊 Author Yu Kagami　イセ川ヤスタカ Illust Yasutaka Isegawa

CONTENTS

P12 OPEN WAR
P23 ラウンド 1
P39 ラウンド 2
P56 ラウンド 3
P68 ラウンド 4
P101 ラウンド 5
P132 ラウンド 6
P157 ラウンド 7
P191 FREE CHAT
P192 ラウンド 8
P223 ラウンド 9
P238 ラウンド 10
P253 FREE CHAT
P254 ラウンド 11
P275 ラウンド 12
P301 FREE CHAT
P303 AFTER WAR

I'm just going to go win a war for a sec.

Ririse Asamiya

「この世でもっとも崇高な労働は戦争である」
「この世でもっとも学べる環境は戦場である」
「もし完全な人間を夢見るならば、兵士の道を走れ」
スクールシティ〝ネイラ〟筆頭市政官

スクールシティ——

点在する数十の学校を中心に住宅や商業施設が形成された都市。

そして、〝ペンとサーカス〟——それこそが、スクールシティが掲げる理念だ。

ペンは高度な〝教育〟、サーカスはその教育を受ける学生に提供される〝娯楽〟を指す。

「人間が生きるのに娯楽なんて必要なのか？」

フユトは、スクールシティの根幹を疑うようなことをつぶやく。

「いきなりなに言ってるの、隊長？」

そばにいた少女——リリセが、呆《あき》れたようにつぶやいた。

セミロングでメッシュの入った水色髪、強気そうな顔立ち、黒いブレザーにミニスカート、それに——肩にはアサルトライフルを担いでいる。

フユトも同じタイプのブレザーにズボンという服装だ。茶色い髪に整った顔立ちをしていて、美少女のリリセと並んでいると画《え》になる。ただし、同じくアサルトライフルを肩に担いでいるところが、異様といえば異様かもしれない。

「リリセ、俺は思うんだ。人間は汗をかいて働くもんだ。スマホを眺めてニヤニヤ笑ったり盛り上がったりしてるなんて、貴重な人生の無駄遣いじゃないか？」

「人間には娯楽があってこそ、健全な人格が育つのよ。世界中のＡＩが演算して証明されてる。だから、わたしたちが街のみんなを楽しませてるのよ──〝戦争〟をやってね」

「〝戦争はショーである〟……学生が戦争を見世物《みせもの》として楽しむなんて、世も末だな」

フユトは未《いま》だに納得がいかない。

スクールシティ〝ネイラ〟は学生が主役となる街だ。その学生たちが数人のユニットを組み、街中で銃撃戦を行い、その映像がネットで配信されて学生たちが観戦する。

ペンとサーカスの理念はこうして実現されている。

フユトとリリセは戦争に参加する〝兵士〟の一人だ。フユトはこの街に来て日が浅く、教育は良いとしても、娯楽に興じる学生たちの気持ちは理解しがたい。

「学生は勉強して、適度なバイトもして、社会経験を積んでいればいいだろうに。ＡＩに思考させて、ロボットに労働を任せる時代なんて来なけりゃよかった」

フユトは、なおもぶつぶつと文句を言う。彼は現代の社会事情に一言あるタイプだ。

「まあ、文句を言ってても建設的じゃないし──みなさんの期待に応えて戦争するしかないか」

それでいて、フユトは物事を割り切るタイプでもある。

よく晴れた空の下、ネイラの第六学区の中心にある駅前広場。

今日は第六学区でそのショーが始まっている。

広々としたその場所に駐《と》まっているのは、カーキ色の軍用車両。

分厚い装甲板で覆《おお》われた厳《いか》つい車体に似合わない、可愛《かわい》らしくデフォルメされた四人の少年少女のステッカーが貼られている。

フユトはその車両のボンネットに座り、リリセは彼のそばに立っている。

彼らがいる広場には他に人影はなく、静まりかえっていてゴーストタウンのようだ。上空を飛ぶ撮影ドローンのプロペラ音だけが静かに聞こえてくる。

「ところで、隊長。とっくに〝戦争開始《ショウダウン》〟のアナウンスがあったんだけど。いつまで呑気《のんき》に座ってるの？」

「ただ座ってるんじゃない。思考に身を委ねてたんだ。労働と娯楽を秤《はかり》に掛ければ、労働のほうが尊いという結論が出たんだよな」

「うんうん、わかったわ」

リリセが今度は優しい目をして、フユトの太ももをぽんと叩《たた》いた。

「今度ゆっくり話に付き合ってあげるから、今日はきちんと戦争して。いいわね？」

「わかったよ、リリセ。俺も、ここまで来て戦争は嫌だとは言わない。やってやるさ。戦争だって立派な労働の一つだ」

フユトは広場の先、大通りを眺めながら答える。

彼は戦争に参加するユニット〝ＫＩＤＺ《キッズ》〟のＩＧＬでもある。

ＩＧＬはＩｎ　Ｇａｍｅ　Ｌｅａｄｅｒの略で、要するに〝指揮官〟のことだ。リリセはフユトを隊長と呼んでくる。

責任ある立場であり、戦争に疑問があっても今さらやめたとは言えない。

「労働に励んで、シティのみなさんに娯楽を提供してやるよ。さて……」

ＫＩＤＺは現在、戦闘の真っ最中。

今回、敵地である第六学区に攻め込む〝学区侵略戦《エリア・ヘイスト》〟に参加している。

シティで行われる戦争は、まぎれもないショーだ。

戦争の模様はシティの市民であれば誰でも視聴できる。シティ各所に多数配置されたカメラやドローンで撮影されて、ネット上で配信されているのだ。

日頃、学校で厳しい教育を受けている生徒たちは、この戦争をなによりも楽しみにしている。同じ年頃の少年少女たちが本物の銃で戦うショーは、彼らにとっての最高の刺激であり、勉強でたまったストレス発散のために欠かせないらしい。

「一つずつ仕事しよう。ヒィナ、聞こえるか？　今、エリア６０６６のあたりか？」

「え、よくわかったね、フユくん？」

フユトが耳に装着したヘッドセットから、少女の声が聞こえてくる。ＫＩＤＺのメンバーの一人、ヒィナだ。彼女は偵察担当で、戦争開始と同時に偵察に出ている。

「ヒィナの移動速度くらいわかってる。偵察ルートも俺が提示したんだし、現在位置だって目星がつくって」

「普通、つかないと思うけど……」

「ヒィナ、６０６６北の通りで右折、そこからルートＢ６で戻ってこい。エリア６０６５

の茶色いビルからの狙撃に注意してくれ」

「エリア６０６５の茶色いビル……あっ、あった。そんなに目立つ建物じゃないけど、よく覚えてたね？」

「第六学区のマップは丸ごと頭に入れてきた。ＩＧＬなら当然だろ」

「と、当然じゃないよ。えー、なんか記憶力よすぎてキモい……」

「キモい!?」

ＩＧＬとしての資質を仲間に軽く示してみたが、逆効果だったようだ。指揮官の役割というのは難しい。

「とにかく、茶色いビルからの射線を外れたら、あとはダッシュで戻ってきてくれ。敵の主力が前に出てくる可能性もある。蜂の巣になったヒィナ、俺は見たくない」

「はちのすっ！　やだぁ、すぐ帰る！」

ヒィナが大慌てで言って、走り出す音がヘッドセットから伝わってきた。この偵察の少女は性格こそのんびりしているが優秀で、逃げ足も速い。

「悪い男ね、隊長。いくらなんでも敵の主力はまだ前に出てこないわよ」

「敵ユニットも偵察は出してるだろう。ヒィナに行かせたルートでこっちに来る可能性が一番高かったが、別ルートで向かってきてるみたいだな。それがわかっただけで、偵察の仕事は果たしてる。ヒィナには早く合流してもらわないとな」

「ヒィナをただ待つだけじゃ芸がないわ。わたしたちは、どうするの？」

「そうだな……敵の偵察が乗り物を使ってたら、もう近くまで来てるかも。ここは敵さんのホームだしな。たとえば、あの辺でこっちを窺《うかが》ってたり――」

フユトが何気なく駅舎のほうを指差すと、そこで黒い影が動くのが見えた。

「隊長っ！」

「うおっ⁉」

リリセがフユトの襟首を掴《つか》んで、装甲車のボンネットから引きずり下ろした。カンカンと金属音が響き、銃弾が装甲車の車体に当たって弾《はじ》けている。

駅舎のほうから、銃声が響いてくる。何者かが建物の陰から撃ってきているようだ。

フユトはリリセとともに装甲車の陰に潜みつつ、ぷはっと息を吐き出す。

「あ、危なかった……！　助かった、リリセ」

「隊長、鋭いのか鈍いのかどっち⁉　敵がいるってわかってるなら警戒しなさい！」

「本当にいるとは……言ってみるもんだな」

「今度からは言う前に物陰に隠れてほしいわ。で、わかってるわよね、隊長？」

「……ああ、わかってる、リリセ」

フユトはリリセの肩に手を置きながら応える。

「俺たちにはあとがない。これで負けたら、舞台から引きずり下ろされる」

この第六学区での戦争が、ＫＩＤＺ《キッズ》にとってはデビュー戦だ。

デビュー戦はどんなユニットにとっても重要だが、ＫＩＤＺは〝とある理由〟により、命運を賭けた戦いになってしまっている。

「戦争だろうがなんだろうが、労働の権利を得たんだ。ここで終わっちゃ困る」

「こんなに労働意欲の高い学生っているのね……ああ、それどころじゃないわ。先手を打たれたわよ、隊長！　あいつら、ヤっていいのよね!?」

「好きに働いてきていいぞ、リリセ」

　リリセは頷《うなず》くと走り出した。グンッと一瞬で加速してトップスピードに到《いた》り、飛んでくる銃弾に怯《ひる》みもせず、ジグザグに走って距離を詰めて――

「コソコソ隠れてんじゃないわよ！」

　リリセは、ぱっと前に飛び込むようにして一回転して弾丸をかわし、回転しながらアサルトライフルの照準を一瞬で定めて連射し、わずかに覗《のぞ》いていた二人の敵兵の身体に一発ずつ命中させる。途端に、光式《こうしき》アーマーが砕ける甲高い音が響いた。

　アーマーが発生させる力場は数発の弾丸に耐えられるが、心臓部分に命中すると一発で砕け散るように設定されている。リリセの弾丸は見事に心臓部分を撃ち抜いたようだ。

「よしっ！　二人やったわ！」

　着地したリリセが、笑顔でガッツポーズを見せた。成果を挙げたら、きっちりリアクションをするのも視聴者へのサービスだ。

　フユトは装甲車の陰から出て、リリセのほうへと歩いて行く。

「ねぇ、いきなり派手すぎた？」

リリセが笑顔のままぺろっと舌を出し、胸に手を当てて言った。胸に手を当てるアクションで、ヘッドセットのマイクがミュートされて音声が視聴者に聞こえなくなる。

「ショーなんだから掴《つか》みが肝心だ。視聴者も盛り上がっただろ」

フユトも同じくマイクをミュートして答える。

「そうよね。魅せるのも私の役目なんだから」

「ただ、無茶《むちゃ》は避けてくれよ、リリセ。戦闘《ダ》不能《ウン》したら終わりなんだからな。一発も当たってないか？」

「ぶ、無事に決まってるでしょ。こんな雑魚《ざこ》にやられるわけないし」

リリセは顔を赤くして、そっぽを向いた。強気な割に、優しい言葉に弱い。

「まあ、斥候は確実に潰さないとな。リリセ、この二人を倒したのはデカいぞ」

「そ、そんなたいしたことじゃないって言ってるでしょ」

「わー、もう一戦やらかしたの？」

そんなことを話していると、ヒィナが戻ってきた。思ったより早いお戻りだった。

「ちょうどいい、ヒィナも聞け。戦争は情報だよ。情報を先に掴まれたほうが負けるんだ。だからヒィナも偵察に出て、もし捕まったら自爆しろ」

「私の命が軽い！　手榴弾《しゅりゅうだん》は使用禁止でしょ！」

ヒィナはなによりも我が身が大事らしい——当たり前のことではあるが。

「冗談だ。さて、俺たちの〝作戦〟を見せるのはここからだな」

「作戦ね……アレ、本当に成功するの？　一つ間違えたらわたし以外のみんな、袋叩《ふくろだた》きにされるわよ？」

「その場合は、せいぜい見苦しくあがいて散ってやろう。あきらめて全滅させられるのが一番の悪手だ」

フユトは、左腕のスマートウォッチを確認する。戦争の開始からまだ十分。戦闘が一度発生して、敵兵を二人倒した。新ユニットのデビュー戦の初手としては上々だろう。

「聞こえるか？　そろそろ動くぞ、クロエ」

「クロエ、了解」

広場の外れ、茂みの中に隠れていた少女がガサッと音を立てて姿を現わす。

リリセたちと同じ制服姿だが、下はスカートではなくホットパンツをはいている。

クロエが手に持っているのは、長大な銃身のスナイパーライフルだ。彼女は後衛であり、狙撃手を務めている。

まだ戦闘は始まったばかり、単独で動くことが多い狙撃手のクロエも共に行動中だ。

「ヒィナ、もう一度偵察を頼む。俺たちは、予定のポイントまで移動するぞ」

「ヒィナ、了解。なんとか無事に戻るよ」

優秀な偵察兵は、短く答えると即座に移動を始めた。

「隊長、わたしたちも行くんでしょ。早く早く」

「わかってるって、リリセ」

リリセはライフルを担ぎ、フユトに向かって手招きしている。

フユトは前を行く二人の少女、背後の一人の少女を順番に眺める。

そうだ、わかっている。

「リリセ、俺から離れないでくれよ。ヒィナ、なにかあったらすぐに連絡。クロエ、全体のカバーを頼む」

「「「了解」」」

三人の少女が、フユトの指示に同時に応える。指示に素直に従ってくれる三人の少女たちとのこの戦い、決して負けるつもりはない。

もしもこの戦いに敗れたら、その代償はあまりにも大きい――

IGLの仕事は仲間を率いて指示を出し、そして最後に勝利に導くことだ。働いて、役目を果たさなければならない。

「人を楽しませるなんてガラじゃないが、やれというなら勝ってやろう」

フユトはつぶやいて、ライフルを担ぎ直し、リリセのほうへと走り出す。

「ちょっと戦争やってくるか」

ラウンド1

KIDZ《キッズ》戦争デビュー、百日前――


「これより訓練を開始しますねぇ」

晴れ渡った空の下、コンクリートで舗装された広場に、のんびりした声が響いた。

広場には、その声の主である若い女性と、彼女の前に並ぶ大勢の若い学生たちがいる。

「うわ、馬鹿、銃向けんなよ！」

「あはは、弾入ってねぇって。ビビんなよ」

「ちょっと男子、静かに！　話、始まってるでしょ！」

広場に並んでいるのは一〇〇人ほどの学生たち。ほとんどが十五、六歳で、全員がブレザーにズボン、もしくはチェックのミニスカートという格好《かっこう》だ。

男女の比率は半々くらいだろう。

全員が手にしているのが、黒光りするアサルトライフルだ。大昔に自衛隊が使っていた89式自動小銃というライフルがベースになっている。

運用されていた当時から、操作性の問題点や拡張性の低さが問題になっていたが、トータルでは堅実な設計で、今でも現役で使用されている。

ライフルは銃口を下に向けて持つように指示されたが、その指示を守っている学生は三割にも満たない。真面目に話を聞いている者もいるが、ひどい連中になると、ふざけて銃口を向け合っている。

みんな呑気《のんき》で楽しそうだ、と並んでいる生徒の一人——藤原《ふじわら》フユトは意外に思う。

ここは特殊な戦闘訓練プログラムを受講する〝養成所《キャンプ》〟。

入所当日の今日、いきなり全員にライフルが配布された。弾丸は装填《そうてん》されていないが、実銃を渡されていながら集まった学生たちの雰囲気は緩みきっている。

並んだ学生たちの前に立っているのは、二十代なかばの若い女性だ。

濃いグリーンのスーツに、ミニのタイトスカート、ショートカットの頭にはベレー帽を載せている。こちらは〝軍人〟らしい格好《かっこう》だ。

彼女はヌガタと名乗った。苗字《みょうじ》なのだろうが、個人名である可能性もある。

「はーい、みんな、少し我慢して話を聞いてねぇ」

ただし軍人らしく見えるのは服装だけで、態度はあまりに柔和すぎる。まるで幼稚園の先生のようだ。学生たちが騒がしいのは彼女を舐《な》めきっているからだろう。

「今日、第七学区のみんなに集まってもらったのは、新しく結成される新ユニットのメンバー選抜のためです」

騒いでいた学生たちが一瞬で静まりかえり、空気が張り詰めていく。

スクールシティ〝ネイラ〟の娯楽、戦争――

その戦争に参加するユニットのメンバーに選ばれることは、学生たちにとっては古めかしい言い方では〝名誉〟であり、承認欲求を満たす最大のチャンスと言っていい。

この場に集められた者たちは、名誉あるメンバーに選ばれるためのスタート地点に立ったのだ。緊張感に包まれるのも当然だろう。

「静かになりましたねぇ。そう硬くならずに聞いてくださぁい。みなさんには、〝兵士〟になるためにここに来てもらいましたぁ」

〝兵士〟という言葉が出て、再び学生たちの間に緊張が走る。

スクールシティに集められた学生の中でも特に選《よ》りすぐられた者たちが〝兵士〟として召集される。

ネイラでの兵士は過去の軍隊での〝現場の戦闘員〟ではなく、特殊な状況下での銃撃戦に従事する〝少数精鋭の戦闘技能者〟という意味合いのワードだ。

一般市民が徴兵されて過酷な戦場に無理矢理《むりやり》送り込まれるというイメージは、この国では過去のものだ。現在では、兵士は華やかな舞台に立てる憧れの存在と言える。

戦争では、数人から数十人単位の兵士で結成された〝ユニット〟同士の戦闘が行われ、勝敗を競う。

市民が暮らす街の道路や建物が戦場となるため、市街戦とも言えるだろう。

そして、戦争はその一部始終がネットで配信される。

シティ市民の誰でも自由に観戦することができ、特定のユニットや兵士への熱心なファン活動が行われ、勝敗を予測する賭博も公認のギャンブルとして楽しめる。

特に兵士たちと同年代の若者が、メインのファン層だ。

戦争が始まれば、学生たちは学校で、ファストフード店で、カフェで、あるいは自室でスマホやタブレットの画面に釘付《くぎづ》けになり、歓声を上げる。

スクールシティの学生たちは、自分たちと同じ年頃の少年少女たちの画面越しの活躍に熱狂しているのだ。

もはや、戦争はシティでは欠かせない娯楽となり、大きな経済効果をもたらしている。

戦争に参加する兵士は若者たちの憧れであり、特に華々しく活躍している兵士となれば、かつてのアイドルやスポーツ選手以上の〝スター〟だ。

「今、ここにいるみなさんは選ばれたエリートでぇす！　優れた頭脳と運動能力を持ち、常に勝利を狙う闘争心を持ち、いかなる危機にも対処する柔軟な発想力にも秀で、強靭《きょうじん》なメンタルの持ち主と判定されていまぁす！」

ヌガタの熱弁に、学生たちがおおっ、と騒ぐ。

スクールシティに集められて高度な教育を受けている学生たちは元からエリートであり、この広場に集まった者たちはその中でも特に認められている。

自負心をくすぐられて、喜ばないはずがない。見事な煽《あお》りだった。

「あなたたちは行政ＡＩ〝アスカ〟に選ばれましたぁ。だからこそ、あなたたちのもとに〝特別選抜訓練参加許可証《インビテーション》〟が送られたのです！」

アスカはシティ運営を担うＡＩだ。シティの政策はＡＩが数百数千の試案を出し、演算によって効果的な案が絞り込まれ、議会で人間の議員に承認される。民意が反映されているとは言いがたいが、合理的で実現性の高い政策が実施され、市民からの評価も高い。

シティ最大の娯楽である戦争も、そのアスカが仕切っている。

インビテーションは今時珍しい封書で送付され、希少金属《レアメタル》製のプレートに学生の氏名やＩＤが刻まれている。このプレートは戦争を観《み》て楽しむ側から、参加する側へとシフトするためのプレミアムチケットというわけだ。スマホへの通知でも問題はないが、わざわざプレートを送付するのも兵士の特別感の演出だ。

「ただ、インビテーションは兵士への第一歩に過ぎません。ここからが重要ですよぉ」

ヌガタはにっこり笑い、今度は優しくたしなめるように言った。

選ばれた学生たちは学区の郊外にある養成所に入り、兵士となるための訓練を受ける。広場に集まっているのは、第七学区の学生たち。彼らはユニットの候補生でもあり、養成所ではごく単純に〝生徒〟と呼ばれる。

生徒たちの前にいる軍服姿のヌガタは、生徒たちの指導教官というわけだ。

「第七学区の新ユニット結成は急務でぇす。現行のユニットが急遽《きゅうきょ》解散してしまいましたので、今回の訓練期間は驚きの九十日設定になっていますよ」

「えっ、たった九十日⁉」

「短くても半年とか聞いたぞ」

「いいじゃん、タルい訓練なんてさっさと終わらせて、敵をバンバン撃ちてぇな」

生徒たちが、次々に声を上げる。スクールシティには優秀な学生たちが集められていて、インビテーションを受けるのはその中でも特に選ばれた者たちだ。

優秀なはずだが、ここに集まっている生徒たちは落ち着きが足りない部類らしい。なにを浮かれているのだろうか、こいつらは？

フユトは周りを睨《にら》みそうになるのをこらえ、逆に笑みを浮かべる。

銃など持たないに越したことはない。野生動物に襲われる環境でもないのだから、銃を持てば自分や他人を危険に晒《さら》すばかりだ。

ここにいる者たちは全員、銃を持たされ、戦いに投入される。そこに恐怖や危機感を持っていないことがフユトには苛立《いらだ》たしい。

ここにいる連中は、戦争を娯楽と本気で思い込み、疑問を持っていない。

まるで思考回路が違う——こいつらは俺とは違う生き物だ。

フユトがそんなことを思っていると、不意にヌガタからの視線を感じた。彼女はわずかに口元に笑みを浮かべたようだった。

「わずか九十日ですが、教えるべきことはしっかり教えますのでご心配なくぅ。戦闘を行うわけですからね、みなさんも安全には気をつけてくださぁい」

フユトの心を読んだかのような注意だった。ヌガタはさらに続ける。

「もちろん戦争は〝娯楽〟でぇす。兵士だからといってみなさんが死ぬことはありませんし、人を殺すこともないですからねぇ」

生徒たちにとっても既知の事実だろうが、彼らはヌガタの説明にほっとした顔をする。

「訓練は万全を期していますし、実際に戦争に出てもそちらはみなさんご存じのとおり、銃弾をも防ぐ光式《こうしき》アーマーを装着してもらいまぁす。安心してくださいねぇ」

シティでの戦争は血が流れることなく、死体が転がることもなく、クリーンでスマートに遂行されるのだ。だからこそ、視聴者も盛り上がれるのだろう。

だが、フユトは思う。だからなんだ——？　人が死ななくても誰も殺さなくても、戦争は戦争じゃないのか？

「今回、候補となった生徒たちは全部で一二〇名。事前にＡＩが適性や相性を判定して、四名ずつの班に振分けさせてもらいましたぁ」

ヌガタは生徒たちの私語など気にせず、もちろんフユトが抱いた違和感にも気づかず、説明を続けていく。

「実際に戦争に参加するユニットの最少人数も四名ですので、同じ人数に設定されています。つまり、全部で三〇班ですね。訓練もこの所内での生活も、すべて班単位で進めてもらいますので、みなさん仲良くねぇ」

ヌガタはあくまでニコニコしながら、生徒たちを見回した。

「…………」

仲良くと言われてもな。フユトは困惑する。

確かに、生徒たちは四人ずつ一列に並ばされている。

フユトの前に並んでいるのは、三人の女子たちだ。周りには男子のみ、女子のみ、男女半々の班ばかりで、女子三人に男子一人の班はフユトのところだけだ。若干、肩身が狭い。

フユトと同じ列にいる女子たちは、特に浮かれていないのが救いか。

「みなさんは、第七学区の五つの学校から選抜されました。顔見知りの人もいれば、知らない人もたくさんいるでしょう。まずは仲良くなるところからですよぉ」

ヌガタに言われて、生徒たちが周りを見回し始める。

「あっ、あの人って、〝コードセブン〟のリリセじゃない？　水色の髪の！」

「え？　なんであのリリセがこんなところにいるんだ？」

「あー、ユニットが解散して〝卒業〟しなかった人は、再訓練なんじゃない？　でも凄《すご》い、初めて生で見た！」

「マジ可愛《かわい》い！　なんか、オーラあるよね。まさか、養成所で会えるなんて」

「…………」

フユトの班の最前列に立っている少女――リリセが、囁《ささや》き合っている生徒たちを睨《にら》むように見た。

「こんなところにいて悪かったわね」

彼女のつぶやきはごく小さく、他班には聞こえなかっただろう。

セミロングの水色髪に赤のメッシュを入れ、身体付きはすらりとしている。ブレザーにチェックのミニスカート。顔立ちは整っているが、強気そうな表情のほうが際立っている。

リリセという名の彼女は有名人らしい。フユトは彼女のこともコードセブンという名称も知らなかったが、知らないほうがおかしいのだろう。

リリセの後ろには茶髪セミロングの小柄な少女、さらにその後ろ、フユトの前にいるのは黒髪ショートカットの長身の少女だ。

リリセと茶髪、黒髪、それにフユトの四人が班のメンバーとなる。

「じゃあ、各班の点呼をしていきますね。時間かかりますけど、お待ちをー」

ヌガタが、各班の前に立ち、名前を呼んでいく。点呼中の班以外は、ガヤガヤと盛大に私語を始めた。

それから数分、ヌガタが最前列のリリセの前に立った。

「第七班メンバー、朝宮《あさみや》リリセ、古賀《こが》ヒィナ、今川《いまがわ》クロエ」

ヌガタに名前を呼ばれ、三人の少女たちがそれぞれ返事する。リリセははっきりと、ヒィナは弱々しく、クロエは素っ気ない返事だった。

「それと――藤原《ふじわら》フユトくん」

「はい」

「君を班長に任命するからねぇ」

「へ？　班長？」

フユトが思わず聞き返すと、ヌガタはこくりと頷《うなず》き、次の第八班の前に移動した。

「待ってください、教官！　班長はわたしじゃないんですか!?」

リリセがヌガタの前に立ち、食ってかかり始めた。

「はい、あなたじゃないんです、朝宮リリセさん」

「わたしは実戦経験者です。それなりの実績を積んできた自負もあります」

「知ってまぁす。あなたの〝十二人連続キル〟記録は未《いま》だ追い抜かれていませんね」

ヌガタの〝十二人連続キル〟という言葉に、生徒たちが反応する。よほど飛び抜けた記録らしい。

「だ、だったら……そこの藤原という人は戦争で見たことすらありません！」

「藤原フユトくんは戦争経験はありませんねえ。それどころか、シティネイラに引っ越してきたのも三ヶ月《さんかげつ》前ですよぉ」

「そ、それなら、ますます班長にふさわしくありません！　訓練のときだけの班とはいっても、誰がリーダーになるかは重要で――」

「重要だから藤原くんが班長なんです。あなたでなくねぇ」

「…………っ！」

リリセはヌガタではなく、フユトをキッと睨《にら》みつけてきた。

班長は立候補制ではないので、俺を睨まれても――と、フユトは戸惑う。ひとまず曖昧に笑ってみたが、リリセはその笑顔も気に入らないようで、さらに目つきが険しくなる。

「…………」

「な、なんだ？」

リリセは無言でフユトのそばまで歩いてくると、いきなりフユトの襟を掴《つか》んで引っ張り、七班の先頭に立たせた。

「ああ、自分が班長だとなんの疑問もなく思ってたから先頭に立ってたのか。なんか可愛《かわい》いな」

「…………っ！」

ガチャガチャッと、フユトの背後でリリセがライフルを操作する音が聞こえた。実弾を配布されていないので恐れることもないが——ビリビリと殺気が感じられた。

「はい、朝宮《あさみや》リリセさんも納得してくれたようですねぇ。点呼を続けますよぉ」

ヌガタは気を取り直して全班の点呼を済ませると、再び元の位置に戻った。

「はい、一二〇名、全員揃《そろ》ってますねえ。ご存じのとおり、〝アスカ〟の判断は常に正しい。そのアスカに選ばれたみなさんには期待してますよぉ」

各学区には数千から数万の学生がいて、その中から一〇〇人程度が選ばれているのだから、確かに確率はひどく低い。

「第七学区の新ユニットのメンバーはこの一二〇人から最低四人が選ばれることになります。たった四人——本当に狭き門で厳しい選抜になりますが、頑張ってくださいねぇ」

ヌガタの説明に、生徒たちが表情を引き締めた。彼らも、参加人数が限られていることはわかっていただろうが——それでも、あらためて聞けば緊張して当然だ。

「ところで……第七学区の戦績は近年、低迷しています。全学区の三〇ユニット中、最下位周辺をウロウロしているのが常ですからねぇ。シティから学区に配分される予算も削りに削られています。上位ユニットを擁《よう》する学区と下位の学区ではシティから配分される予算に大きな差があります」

ヌガタは困った顔をして説明を続ける。

「強いユニットを擁している学区ほど、区内のインフラが充実し、お店も増えますし、みなさんが普段通っている学校の設備も充実します。予算の具体的な数字は非公開ですが、二倍以上の差があるとも言われていますねぇ」

生徒たちがヌガタの説明に反応し、怒りや呆《あき》れの表情を浮かべる。

「第七学区、新しいお店なんて全然できないよね。もっとカフェとかほしいのに」

「ウチのあたり、区内バスの本数がこの前また減ったよ」

「この養成所だってボロいしね。第六学区の養成所なんて、寮が建て替えられたって」

第七学区の生徒たちは、区内の予算の乏しさに大いに不満があるようだ。

戦争には、三〇学区の予算の奪い合いという側面もある。戦争での競争意識を煽《あお》るためのシステムなのだろう。

兵士たちは各学区を代表して、区内の住人たちの快適な生活を守るために戦う存在でもあるのだ。

一方で、自分たちがユニットのメンバーに選ばれ、戦争に参加して勝利を得て、第七学区の地位を向上させることへの期待もあるだろう。自分たちが住む学区の繁栄は、彼らの自尊心を満足させるはずだ。

「ぶっちゃけるとぉ、養成所の教官のお給料も安いです。ユニットが戦争に参加しないと、学区のランクも上がりません。お給料も上がりません。ですから、急ぎますよぉ」

ヌガタはそう言うと、パンと両手を打ち合わせた。

「今すぐ訓練を開始しますねぇ！　全員、装備そのままストリートラン！　一周二キロのコースを五周、合わせて十キロですよぉ！」

「ええ〜っ！」

「い、いきなり十キロ!?」

「ストランって地獄って噂《うわさ》のアレ!?　初日からやらされるのかよ！」

生徒たちから一斉に不満の声が上がる。大半の生徒たちは、初日は説明会程度で終わると甘く見ていたらしい。

「それとぉ、もう一つ大事なことがありまぁす！」

ヌガタは、パンパンと続けて手を打ち合わせる。それから、隣に置かれた金属製の大きなボックスを指差す。

「このボックスに三〇発入りの弾倉が入ってます。好きなだけ持って行っていいですよぉ。

訓練用の〝クラッシュ弾〟です。命中しても衝撃で粉々に砕け散るので、痛いだけで過去に死んだ人はいませぇん」

「なんて物騒な」

フユトは、ヌガタの説明に呆《あき》れてしまう。本当にこれは娯楽を見せるための訓練なのか。

「ですから安心して行ってらっしゃい！　よーい、どん！」

ヌガタが手を叩《たた》いて合図すると、呑気《のんき》な生徒たちもさすがに慌てて動き出した。

「ほら、フユトだっけ。行くわよ。そっちの二人も」

「あ、ああ」

後ろからリリセがフユトの背中を押しながら走り始める。

とりあえず、七班の一人は物騒な訓練を恐れるどころか、やる気に満ちているようだ。

「それで、あなたは大丈夫なんでしょうね？」

「俺が班長ってところか？」

フユトは背後を振り向かずにリリセに応える。

「班長ってことは俺が指揮官ってことだよな？」

「戦争ではＩＧＬって言うの。指揮官って理解で合ってるわ。指揮官の命令は絶対――でも、その分だけ班長は責任も重いし、仕事も多いのよ。班員みんなに目を配って、相手の動きも読んで指示を出して、自分で戦闘もこなさなきゃいけないの」

「最高だ」

「え？」

フユトが振り向いてにやりと笑い、リリセはきょとんとする。

「責任が重いのも、仕事が多いのも望むところだ。仕事は大好きだ。任せろ、俺が全力で指揮を執《と》ろう」

「……ちょっと変わってるわね、あなた？」

リリセは不審そうな目をフユトに向けてくる。

「信じていいのかしら、この男……？」

「俺の仕事を見てから、その答えを出してくれ」

「そうするわ」

リリセは、ぐんっとスピードを上げて走っていく。

フユトもその背中を追いながら、表情を引き締める――責任は負う。仕事もする。そして、課せられた役目をまっとうする。

戦争という娯楽のためなど馬鹿馬鹿しいが、忙しいのなら仕事としては悪くない。あのリリセという少女の手綱を握るのはずいぶんと厄介そうで、だからこそ面白そうだ――

ラウンド2

ストリートランは、兵士の訓練の基礎だ。

シティでの戦争は、基本的に市街戦がメインになる。

どこの学区にも、ストリートラン用のルートが確保されている。商店や住宅など、ごく普通の建物が並ぶ一角を生徒たちが走り抜けていく。ルート上の建物は無人で、訓練以外では使用されていない。

第七学区のコースでは街中の定められたルート、一周二キロが設定されている。

ただ道路を走るわけではなく、階段を駆け上がり、時にはビルの外壁をあらかじめ設置されたロープや足がかりを利用して登り、建物から建物へ飛び移っていき、パルクールまがいのこともする。

「〝十キロも続く障害物走〟ってわけだ。常軌を逸した訓練だな」

「ねえ、フユト――どうしてわたしたち、最後尾を走ってるの？」

「急ぐ必要はないだろ」

リリセの質問に、フユトは即座に答えた。そう、フユトが班長を務める七班はストランの最後尾を走っている。

フユトが班長としてペースメイクをして、班員たちの速度を調整している。

「必要はあるわよ。わたし、トップ以外を許すつもりはないわ。訓練のときだけの班といっても、あなたたちにも勝利を要求するわよ」

「リリセ、『だわ』とか『わよ』とか、なんで昔の人みたいなしゃべりなんだ？」

「どうでもいいでしょ！　祖母がこういう口調で、それが移っちゃったってだけよ！」

「はぁ、なるほど」

フユトは頷《うなず》く。リリセはツンツンしている割に、コミュニケーションは取れるようだ。

「理由はある。このコースは初めて走るんだから、まず他の奴《やつ》らに先行させて、罠《わな》がないか確かめさせたほうがいい」

「性格悪いわね！」

「他班は敵だよ。敵に対して性格が悪いのは、味方に優しいと同義だろ？」

「フユト、あなた理屈っぽいわね？」

リリセが呆《あき》れてツッコミを入れたのと同時に——

はるか前方で、パァンと爆発音が響いた。悲鳴らしき声まで聞こえてくる。

「おー、やっぱりやられてる。初日にこれって、タチ悪いなあ」

「今の、閃光弾《せんこうだん》の爆発音ね。トラップでも仕掛けられていたのかしら」

「俺が教官ならいろいろ仕掛けるな。ただ走るだけなんて芸がなさすぎる」

「ぜ、全然走るだけじゃないんだけど……階段ダッシュとか、建物の壁を登らされたりとか、キツすぎるよ……」

フユトとリリセ、その後ろを走っているのはヒィナだ。彼女は大きな二つのふくらみを揺らしながら走っているが、早くも死にそうな顔をしている。

「ヒィナって、ずいぶんいい声してるな」

「こ、声とかどうでもいい……ロリボイスとか悪口言われてきたし……」

「それ、悪口なのか。可愛《かわい》いのに」

ロリボイスなのかは知らないが、確かにヒィナの声は甘ったるくどこか子供っぽい。

「か、可愛い声もかすれちゃうよ……うう、お願いだから置いてかないでね……」

「安心しろ、ヒィナ。同じ班なんだから、全員で走らないとな。クロエは――」

「僕は班長の方針に異論はない」

「そうか」

フユトはクロエの声を聞いて確信する。中性的な外見で、声が低めで、おまけに一人称も〝僕〟だが女性で間違いないようだ。

クロエは七班の最後尾を走っているが、ヒィナと違ってしっかりしたストライドで、壁登りも難なくこなしていたようだった。

「おっ、もう撃ち合ってるのか」

パパパッと小銃の発射音も聞こえてきた。上位陣では、既に戦闘が始まっているらしい。

「にぎやかになってきたが、まだ話す余裕くらいはあるだろう。せっかく同じ班になったんだ。まずはお互いのことを知っておかないか？」

フユトは班長に選ばれたからには、班を仕切る仕事もきっちりこなすつもりだ。

「俺は藤原《ふじわら》フユト。十六歳。さっき教官も言ってたとおり、三ヶ月《さんかげつ》前にネイラに引っ越してきた。その前は、小さい頃から欧州《おうしゅう》にいたんだ」

「欧州!? が、外国行ってたの？」

ヒィナがたたたっと駆け寄ってきて、驚いた顔でフユトの顔を覗《のぞ》き込《こ》んでくる。

三十年前の〝大陸間戦争《グレート・ウォー》〟以来、日本《にほん》は鎖国中だ。

泥沼の戦争から撤退して鎖国体制を取り、国内での食料自給とエネルギー資源の確保に注力して成功した。さらに国内の改革も進めて都道府県制度を廃し、六十六のシティを中心として構成される新国家体制を確立させている。

「鎖国っつっても、海外渡航が全面禁止ってわけじゃない。外交とかビジネスとかで、外国に渡ってる日本人は何千人もいる。非公式を含めたら二桁多いんじゃないか」

「そ、そうなんだ」

「十年ぶりに帰国して、そのあと三ヶ月も隔離されて検疫《けんえき》だの心理チェックだのを受けて、やっと解放されたと思ったらインビテーションもらって養成所送りってわけだ」

「ちょっと待って、あなたそれじゃ戦争のこともなにも知らないんじゃ……？」

「もしかして、学校で基礎教練も受けてないの？」

リリセとヒィナが、驚いた顔になる。

そのとおり、フユトは戦争の実態はよくわかっていない。日本のことを学び直す前に、この養成所に送り込まれてしまった。

日本では、中学から兵士になるための〝基礎教練〟が学校の授業とともにカリキュラムに組み込まれている。養成所に集められた生徒たちが、当然のようにアサルトライフルを渡されたのも、ある程度は使い方を知っているからだ。

「基礎のほうは問題ない。俺も、欧州で似たような訓練を受けさせられたから」

「確かに銃の持ち方も走り方も、サマになってるわね」

リリセは納得してくれたようだ。実際、フユトは小銃の扱いも元から心得ている。

「リリセたちの足は引っ張らないよ」

「そうね、足も悪くないようだわ」

フユトは頷《うなず》いてスピードを上げ、リリセはもちろん、ヒィナとクロエも遅れずについてくる。ペースを上げた七班は、息を荒げて走る二つの班を追い抜いていく。

「ただ、日本のことに疎くはあるかな。俺のことはその程度だ。ヒィナは？」

「えとね、古賀《こが》ヒィナ、十六歳。一応、〝偵察《リコン》〟志望かな。逃げ足だけは自信あるから。体力は自信ないけど……」

「ああ、それは大丈夫だ。体力なんて訓練次第でいくらでも身につくからな」

「そうね。ヒィナは体力トレーニングを増量してもらったほうがよさそうだわ」

フユトとリリセは話しつつも、三階建てビルの壁に設置されたロープをするすると登っていく。七班はさらにまた、一つの班を追い抜いていった。

「この二人、別に仲良くないくせに、私をイジめることでは結託してる……」

「ヒィナが偵察担当なら、走り回ってもらうことになるからな。体力は必須だぞ。言っただろ、誰も置き去りにしないし——実戦でも誰も見捨てない」

「う、嬉《うれ》しいような、大変なような……」

ヒィナは必死にロープを登りながら、複雑そうな顔をしている。彼女はおとなしいようだが、真面目そうでもあるので着実に訓練をこなしてくれるだろう。

「じゃ、次はクロエ、頼む」

「クロエ、十六歳。後衛《バックアップ》志望。特技は狙撃」

「……よろしく」

クロエの自己紹介は短かった。さっきからクロエは、速くもなく遅くもないスピードでロープを登っている。実力の程《ほど》ははっきりしない。

「じゃ、これで紹介は済んだな」

「ちょっと、わたしは⁉」

「リリセは有名人なんだろ？　前の第七学区ユニットのメンバーで強かったとか。自己紹介を求めるのは失礼かと思って」

「……朝宮《あさみや》リリセ。十六歳。前の第七学区ユニット〝コードセブン〟のメンバーだったわ。エース志望よ」

「んん？　エースって役割の名前なのか？」

「前線に踏み込んで敵陣を荒らす役割が〝尖兵《ヴァンガード》〟だけど、特に優秀な尖兵はエースって呼んで特別扱いするんだよ」

「なるほど」

ヒィナが近づいてきて、フユトにひそひそと耳打ちしてくる。リリセのことは、エースとして認めて差し上げたほうがいいようだ。

「ま、この四人で九十日の訓練に挑むわけだ。仲良くやっていこう」

「仲良くする必要はないでしょう。ただの訓練用の班分けよ」

フユトとリリセがビルを登りきると、すぐに降下が待っていた。ロープを掴《つか》みながら下りていくわけだが、下りるほうがよほど危険だ。だが、リリセは臆した様子もない。

「俺はそうは考えてないよ、リリセ」

フユトもロープを下りながら言った。

「この四人が組まされたのは意味があると思う」

「どういうこと、フユト？」

「見てのとおりだ」

フユトは、後ろを振り向いてそちらを指差す。遠くに他班の生徒数人の姿が見える。

彼らは七班を睨《にら》みながら走っている。ついさっきまでトップを走っていた連中だ。

「自己紹介しながらちょっとペースを上げただけで、他の奴《やつ》らを全員抜いてる。ヒィナだって死にそうな顔してるくせにしっかりついてきてるじゃないか」

「わ、私はフユトくんがいきなりペース上げたの気づいてた、気づいてた……」

ヒィナは走りながら、ぶつぶつつぶやいている。どうもフユトは恨みを買ったらしい。

「とにかくだ。全員、他班の連中を楽にぶっちぎれるくらいフィジカルは優れてる。たぶん、他班より抜きん出てるのはフィジカルだけじゃない」

フユトの推測では、集められた一二〇人の生徒の中ではリリセが飛び抜けている。その彼女についていけるメンバーが――フユト・ヒィナ・クロエの三人だ。

「ふん、これくらいでいい気になられたら困るわ。もっと飛ばすわよ。ついてきて」

「って、速《はや》っ！　いきなり全開なの!?」

リリセがドンと地面を蹴って走り出し、ヒィナが驚いた声を上げる。

あっという間にリリセの背中が小さく――ならなかった。ヒィナ、クロエの二人はリリセから数メートル離れながらもついていっている。

フユトはそのヒィナとクロエからほんの少しだけ離れつつ、かろうじてついていく。

そして、彼女たちの背中を見ながら――薄く笑う。

「ま、この国の戦争、やれるだけのことはやってやるさ」


「やっぱり七班が面白そうですねぇ」

ヌガタはスピーカーから響く音声を聴いていた。

彼女がいるのは養成所の教官室――モニターが数枚設置され、市街地を走る生徒たちの姿が映し出されている。

ストランのコースはあちこちにカメラとマイクが取り付けられており、生徒たちの様子はすべて教官に筒抜けだ。

「特に藤原《ふじわら》くんですねぇ。七班を彼に任せたのは正解でしたか」

ヌガタは一枚のモニターに写真を表示させた。

写っているのは、まだ幼さの残る、中学生くらいの茶髪の少年。

少年はグレーの迷彩服を身につけ、身体に合わない大きなライフルを持っている。

周りには同じ軍服を着て、ライフルや機関銃《きかんじゆう》を持った大人たち。

全員が満面の笑みを浮かべてカメラのほうを向いており、服装とは裏腹に楽しそうだ。

「これだけならまだ微笑《ほほえ》ましいんですけどねぇ。現実は残酷です」

切り替わった次の写真では、その少年が地図を手に周りの大人たちに指示を出している。

そちらの写真では打って変わって、全員が厳しい表情だ。

いかに効率的に敵の命を奪い、自分たちが無事に生き残るか――彼らは必死なのだ。

「さてさて、君の戦争をどこまで見せてもらえますかねぇ？」


ストリートトラン、ラスト五周目――

フユト率いる第七班は、リリセになんとかついていく中で、まだトップに立っていた。

「意外とついてくるじゃない、フユト」

「欧州《あっち》でも訓練は受けてたって言ったろ」

リリセは未《いま》だに息一つ乱れていない。フユトも——と言いたいところだが、さすがに呼吸は荒くなってきている。

クロエも平然とした顔だが、その後ろをついてくるヒィナはハァハァと息を荒げている。

「このままトップでゴールできそうね。ヒィナもまだもつでしょう。と、またビルね」

リリセはいきなり高く跳躍した。

そして、窓枠やわずかな取っかかりを蹴り、飛び移りながらロープを一切使わずに三階建てのビルの屋上へと辿《たど》り着《つ》いてしまう。

「う、うわぁ……お猿さんみたい」

「それ、リリセに聞こえるように言うなよ、ヒィナ」

「あっ」

ぽかんとビル上を見上げていたヒィナが慌てて口を押さえる。

だが表現はともかく、人間離れした身体能力だ。兵士にこれだけの動きができるとなると、戦術も過去の戦争とはまるで変わってくるだろう。

「あなたたちも早く上がってきなさい！」

「はいはい。行くぞ、ヒィナ、クロエ」

フユトはきちんとロープを使って登り、ヒィナとクロエも同じようにしてついてくる。

ビル登りエリアを終え、巨大倉庫エリアに入った。コンテナや棚などで身を隠す場所が多いここでは何度も撃ち合いがあったらしく、薬莢《やっきょう》などが転がっている。

「なあ、リリセ。このままトップを維持してゴールするのも芸がないと思わないか？」

フユトは倉庫に入ると足を止めた。倉庫内は高さ二メートル近くもあるコンテナや、段ボールが積まれた高い棚などがずらりと並んでいる。

「どういうことよ？」

「ただ勝つんじゃなくて、完璧な勝利を目指すんだ。トップの俺たちが場所は選びたい放題だしな。こっちが有利なポジションを取った上で敵を迎え撃とうって話だよ」

「ちょっと待って、フユト。他の班を全滅させようって言ってるの？」

「いくつかの班が脱落したようだが、周回遅れはいない。待っていれば、残ったすべての班が必ずこの倉庫を通る。そう待つ必要もないだろうな」

フユトは倉庫の出入口を指差した。その先に、〝敵〟たちがいる。

「言われたことをこなした上で、それ以上の結果を出す。仕事は徹底的にやらないとな。他の班にはゴールすらさせずに俺たちが一位を獲《と》るんだよ」

「性格悪っ！　ウチの班長、タチ悪いよ！」

「倉庫は入り口も出口も一つだけ。走行ルートは限られてる。こっちが身を隠すスペースもいくらでもある。そういうわけで――リリセ、やってくれ」

定められたコースをただ走り、トップを目指すだけでは班長——指揮官の出番などろくにない。この退屈な訓練で最大限の結果を出す方法を考えるのが、フユトの仕事だ。

「なるほどね。戦闘は望むところだわ」

「クロエ、倉庫の屋根に上がって、逃げ出す奴《やつ》と警戒して中に入ってこない連中を追い込んでくれ。やれるか？」

「………………」

クロエは無言で頷《うなず》き、あっという間に倉庫から出て行った。

「来たぞ、リリセ！　やれ！」

「偉そうね！」

リリセはフユトの顔のそばでアサルトライフルを構え、銃声を響かせて射撃を開始する。

倉庫内に入ってきたトップの班が、バタバタと四人、いきなり倒れた。

「次っ！　前に出るわ！」

リリセは油断なくライフルを構えながら、倉庫入り口に張りつく。どうやっても、ゴールを目指すならこの入り口を通るしかない。

リリセは倉庫の入り口からわずかに身体を出し、走ってくる生徒たちを次々と射撃で仕留めていく。

最小限の弾数で、他班の生徒たちを倒している。ただ弾数を節約しているだけでなく、建物の陰に隠れようとする生徒がいれば、逃げ込めないように牽制《けんせい》射撃もしている。

「あははっ！　みんな撃たれに来てるみたい！　久しぶりの射撃、楽しいっ！」

「……まあ、リリセがハッピーでなによりだ」

「そこ！」

　リリセは一度倒れた生徒が起き上がり、小銃を構えた途端に反応して、トドメの銃撃を叩《たた》き込《こ》んだ。

「一度下がるわよ。今度は倉庫内に誘い込みましょう。フユト、弾倉ちょうだい」

「はいはい、俺たちは弾倉を温存してきたからな。充分あるぞ」

　リリセは芸もなく、倉庫の出入り口でひたすら撃つわけではないようだ。

「フユト、この作戦は良《い》いわ。わたしに好きに撃たせてくれるってところが最高にグッドよ。そう、ＩＧＬの一番の役目はエースを活躍させること。わかってるじゃない」

「ああ、そこまでわかってなかったが、今は凄《すご》くわかったよ」

「もっとわからせてあげる——来たっ！　なかなか上手《うま》いわ、こいつら！」

　リリセは倉庫に入ってきた四人を見て、嬉《うれ》しそうな顔をする。確かにこれまでの数人よりも動きがいい。迂闊《うかつ》に撃たず、互いをカバーしながら慎重に近づいてくる。

「ち、小賢《こざか》しい連中がいるもんだな」

「フユトが言うの？　わたし、行ってくるわ！」

　リリセはそう言うと、地面を蹴って跳躍し、高さ二メートルほどもあるコンテナの上に乗った。そこで膝立ちになってアサルトライフルを構えて短い間隔で射撃を始める。

「ちっ……！」

だが、すぐに敵からも集中射撃を浴びて、リリセはさらにコンテナ上から近くの棚へと飛び移る。積まれた段ボールを盾にして射撃し、一人倒すと移動して棚やコンテナに隠れながら射撃を続けている。

「わっ！　また別の班が入ってきたよ！」

ヒィナは驚き、彼女のそばにクラッシュ弾が着弾して粉々に砕け散る。

他班の生徒たちはフユトたちの待ち伏せに気づき、共同作戦を展開することにしたようだ。彼らもユニットの候補に選ばれるだけあって、馬鹿ではないようだ。

「フユトくん、私たちも手伝ったほうがいいんじゃない!?」

「リリセの邪魔をしたら俺たちが撃たれそうだ。この狩り場をお膳立てしただけで充分だろ。後はエースに任せ――」

フユトは、そこで違和感に気づいた。

この混乱した〝戦場〟では気づくはずもない違和感だったが――

「フ、フユトくん!?　なにしてるの!?」

ヒィナが驚く前で、フユトはコンテナの陰から出て歩いて行く。リリセを狙った銃弾が乱れ飛んで、そばをかすめていっている。だが、フユトは身を隠しもせずに進んでいく。

倉庫の壁際まで着くと、手を伸ばして壁を撫《な》でた。このあたりは、さっきリリセが走り回りながら、一瞬通りすぎた場所だった。

その壁には——見逃せない、ここにあってはならないものがあった。

「フユト！　あなたなにをしてるの！」

「うおっ」

フユトは飛び込んできたリリセに襟首を掴《つか》まれ、付近のコンテナの後ろに引っ張り込まれた。

「なにを堂々と出てきてるのよ⁉」

「いや、クラッシュ弾って初めて見たもんで。着弾するとどうなるのか、ちょっと調べてみようかと」

「訓練が終わったあとで、いくらでも見なさい！」

リリセはコンテナに身を隠しつつ、小刻みに射撃を続けている。他班の生徒たちの悲鳴が、次々に聞こえてくる。リリセは安全な立ち回りも心得ているようだ。

「私の仕事を増やさないでよ。せっかく、気持ちよく倒してるんだから」

「わかった、わかった、悪かったよ」

フユトは苦笑して両手を挙げ——

「はぁい、みなさん！　本日のストリートランはここまでぇ！」

倉庫内に、ヌガタ教官の声が響き渡った。同時に、銃声がぴたりと止《や》む。

どうやら、リリセが他班の生徒たちを全員撃ち倒してしまったらしい。

「え、さっき倒した連中で終わりだったの？　あっけないわね」

リリセも文句を言いつつも、ライフルの弾倉を外して装填《そうてん》されていた銃弾も排出する。

さすがのリリセも訓練で教官に逆らうほど無茶《むちゃ》ではないらしい。

さらにヌガタからのアナウンスが続き、先ほどの広場に戻るように指示が出た。リリセたちもライフルを肩に担いで、指示通りに戻り始めた。

「終わり、か」

ここまですべて、フユトの予想を大きく外れていない。ただ――

フユトは壁をもう一度撫《な》でた。

そこには、いくつか銃痕が刻まれている。

クラッシュ弾はいくら壁に当たっても穴を空けるほどの威力はない。

誰かが乱戦にまぎれて、訓練用のクラッシュ弾ではなく実弾をリリセに向けて撃っている。

「ただの訓練じゃない……ただの安全で楽しい戦争でもないだろ」

フユトは舌打ちし、弾痕が刻まれた壁を拳でガンッと叩《たた》いた。

九十日続くこの訓練は、おそらく穏やかに終わってはくれないだろう――

ラウンド3

養成所は全寮制となっている。

インビテーションを受け取った生徒たちは、訓練期間中の九十日間、養成所内で生活を送ることになる。

二階建ての寮がずらりと並び、それぞれの班ごとに振り分けられ、男女混合の班は一階と二階に分かれて部屋割りがされている。七班ではフユトだけが一階だ。

「メシは食堂で出るのかと思ってたよ」

フユトは一階のキッチンを眺めているところだ。流しにコンロ、冷蔵庫と最低限の調理設備が整っている。

「徹底して班だけで共同生活させるのよ。二十四時間一緒に過ごさせて、仲間意識をつくるのが目的だからね」

「そうか、リリセは前にもこの生活を経験してるんだな」

「そのときは女子だけの班だったけどね」

「ごめんな。今回も女子だけで暮らせたのに、俺みたいなのがまざっちゃって……」

「そんなこと言ってないでしょ！　急にネガティブにならないで！」

「そうか、受け入れてくれるなら助かる」

真面目な話、班は相性を考慮して振り分けられているといっても、実際に一つ屋根の下に放り込まれれば、不測の事態も起きるだろう。それを警戒するのは班長の仕事だ。

「あ、フユトくん、キッチンはどうだった？」

ヒィナがキッチンに顔を出した。

「食料は揃《そろ》ってた。けっこういい食材だぞ。日本《にほん》は食い物が豊かなんだなぁ」

「……欧州《おうしゅう》って言ってたけど、具体的にどの辺にいたの？」

「あまり言っちゃいけないらしい。悪いな」

「そ、そうなんだ」

鎖国状態のこの国で、海外の情報は取り扱いに注意しなくてはならない。フユトの場合は正規の手段で海外に渡り、帰国したので特に問題はないのだが、念のためだ。

「それより、メシの用意だったな。よし、俺に任せろ」

「え、フユトくんが？　みんなで用意すれば――」

「みんな訓練が終わって疲れてるだろ。俺は肝心の戦闘はほとんどしなかったからな。まだまだ元気だから、料理をする体力くらい残ってる。俺にやらせてくれ」

「やってくれるならお願いするわ。自慢じゃないけど、わたし料理はできない。あとの二人は？」

リリセの質問にヒィナはさっと顔を背け、クロエは黙ったままだ。

「なるほど。でもマジで任せてくれていい。特にリリセはよく働いてくれたしな。七班が

〝一位〟になれたのはリリセのおかげだ」

本日の訓練終了後に、ヌガタ教官から採点結果が発表されたのだ。

当然ながら、トップを走った上に他の生徒をまとめて薙《な》ぎ倒《たお》した七班が一位だった。

途中で脱落した生徒も少なくなかったが、五周目まで残っていた生徒たちも一人残らず倒してしまったのだから、教官も文句のつけようがなかっただろう。

「リリセ、五〇人も倒してたもんな。やりすぎかもなあ。養成所から追い出されちゃうんじゃないか？」

「あなたの指示でやったのよ！　わたしだけ悪いみたいに！」

「ま、初日の訓練としては上出来だ。他の班の連中にも理解させただろ。ここの生徒たちの大半は、デキがよろしくない。初手で序列をわからせて、訓練で足を引っ張らないようにしておかないとな」

「……やっぱりフユト、怖くない？」

「仲間には親切でいたいと思ってるよ。そんな親切な俺が美味《うま》いメシをごちそうしよう。なにか食べたい物はあるか？」

「おにぎりとお味噌汁《みそしる》はマストよ。今、ネイラは昔ながらの日本《にほん》食がブームなのよ」

「へぇ、知らなかった。簡単すぎるのがイマイチだが、他にもいろいろつくろう」

フユトはとりあえず、炊飯の準備を始める。米はもちろん、おにぎりの具になりそうな食材もいくつかある。

女性陣は料理の経験がないようだが、ヒィナはフユトが指示すれば調理ができるようだ。

フユトが鮭《さけ》と昆布と梅干しのおにぎりを大量につくり、ヒィナに味噌汁をつくらせ、サラダ用の野菜を刻ませる。あとはウィンナーを炒《いた》め、玉子焼きもつくる。

「なんか、バランスが微妙かな。量だけはあるが」

フユトは料理を一階ロビーにあるテーブルに並べる。

「凄《すご》い、凄い。充分すぎるよ、フユトくん。自分たちでこんなに料理ってできるんだ！」

「普段、なに食ってたんだ？」

「ネイラの学生、基本的には寮とか学生用のアパートに住んでて、食堂か賄《まかな》いがついてるからね。自分で料理する人は少ないよ」

「ふーん……」

スクールシティは家事のたぐいはろくに教えていないようだ。

「あ、おにぎり、美味《おい》しい。フユト、あなたを認めてあげてもいいわ」

「そんなことで認められても……」

リリセはテーブルについて、周りも気にせずいきなり食べ始めている。彼女にはマナーも教える必要がありそうだ。

「………」

クロエも黙っておにぎりをパクついている。あるいはリリセ以上にマイペースな彼女には、教育しても無駄だろう。

フユトとヒィナもテーブルにつき、食事を始める。

初日から厳しい訓練を受けた割に四人の食欲は旺盛で、大量に用意したおにぎりもすべてなくなってしまった。

「片づけは僕がやる」

意外なことにクロエがそう言い出し、ヒィナも手伝って二人で片づけを始めた。フユトは多少不安だったが、皿を割るほど手際が悪くもなさそうだ。

フユトはありがたくロビーのソファに座り、スマホをチェックすることにした。

戦争に関する一切は〝コマンド〟というアプリで一括して管理できる。フユトのような生徒は、訓練についての通知などもこのアプリで受け取るのだ。

今日の訓練の結果がまとめられている。フユトたち第七班がストリートランで一位に入ったことはもちろん、無情にもビリまでの成績がすべて表示されている。

「成績が全部出るのか……」

そうなると、リリセはますます勝ちにこだわるだろう。今日は上手《うま》くいったが、明日からは訓練も本格的になり、どんどん実戦に近くなっていくはずだ。リリセを擁《よう》している班でも確実に勝つのは難しい。班長の腕の見せ所になるだろう。

「なに、訓練の結果見てるの？」

「わっ」

ソファの後ろからリリセがスマホの画面を覗《のぞ》き込《こ》んできた。そのリリセは——

「あれ、リリセ。風呂入ったのか？」

「ええ、先にいただいたわよ。といってもシャワーだけよ」

リリセはセミロングの水色髪をうしろでまとめ、ヘソもあらわなタンクトップにショートパンツという格好《かっこう》だった。なかなかに露出度が高い。

「今回、訓練の結果が出るのね。前にわたしが養成所にいたときは、こんな結果は出てなかったのに」

「ふぅん……今回の第七学区の新ユニットは本気で勝ちに行くらしいし、競争を煽《あお》ってるのかもな」

「あのヌガタ教官は、前に第七学区のユニットのメンバーやってて、トップ10にも入ったことがある人よ。あの人を教官に採用したのも本気だからでしょう」

「………………」

その訓練に自分のような海外帰りが呼び出されたのは意味があるのだろうか。フユトには、考えるべきことはいくらでもあった。

「ん？」

そのとき、開きっぱなしだったコマンドにメールが届いた。戦争関係のメールも、コマンドを通して受け取る設定になっている。

すぐにメールを開いて目を通す。

訓練初日の夜、フユトもあとはシャワーを浴びて寝るだけのつもりだったが、そう簡単には眠らせてもらえないようだ。


「あー、来た来たぁ」

「お待たせしました」

今日の昼間、生徒たちが集められた広場。

薄暗いその場所でフユトを待っていたのは、教官のヌガタだった。驚いたことに、火がついた煙草《たばこ》をくわえている。

「紙巻き煙草とは珍しいですね、教官」

「君がいた国では珍しくなかったでしょお？　日本《にほん》でも一周回って、最近また流行《はや》ってい
るのよぉ」

「戦争にどっぷり浸《つ》かっていると、煙草でも吸わないとやってられないんですか？」

「ふふ」

ヌガタは答えずに、ふぅっと煙を吐き出した。

「なんですか、俺はクビですか？」

「まさかぁ。君は予想してただろうけど、この訓練は出来レースですからねぇ」

「………………」

一二〇人のうち、まともに競争相手になりそうな生徒はほんの数人――フユトは初日に

して、それを確信している。

「君は最初から次期ユニットメンバーに内定してますよぉ。ただし、君は危険な奴《やつ》ですから、なにかやらかしたら即クビかもですねぇ」

「酷《ひど》いことを言ってますね。でも、クビは嫌ですよ。働けないなんて辛《つら》すぎる」

フユトはヌガタを睨《にら》む。彼女はフユトの険しい視線など気にした様子もなく、煙草をふかしている。

「いえいえ、しっかり働いてもらいますよぉ。君はこの国の誰よりも〝戦争〟を知っているて、メンタルもタフ。だからこそ、やってもらいたいことがあるんですよねぇ」

「買いかぶりだと思いますが、なんですか？」

ヌガタは俺の過去を知っている——政府から知らされている。フユトは確信した。

自分の過去をリリセたち仲間を含めて養成所の生徒たちに知られると、危険視されるかもしれない。

フユトは自分を危険人物だとは思わないが、今の段階で先入観を持たれるのはまずい。

ただの外国帰りと思わせておくのが安全だろう。

「フユトくんの役目は〝リリセ係〟ですよぉ」

「リリセ係？」

耳慣れないワードだった。

「朝宮《あさみや》リリセさんは、第七学区に現れた久々のスターですからねぇ。一度ユニットが解散した程度で〝卒業〟させられないのぉ。彼女を活用できるＩＧＬは不可欠ですよぉ」

「前のユニットのメンバーは、第七学区の偉い人たちを満足させられなかったんですね」

シティネイラでの戦争は、各学区同士の競争でもある――ということであれば、勝てないユニットは容赦なく解散、使えるメンバーだけ再利用するのは当然のことだ。

第七学区が人材に乏しいなら、なおさらだ。

「リリセさんには第七学区の市民委員も期待してます。あ、市民委員っていうのはねぇ、学区で一番偉い人。ネイラの市政を仕切ってる一人だから、マジで偉いですよぉ」

「へぇ、偉い人に目をつけられてるんですか」

フユトが思うに、リリセは戦争に利用されているだけだ。エースやスターとおだてられても、彼女は所詮は猟犬であり、獲物をむさぼるのは飼い主たちだ。

「もちろん、君も目をつけられてますよぉ」

「リリセ係なら、言われるまでもなくこなせてたんじゃないですか？」

「今日は少しばかり期待外れでしたねぇ」

「心外な評価ですね。リリセが他班の生徒たちを薙ぎ倒《なたお》して、七班もトップの成績を取りました。あれ以上、できることはないでしょう」

「一人くらい、い、い、殺してもよかった、の、に」

「……は？」

フユトは一瞬、なにを言われたかわからなかった。

「クラッシュ弾は非殺傷兵器ですが、やり方次第ですよぉ？」

こちらは理解できた。人間を悶絶《もんぜつ》させる威力がある弾丸なら、やり方次第で命を奪うことはできる。人体には特に脆《もろ》い部分がいくつかあるからだ。だが――

「シティでの戦争は人を殺さないんですよね？」

「戦争は娯楽だものぉ。人が――しかも若者が死んだら、視聴者はドン引きですよぉ」

ヌガタは煙を吐き出してから、おかしそうに笑った。

「訓練ではクラッシュ弾、本番の実戦では光式《こうしき》アーマーを装備しますからぁ。アーマーは昔の〝テロルの時代〟に開発された要人警護の携帯防衛システムが元なので、性能は折り紙付き。高価な装備ですが、それを使ってでも兵士は死なせないことになってまぁす」

「だったら俺が人を殺したら、それこそクビじゃ済まないですよね？」

「死んでないことにするくらい、簡単ですよぉ？」

「…………」

「あのガキたちは人をナメすぎですからねぇ。静かにしろと言っても騒ぎ続けてましたしい。初日で死人が出れば、少しは気が引き締まるでしょうよぉ」

「質問です、教官。あなたは何者ですか？」

人が死なない戦争、娯楽としての戦争――生徒たちやシティの住民が思っているほど、呑気《のんき》なシロモノではないらしい。

「私はただの公務員だよぉ。こんな格好《かっこう》してますが、軍人でもない。ただのお役人」

「昔は戦争で活躍したって聞きましたよ」

「昔とは失礼な。そんな歳でもないですよぉ。ま、私は戦争で多少の結果を残せたから、いいお役目をもらえてるんだけどねぇ」

安月給を嘆いていたのではないか、とフユトは思い出したが、どうでもいいことだ。どうせ本当のことなど話していない。そもそも彼女は間違いなく軍人だろう。

「まあ、君は自分がリリセ係だってことをわかってくれたらけっこうです。あとの二人も使えるようなら今後も使いたいから、この訓練で鍛えてあげてねぇ」

「初回の訓練だけでずいぶんケガ人が出たじゃないですか。ヒィナとクロエを守る必要はあるみたいですね」

「大丈夫、ケガ人もほとんどが明日《あした》の訓練にも出てきますからぁ。みんな元気で、教官としては嬉《うれ》しいですぅ」

ヌガタは笑うと、煙草《たばこ》を地面に落として踏み消した。必要以上に、グリグリと潰している。言葉とは裏腹に、面白くなさそうだ。

「少なくとも、俺は仲間にはケガすらさせたくありませんよ」

「それはけっこう。藤原《ふじわら》くん、君には期待してますよぉ。リリセ係のことだけは忘れないでねぇ」

ヌガタは手を振り、広場から去って行った。

教官の目的は、フユトに自分の立場をわからせることだったようだ。既に理解していたことではあったが、彼女は念には念を入れる性格らしい。

　フユトは左のこめかみに人差し指を当てる。

「……と、教官殿はこう仰せだったが」

「問題ありません、フユト」

　左耳の小型ヘッドセットから、今時珍しい合成感が強い人工音声が響いてくる。

「ネイラでの戦争はこの数年来膠着《こうちゃく》し、強きが弱きを挫《くじ》き、弱きが強きに叩《たた》き潰《つぶ》されてきました。当然の結果ばかり起きています。これでは面白くありません」

「あくまで面白さが重要なんだな」

「もはや、人類に残された希望は〝面白いこと〟だけですから」

「俺の希望は遊びより仕事だよ。働いてこそほしいものも手に入るってものだろ」

「あなたがほしいものは、戦争に勝つことでしか手に入りません」

「あっちでもこっちでも戦争か。ま、俺には手慣れたもんだ」

「フユト、私も楽しみにしています」

　フユトはその言葉に思わず笑ってしまう。ジョークなのか、天然なのか。フユトはこめかみから手を離し、笑いながら歩き出す。

「行政ＡＩに〝楽しい〟なんて感情があるのか、アスカ?」

ラウンド4

第七学区の新ユニット選抜訓練開始から三日――

養成所の生徒の朝は早い。六時前に寮を出て集合場所に集まらなければならない。

フユトはキッチンで四人分のおにぎりを皿に並べ、味噌汁《みそしる》をお椀《わん》によそっていく。

「おはよう、フユトくん。今日も早いね」

「おはよう、ヒィナ」

最初に起きてきたのはヒィナだ。フユトを除けばいつも彼女が一番早い。

「あ、ごめん。私も手伝うね」

「大丈夫だ、もう終わるから。それよりどうだ、身体のほうは？」

「うーん、まだ朝起きるのがキッいかな。訓練が始まると意外と動けるんだけど」

「九十日しかないから、休みもろくにないのは困るよな。適度な休息は必要だ。あんまりキツいようなら言ってくれ」

「ありがと。でも、教官にお願いしても休みにはならないでしょ？」

「なあに、リリセちゃんの悪用禁止！　ダメ、絶対！」

「リリセを暴走させれば、訓練をメチャクチャにして休止にするくらい軽い」

「最終手段があるっていうのは悪くないと思うが」

リリセ係の権限で彼女を自由に使えるのか、ヌガタに確認してもいいかもしれない。

「おは……よ……」

そのリリセが、ふらふらっとキッチンに現れた。

水色セミロングの髪はぼさぼさ、まだ着替えも済ませず、タンクトップにショートパンツという格好《かっこう》だ。

しかもタンクトップはヒモが片方外れ、ショートパンツもズレていて下着が見えている。ずいぶんとだらしない。

フユトとヒィナは制服に着替え済み、フユトのほうはエプロンまで着けている。

「女子がそういう姿で人前に出るの、本当によくないと思うな、俺は」

「フユトくん、照れるんじゃなくて注意するんだね。リリセちゃん、全然聞こえてないみたいだけど」

「俺はな、女子としてじゃなくて人としての慎《つつし》みをな、要求してるんだよ」

「ハイハイ、なんかフユトくん、可愛《かわい》いね。もう、しょうがないな」

ヒィナはくすくす笑いながらリリセを連れてキッチンを出て行った。

フユトがしばらく待ってから朝食を持ってロビーに行くと、リリセはきちんと制服を着せられていた。ヒィナがそのリリセの後ろに回り、ブラシで水色髪を整えてやっている。

「おはよう」

クロエも短く挨拶しながら、ロビーに現れた。彼女は無頓着に見えるが、最低限の身繕《みづくろ》いくらいはする。ショートの髪もきちんと整い、制服も着ている。

クロエは無言で味噌汁《みそしる》を一気に飲み干すと、おにぎりを一つ持ってロビーの掃き出し窓の前に行き、そこで窓の外を見ながらおにぎりを食べ始めた。窓の外は隣の寮が見えるだけで心癒やされる風景ではないが、彼女はこうやって朝食をとる。

新しい環境に放り込まれても、人は簡単に順応し、ルーティンができるようだ。フユトも自分が調理担当になっていることにすっかり慣れている。

朝食を終えると、四人で寮を出る。集合時間は午前六時。

集合場所の広場に、生徒たちが集まってくる。全員アサルトライフルを肩に担ぎ、既にクラッシュ弾が装填《そうてん》されている。

フユトは他班の生徒たちの装備を密《ひそ》かに観察しているが、実弾を持っているかどうか、判断できない。あるいは持ち込んだのは初日だけかもしれない。

「はぁい、みなさんおはようございまぁす」

集合場所の広場に、ヌガタ教官ののんびりとした声が響く。

ヌガタの前には、ちょうど一〇〇人の生徒たちが並んでいる。

「三日で二〇人か。けっこう減ったなあ」

フユトは、ぼそりとつぶやいた。二〇人も減れば見ただけでわかるものだ。

訓練開始からたった三日で五つの班が脱落している。一人が脱落するのではなく、班が丸ごと消えてしまった。この養成所では班単位で評価を下しているようだ。

「三日間、ストリートランと基礎トレーニングを続けてきましたが、そろそろ本格的な訓練に入りまぁす」

「へっ？　こ、これからが本番なの？」

ヒィナが妙な声を上げている。体力に自信がない彼女にしてみればこの三日の訓練だけでも充分にキツかったはずだ。

「みなさん、それぞれ志望する〝役目《ロール》〟がありますねぇ。偵察《リコン》・尖兵《ヴァンガード》・後衛《バックアップ》、それに指揮官であるＩＧＬ。これらの役目の連携が、戦争ではもっとも大切でぇす。私はこれでも尖兵として長いことやってたんです。お姉さんは経験豊富なんですよぉ」

「なにを言ってるんだ、あの人は……」

フユトにはヌガタのジョークはあまり面白くない。

「今日はそんなお姉さんが相手をしてあげますぅ」

ヌガタはそう言うと、着ていた軍服をするりと脱ぎ捨てた。生徒たちから歓喜とも悲鳴ともつかない声が上がる。

スーツの下には、身体にぴったり密着したボディスーツ。鮮やかな赤色で、腕や太ももは剥《む》き出《だ》し、大きくふくらんだ胸のサイズもはっきりわかる、扇情的な服だった。

「やだ、そんなに見られたら恥ずかしいですよぉ。この目立つ真っ赤なスーツが目印でぇす。好きに撃ってきていいですよぉ。射撃のマトだと思ってくださぁい」

ヌガタは自分の胸をポンと叩《たた》いた。大きなふくらみが弾みで揺れる。

「私を戦闘不能《ダウン》させたら訓練終了です。一〇〇人全員でかかってきてくださいねぇ。遠慮はいりませぇん」

「リリセ、行きます！」

フユトの後ろに並んでいたリリセが、ぐいっと前に出てアサルトライフルを構え、いきなり発砲する。

「実戦経験者は理解が早いですねぇ。でも、教官もまだまだ若い者には負けませぇん」

ヌガタは高々と跳躍し、リリセが連射する弾丸から逃れ、広場から去って行ってしまう。

「速い！　ふぅん、教官に選ばれるだけのことはあるわね」

リリセは弾倉を交換し、不敵に笑う。ここで仕留められるとは思っていなかったらしい。

「さすがウチのエース。仕事は迅速でないとな」

「いきなり撃つのはどうかと思うよ。訓練始まって三〇秒で、死屍累々《ししるいるい》だね……」

ヒィナの言うとおり、既に三〇人ほどの生徒が倒れている。彼らはリリセが撃ち、ヌガタが回避したクラッシュ弾の流れ弾を浴びたのだ。

「教官の逃げ足もなかなかだったな。巻き込まれた連中は気の毒だが、初手でライバルを減らしたのは良《い》い仕事だ。さあ七班、教官殿を追うぞ」

「フユト、他の班を先に行かせなくていいの？」

リリセはヌガタが去った方向を睨《にら》むように見つめている。

「今回は、訓練の目的がはっきり示されてるからな。万一にも他の班にヌガタ教官を仕留められたら困る。ヒィナ、出番だ」

「え？　私？」

「先行して教官を捜索してくれ。情報収集は偵察の仕事だろ」


キルロードに次ぐ大規模訓練施設、〝キルモール〟。

その名のとおり、大型の複合商業施設を模した建物だ。フユトたち七班は教官を追ってここに入り込んでいる。

「こんな場所が養成所内にあったとはな」

「商業施設内での撃ち合いは画面映《ば》えもよくて、戦争でも盛り上がるからね。日常の風景が非日常に変わる、みたいな感じなのかな」

「映《ば》えか……本当にショーなんだな、シティでの戦争は。しかし、贅沢《ぜいたく》な施設だな。訓練のためだけにこんなショッピングモールをつくるなんて」

「キルモールがある養成所は少ないらしいよ。昔、第七学区の羽振りがよかった時期につくられたとか。でも、割と適当なトコもあるみたい」

「ふぅん、確かに」

フユトの前に、メンズのブティックがある。よく見ると、街では恥ずかしくて着られないような古臭いデザインの服が並んでいる。細部のつくり込みは甘いようだ。

「しかし、俺まで偵察に出てこなくてもよかったんじゃ？」

「もし私一人で教官と接触したら、一瞬で終わるよ」

　ということで、フユトもヒィナに同行している。フユトとしても偵察の立ち回りを実際に見ておくのは悪いことでもない。

「人数の多いユニットなら、二、三人を偵察に送り込むのはよくあるよ。単独行動だと、トークがやりづらいしね」

「トークねぇ……」

　フユトとヒィナの左耳にはヘッドセットが装着されている。ヒィナのものは猫耳型の可愛《かわい》いデザインだ。実際に戦争に参加する際にもヘッドセットの装着は義務らしい。

　このヘッドセットは通話アプリを通して味方との連絡に使用するのはもちろん、場合によっては敵と通話することもあるそうだ。

　なにより重要なのは、参加する兵士たちの会話は戦争の配信に流れることだ。

　戦争を視聴して盛り上がる市民たちは、戦闘中の兵士たちの会話も楽しみにしている。

　この会話が事務的な連絡ばかりでは退屈で、トーク力の高いユニットほど人気も高いらしい。

「トーク力なんて兵士に一番不要なスキルのような？」

「昔の戦争なら、無線連絡は簡潔が最優先だったんだろうね。でも、シティの戦争は全然別物だから」

「別物すぎるだろ。普通、兵士って無駄口叩《たた》くなって怒られるもんじゃないのか」

「あと、しゃべってないと怖いもん」

「怖いことは怖いんだな……リリセなんか毎日嬉々《きき》として訓練に出てるけど。やべぇ奴《やつ》だよな」

「リリセちゃんは特別というか。あれだけ強ければ楽しいだろうっていうか。生まれる時と場所が違えば乱射事件とか起こしてそう」

「ちょっと、聞こえてるわよ！」

「っと、そうだった」

　ヘッドセットからリリセの不機嫌そうな声が響いてくる。戦闘中は、班内全員で通話アプリを常時接続しておくのが原則だ。

「ヌガタ教官を見つける。バレないように追跡しつつ、リリセちゃんとクロエちゃんを呼ぶ。リリセちゃんを解き放って教官を仕留めてもらう。こんな作戦でいいの？」

「解き放つってなに!?　ヒィナ、人を猛犬みたいに！」

「まさに的確な表現だろ」

「教官よりあなたを片付けたくなってきたわ、フユト」

　通信越しに殺気を放ってくるあたり、リリセはさすがに歴戦の兵士だった。

　今、リリセはクロエと行動中だ。無感情なクロエがリリセを抑えられるとは思えないが、彼女たちに単独行動をさせるわけにもいかない。ヌガタとまとめて他班に向けて乱射したリリセは、いつ誰に狙われるかわからないからだ。

なにより、実弾を放った犯人が誰なのかも未《いま》だ判明していない――

もっとも、フユトも背中には気をつけたほうがよさそうだ。

「さて、リリセに殺される前に教官を見つけないと。もうちょっとわかりやすく、足跡を残してくれないかな」

「このモールにいるって教えてくれただけで充分なんじゃない？」

フユトたちがキルモールを調べているのは当てずっぽうではなく、ヌガタが去った方向に進んでいたら、「いらっしゃい」とばかりにモールの出入り口が壊されているのを発見したのだ。

おそらく、ヌガタは最初からモールを戦場と定めていた。屋内戦の訓練というわけだ。

「このモールもだいぶ広そうだな。セキュリティルームもあるんじゃないか？　そこで防犯カメラをチェックできれば、教官の居場所も見つけられるかも」

「そのセキュリティルームを探すのも一苦労だよ――あれ？」

「なんだ？」

ヒイナがなにかに気づき、フユトも同時に〝それ〟を発見した。

誰かが三人、立っている。

いや、人ではない。円柱状の金属のボディに手足がくっつき、犬のような頭を載せたロボットだった。

全長は百二十から百三十センチほどで、小学生くらいの大きさだ。

「警備ロボット……か？」

しかもそのロボットの両腕の先は銃身になっている。どう見ても、店内ガイド用とは思えない。

犬のような頭部に、不気味な単眼《モノアイ》が赤く光っている――

「〝スカウタ〟だよ！」

「スカウタ？」

「索敵用のドローン！　三機一チームで行動するんだよ！　敵を発見したら――」

「ヒィナっ！」

フユトはヒィナの小柄な身体を抱き、太い柱の陰へと飛び込む。同時にパパパパパパッと連続した銃声が響き渡った。

フユトたちが隠れた柱の周りに、弾丸のかけらが飛び散っていく。スカウタが放った銃弾もクラッシュ弾のようだが、あれだけ連射されてはかなり危険だ。

「いきなり撃ってきた！　ウチのリリセか、おまえらは！」

フユトは射撃が途切れた瞬間に柱の陰から乗り出して、アサルトライフルの引き金を引いた。

三体のスカウタにクラッシュ弾が命中し、カンカンカン！と甲高い金属音が響く。

「あれ、壊れないいな？」

「スカウタは光式《こうしき》アーマーを装備してるからね。たぶん、クラッシュ弾じゃ何発くらわせてもアーマーは破れない」

「マジかよ」

フユトは三〇発撃ち尽くした弾倉を捨て、新しい弾倉をはめ込む。弾倉は全部で三本しか持っていない。既にフユトに残された弾丸はたったの六〇発だ。

光式アーマーは実際の戦争で用いられる実体なき鎧《よろい》だ。全身を覆《おお》う力場を発生させ、そのわずかに光輝く力場はライフル弾をも防ぐ。ただし、バッテリー消費が激しく、数発防いだだけでアーマーは砕けるようにして消えてしまう。

だが、クラッシュ弾の威力ではバッテリーはたいして減らせないようだ。

「あれが索敵用ってことは、こっちの動きはヌガタ教官に筒抜けってことかな？」

「たぶんそうだよ。スカウタのカメラ映像はスマホで確認できるし、位置情報も出るはずだから」

「ダルいな。こっちは早くもいろいろ情報を提供しちまったな」

「出番⁉　フユト、わたしの出番なの⁉」

「どうどう、落ち着け、リリセ」

ヘッドセットから飛び込んできたリリセの大声に、フユトは冷静に答える。

「フユトくんっ、武器を取りに行こう！」

「ブキヲトリニイコウ？　なんのことだ？」

「ああんもうっ！　頼りになるのかならないのか！　実戦ではね、武器があちこちの〝ボックス〟に置かれてるんだよ！　たぶんどこかにスカウタを倒せる武器がある！」

「なるほど、教官が倒せもしない敵を繰り出してこないか」

戦場に武器ボックスが設置されている——まるでゲームのようだ。

フユトはシティの戦争を動かしている連中の悪趣味に吐き気がしてきた。

「というか探し物が増えてるじゃないか。ボックスって闇雲に探して見つかるのか？」

「あれ」

「ん？」

ヒィナが指差した先を視《み》る。両腕の銃を構えて立つスカウタの向こう側、アイスクリーム店らしき店先に棺桶《かんおけ》のような白いボックスが設置されている。

「あれがボックスだよ」

「あんな近くに。当たり前のように置かれてるんだな」

というよりは、ヒィナはあのボックスに気づいたから提案してきたのだろう。

「シティの街中に普段から置かれてるよ。武器がセットされるのは戦争のときだけなんだけど」

「普段から武器が入ってたら物騒で街を歩けないいな」

フユトはシティネイラの街中を歩く前に養成所に放り込まれたため、まったく初耳の話だった。

このネイラの市街で戦争が繰り広げられている――というより、戦争を繰り広げるためにつくられた街なのではないか？

「フユトくん、フユトくん。聞いてる？」

「あ、聞いてなかった。なんだ？」

「なんか悪そうな顔してたよ」

「戦争なんて悪い奴《やつ》が強いだろ？　上位のユニットなんてたぶん、悪党だらけだ」

「そ、そんなこと戦争の本番で言ったら大炎上だからね？」

「炎上して爪痕残すくらいのほうが美味《おい》しいんじゃないか？」

「その発想は怖いなあ、この人……やべーよ……」

「でも、ボックスが近くにあっても、スカウタが邪魔で取りに行けないな。スカウタを倒すためにボックスの武器が必要で、ボックスの武器を取るにはスカウタを倒さないといけない？」

ややこしい話になってきてしまった。フユトは油断なく柱の陰からスカウタたちの様子を見つつ、手立てを考える。

「ねえ、強引にいってみる？　殺されるわけじゃないし……」

「………」

果たしてそうだろうか、とフユトは疑問だった。少なくとも教官の一人は、生徒の生死にさほど興味はなさそうだった。

「ヒィナ、無謀なマネは避けよう。訓練だろうが〝撃たれたら死ぬ〟つもりで行動するべきだ。教官も勇気と無謀は分けて採点するだろう」

　ヌガタの思惑はともかく——確実に言えるのは、戦争で怖いのは勇敢な敵より無謀な味方ということだ。味方の無謀に巻き込まれてやられては目も当てられない。

「フユトくんは慎重なんだね」

「嫌か？」

　ヒィナは首を振った。それから、胸元に手を置いた。音声をミュートしたようだ。

「私は大賛成。リリセちゃんが突っ込むタイプだから、リーダーが慎重じゃないと全滅する。もしクロエちゃんがリリセちゃんに同調しても、私がいれば二対二に持ち込めるよ。私、フユトくんをサポートしたい」

「……自分で言うのもなんだが、俺ってそんな頼られるタイプかな？」

「頼れるタイプになってほしい。私は、自分で決められないヒトだから」

　ヒィナは真顔で言い切った。フユトはそんな彼女の顔をまじまじと見つめる。可愛《かわい》い女子の顔を見ていられる状況でもないが、今は見ずにはいられなかった。

「ヒィナは偵察だから、もし実戦に出るとなれば単独行動も多そうだぞ」

「後ろに頼れる人がいるっていうのが重要なんだよ」

「それはまた難しいご注文だ。でも、結局は単独行動が多いのは間違いないぞ」

「大丈夫」

ヒィナはニコッと笑う。

「私はコソコソして、人の様子を窺《うかが》うのだけは得意だから」

「ついでに、コッソリ物をかすめ取るのも得意だと助かるな」

「そこまでいくと人聞きが悪いよ！」

だが、ヒィナは苦手とは言わなかった。この小柄で胸だけが大きい少女は、身体のサイズどおりの細かい立ち回りが得意そうだ。実に偵察に向いている。

「それじゃ、俺もヒィナをサポートするか。スカウタって、要するに偵察用ドローンなんだよな。敵を見つければ様子を探りに行くわけだ？」

「うん？　うん、そうだよ」

「じゃあ、こうしよう」

フユトはアサルトライフルを——後方上階に向かって撃つ。吹き抜けになっている一つ上のフロア、ドラッグストアの店頭の商品が弾《はじ》け、続いて悲鳴が響き渡る。

「うわわっ、バレてた！」

「危ねっ！　七班のあの野郎、俺らを撃ちやがったぞ！」

「撃ち返せ！　初日、私ら七班にストランで撃たれて死にそうになったんだから！」

直後に、ドラッグストアに潜んでいた生徒たちがライフルを構え、フユトたちを狙って一斉に射撃してくる。

「ヘタクソだなあ、もっと射撃訓練をしたほうがいい」

「ヘタクソでいいんだよ！　ヘタクソ最高！」

フユトとヒィナは柱の陰から出て、銃弾の中を駆け抜け、スカウタの視界もドラッグストアからの射線も遮《さえぎ》る案内ボードの裏に逃げ込む。

「ヒィナ、大丈夫か？　弾くらってないか？」

「大丈夫だよ、撃たれたのはフユトくんのせいだけどね！　それで……他の班の子たちがいるって気づいてたんだ？」

「当然」

フユトたちがこのキルモールに入って、既に五分以上が過ぎている。いくらデキの悪い第七学区の生徒たちでも、いくつかの班がモールに入り込んでいて当然だ。

と、そこにまたクラッシュ弾が着弾し、床で砕けて破片が飛び散る。

「うわあ、まだ撃ってくる！　敵を増やしてどうするの、フユトくん！」

「あいつら、漁夫りにきたんだよ。俺たちと教官がやりあってるドサクサに紛れて、美味《おい》しいとこだけ持ってくつもりだ。なんて図々《ずうずう》しい」

「フユトくんがそれを言うかな——あっ」

ヒィナがちらりと背後を見て、驚いた顔をする。

「うおお、スカウタがいるじゃん！」

「やべっ、こっち来る！」

他班生徒たちの悲鳴が上がる。

三機のスカウタたちが、隠れているヒィナたちの横を素通りして、走っていく。

スカウタは階下に銃を向けている他班生徒たちを敵と認識したようだ。両腕のサブマシンガンを上階に向けて撃ちながら、機敏な動きで走っていく。

その先には、吹き抜けの上のフロアへと向かうエスカレーターがあった。エスカレーターは動いていないが、もちろん駆け上がることは簡単だ。

「あのスカウタ、二本足でよく動くな。家事ロボットとしてウチの寮にほしい」

「家庭でのロボット使用は、介護目的以外は禁止だよ？」

「へえ、日本《にほん》は保守的なんだな」

フユトとヒィナが呑気《のんき》な会話を交わしている間も、スカウタが上階にいた生徒たちと撃ち合っている。

ドラッグストア前にいた班だけでなく、他にも数人の生徒たちがいて様子を窺《うかが》っていたらしく、三機のスカウタと派手な戦闘になっている。

当然、クラッシュ弾ではスカウタにダメージを与えられず、生徒たちは逃げ回る一方だ。

「そうそう、そうやって派手にやり合っててくれ」

「フユトくん、なんで案内ボードなんて見てるの？」

「キルモールは初めてだから、構造を理解しないと。うーん……広いし、複雑に入り組んでるな。なるほど、なるほど……よし、覚えた」

「嘘《うそ》ばっか。そんなすぐ覚えられるわけないよ。それより、この隙に私たちも動こう」

「わかった、わかった。上はまだ混乱中だな……よし、ヒィナ、ゴーゴー！」

「ヒィナ、行きます！」

ヒィナは素早くボックスの前まで移動して、開閉ボタンを押した。バシュッとガス圧でボックスが開き――

そこには長銃身のショットガンが一丁と弾薬が入っていた。

「ショットガン！　大当たりだよ、フユトくん！」

「ハズレだったら教官の性格悪すぎだな」

フユトは周囲を警戒しつつ、ヒィナのもとへ駆けつける。

「そのショットガンの弾薬、実弾だな。昔ながらのダブルオーバックって奴《やつ》か。頭が吹っ飛ぶ威力だ」

「怖いなあ。絶対、人には向けられないね」

「優しいな。ヒィナはそのままでいてくれ」

「へ？」

フユトは、きょとんとするヒィナになにも応えなかった。穏やかに見えて無慈悲な教官の思惑に乗っかることはない。ヒィナは人を実弾で撃つことは望まないだろう。

「生徒は光式《こうしき》アーマー着けてないからな。流れ弾にも気をつけ――ヒィナ！」

ショットガンを取り出したボックスのそば――アイスクリーム店の奥から、ガチャガチャと音を鳴らして三機のスカウタが歩いてくる。

まだ上階では他班の生徒たちとスカウタが撃ち合っている。つまり、今フユトたちに近づいてきているスカウタたちは新手《あらて》だ。

「三機だけじゃないのかよ。ヒィナ、俺が牽制《けんせい》するからショットガンで――」

「死ねえ！」

フユトが言い終わる前に、ヒィナが叫んだ。

ショットガンを手にふわりと舞う。彼女は三機のスカウタを跳び越えて背後に回り、ショットガンを腰だめに構えてドンッと撃った。

ヒィナは軽やかに跳び回りながら、続けてショットガンを二発三発と撃ち、さらに四発目を撃ち込んだ。

銃口から飛び出した大粒の散弾がスカウタに命中し、甲高い金属音が響き、機体が床に倒れていく。

「……人には向けられないって言わなかったか？」

「あ、ごめん。フユトくんなら抜け目なく逃げるかと思って」

「ハハハ、その信頼が嬉《うれ》しいな」

フユトは乾いた笑いを浮かべる。

ヒィナの射線はスカウタたちだけでなく、下手をすればフユトにも当たりかねない危険な角度だった。もちろん、フユトはヒィナがショットガンの一発目を撃つ前に、アイスクリーム店から逃げ出していたが。

「と、とにかく、ショットガンならスカウタのボディも貫けるよ！」

「強引にごまかしたなあ。まだ新手のスカウタのご登場があるかもしれない。ヒィナはそのままライフルもショットガンも持っておいてくれ。あとは——」

フユトは、ぱっと振り向いてアサルトライフルの引き金を引いた。パパパパッと飛び出したクラッシュ弾が二十メートルほど先のスマホ売り場を破壊していく。

「よく見つけましたねぇ、藤原《ふじわら》くん！」

「当然！」

スマホ売り場のカウンターの陰から、ヌガタ教官が飛び出してくる。彼女は構えていた拳銃を続けて発砲する。

フユトはヒィナの手を引いて走りながら、アサルトライフルを発射してヌガタを牽制する。ヌガタの狙いは正確だが、ライフルと拳銃で撃ち合うのはさすがに分が悪そうだ。

「フユトくん、なんで教官の居場所がわかったの？」

「教え子が撃ち合いしてんだから、教官なら近くで観察するだろ。得点をつけなきゃいけないんだぞ。この辺の構造を考えりゃ、観察に最適なポイントくらい目星がつく」

「えっ……もしかして、本当にキルモールの地図、覚えてる？」

ヒィナはきょとんとし、フユトはわずかに笑って頷《うなず》いた。

まだ上階では複数の班とスカウタが撃ち合っている。ずいぶん白熱しているようだ。教官ならば、大勢の生徒たちの戦闘を観察しておきたいだろう。

フユトは生徒たちを安全に観察できるベストポジションを探しただけだ。ヌガタがそこに潜んでいる可能性は高かった。

「ヒィナ、教官を仕留めるぞ！　上の奴《やつ》らが下りてくる前に！」

「待って、リリセちゃんを呼んで――そんな暇ないか」

ヒィナは抵抗しようとしたが、リリセが間に合わないことくらいわかったのだろう。

フユトはアサルトライフルのクラッシュ弾を撃ち込みながら、ヌガタに接近していく。

「ちっ、弾切れ！　装填《そうてん》する！」

「え、私がやるの!?　もうっ、射撃は下手なんだよ！」

ヒィナがフユトの前に出て、ショットガンからアサルトライフルに持ち替えて――

「あっ！」

ヌガタの姿を銃口の先に捉えたはずが、ヒィナが突然ライフルを掲げて射撃を止めてしまう。

「ヒィナ!?　なにしてる、撃て撃て！」

「わ、ごめんっ！」

ヌガタはカフェらしき店の前を走り抜け、フユトたちから離れて――いかなかった。

くるっと身を翻《ひるがえ》すと、フユトたちに向かって一直線に走ってくる。姿が霞《かす》んで見えそうなほどの高速で、フユトは弾倉を込める暇もなく――ヒィナも弾切れなのか、慌てて弾倉をリリースしている。

「ちっ……！」

　フユトはヒィナの身体を抱きしめると、すぐそばにあったカフェへと飛び込んだ。同時に、腰のあたりに強い衝撃を感じる。

「ぐっ！」

「フユトくん！」

　フユトはそれでもヒィナを抱いたまま、カフェのソファ席の陰へと身を隠し、なんとか装填したライフルを構えて無闇に撃った。ヌガタが入ってきてもこなくても、今は撃たなければならない。

「クラッシュ弾、けっこう痛《いて》ぇな……」

「ご、ごめん！　私のせいで！」

「謝るのは戦闘が終わってからだ！　死ぬほど痛かったから、絶対に謝ってもらうが！」

「めちゃくちゃ気を悪くしてる！」

「ヒィナも撃て！　全弾撃ち尽くせ！」

「本当に!?　こんな無駄撃ちしちゃっていいの!?」

　ヒィナはさっきの謎のためらいは忘れたかのように、フユトに指示されたとおりに連射を続けている。フユトと息を合わせて弾倉交換のタイミングをズラし、最後の弾倉を装填する。

「ちょっとぉ、ムチャクチャ撃ちすぎですよぉ、藤原《ふじわら》くん、古賀《こが》さん！」

「そっちもやってることがセコいですよ、教官！」

ヌガタは、また新たに現れた三体のスカウタを盾にしている。

スカウタの陰に隠れ、拳銃を撃ってくる。さすがにフユトたちの弾幕に押されて、狙いは定められていない。

「見た目は派手でも、雑な戦いは視聴者に嫌われますからねぇ？」

「そうですね。わたしも戦いはスマートなほうが好きですよ、教官」


「…………！」

ヌガタがさっと後ろを振り向いた。

そこには――腕組みしたリリセが仁王立ちしている。

「朝宮《あさみや》リリセさん――後ろを取ったら声をかけずに撃ちましょうねぇ！」

「それで戦争が面白くなりますか？」

ヌガタが拳銃を構え、リリセはそれよりも速く――拳銃よりもはるかに長く重いアサルトライフルを構え、銃口をヌガタに向けたのと同時に発砲していた。

パパパパパッと短い銃声が響き――

「きゃうっ！」

ヌガタにクラッシュ弾が命中し、おかしな悲鳴を上げてドサッと倒れ込む。

「ヒィナ！　まだ終わりじゃない！」

「わ、わかってるよ！」

ヒィナはショットガンでヌガタが盾に使っていた三体のスカウタを次々と倒していく。

「ショットガン、反動すっごい！　両手痺《しび》れて気持ちいい！」

「気持ちいいのかよ」

フユトは呆《あき》れつつ、スカウタの撃破を確かめると——倒れたヌガタのもとまで走り寄ってライフルの銃口を向けた。だが、起き上がってくる気配はない。

「……リリセちゃん、来てたんだ？　いつの間に呼んでたの？」

「呼んでない。通話は繋《つな》がったままだからな。これだけ銃声が響いてて、リリセが我慢できるはずがない。必ず駆けつけてくるって信じてたよ」

「あなた、どうあってもわたしを戦争好きにしたいみたいね」

ギロッとリリセが睨《にら》んできたが、フユトは卑劣にも気づかないフリをする。

「さっきの無駄撃ちは、教官をリリセちゃんが来る方向に誘導するため？」

「マップは覚えたからな。待機してたリリセが駆け出して、他の班を立ち止まらずに撃ち倒してクロエも振り切って、俺に報告を入れるのすら忘れて一直線で来るタイミングを計算してた。あんなジャストタイミングで教官の背後を取ったのは予想外だけどな」

「フユト、途中でわたしを馬鹿にしなかった？」

「リリセが最後はキメてくれると信じてたよ。さすがエースだな」

「……わたしは現役よ。引退したロートルに負けるわけないじゃない」

「ということらしい。頼もしいエースでよかったな、ヒィナ」

フユトはヒィナと顔を見合わせて笑ってしまう。リリセは口調こそ落ち着いていたが、褒められて照れているようだった。

「ところで、ヒィナ。なんでさっき撃つのをためらった？」

「うっ、さっそく問い詰め来た。そ、その……教官がカフェの前にいたから……」

「カフェ？」

「カフェに銃弾をお見舞いするのはよくないよね」

「……確かに。市民の憩《いこ》いの場だもんな。わかるよ」

「わかられた⁉」

フユトはそれ以上追及しなかった。

おそらく、他人には理解しづらい理由なのだろう。

「このロートルを撃つのをためらったんでなければいい。〝実戦で敵を撃てない〟だったら致命的だけど、違うのならいい」

「ロートル呼ばわりは減点対象ですねぇ」

「…………っ」

ヌガタが何事もなかったように立ち上がった。クラッシュ弾とはいえまともにくらったはずだが、ボディスーツに秘密があるのだろうか。

「げ、減点なんですか？」

「冗談ですよぉ、藤原《ふじわら》くん。減点だとしても私を仕留めた朝宮《あさみや》さん以上の得点を取った生徒はいませんから。今回も、七班が一位ですねぇ」

ふぅっとフユトは安堵《あんど》のため息をつく。

「はい、それでは屋内戦訓練はここまでぇ。シティでの戦争は屋内戦も多いので、素敵と戦闘を上手《うま》く連携させてくださいねぇ」

ヌガタは腰に両手を当て、今倒されたとは思えないほど偉そうな態度だ。

上階での戦闘も終わった――いや、スカウタが停止したようで、そちらにいた生徒たちも下りてきてヌガタの話を聞いている。

彼らはずいぶんスカウタに手こずったようで、ボロボロだ。トラウマになるほど恐怖を刻み込まれたことだろう。何人かはこれで訓練から脱落するかもしれない。

「ん？」

吹き抜けの上階から、スカウタが一機落下してきて、グシャッと轟音《ごうおん》を立てる。

続いて、誰かがスカウタと同じく落下――いや、飛び降りてきた。

黒髪を三つ編みにして、眼鏡《めがね》をかけた女子生徒だった。

彼女も武器ボックスを発見したらしく、訓練用ライフルとは異なるサブマシンガンを握っている。

「………」

フユトは、落ちてきたスカウタに目を向ける。頭と心臓のあたりに集中的に弾丸が撃ち込まれている。不必要なほどに大量に。

「これ、あんたがやったのか？」

「…………」

三つ編み眼鏡《めがね》の彼女は――ニヤッと一瞬だけ笑ってから無表情になって、ぷいっと横を向いた。

「なんだ、あいつ？　コミュ障だなあ」

「あれは、三条《さんじょう》ミズホさんだね。確か、三〇班の人だったかな」

「ご紹介どうも」

ヒィナは偵察だけあって、他班の情報も仕入れているらしい。

上階の生徒たちはスカウタに追われる一方だったと思っていたが、中には反撃した者もいたということだ。

自分が、自分たちの班だけが優れていると考えるべきではない――

「三条さんも頑張ったようですねぇ。でも、あくまで標的はこのヌガタですよぉ」

ヌガタが、にこやかに笑う。

「敵の動きを予測し、あるいは敵を誘導して接敵する。戦争ではこれが一番重要で一番難しいスキルかもしれませんねぇ。私は親切にいろいろ痕跡を残し、君たちの誘いに乗ってあげましたが、実戦ではこうはいきませんよぉ。それにですねぇ、もう一つ――」

ヌガタは拳銃の弾倉をリリースし、新しい弾倉をはめ込み装填《そうてん》した。それから、すいっと拳銃の銃口を——フユトに向けた。

「ぐっ！」

ドドドッと続けて三回、フユトの腹部に凄《すさ》まじい衝撃が叩《たた》き込《こ》まれた。たまらずに、フユトはその場に両膝をついてしまう。

「君たちは基礎訓練をしている段階ですよぉ。戦術を考えるのは大事ですが、他班を混乱させて楽に勝とうなんてねぇ。小賢《こざか》しいんですよ、藤原《ふじわら》くん」

「に、日本《にほん》だとこういう場合……ありがとうございます、とか言うんですか？」

「あら、頑丈だことぉ」

フユトの皮肉には答えず、ヌガタは笑っただけだった。

「それに、人望もあるようですねぇ。班長に任命した私の目は曇ってなかったようで」

「…………」

フユトは床に跪《ひざまず》いたまま、ちらりと左右を見た。リリセとヒィナがそれぞれ銃口をヌガタに向けている。仮にも班長であるフユトが撃たれ、黙ってはいられないようだ。

「訓練は終わってますよぉ。訓練時以外で教官に銃を向けるのは穏やかじゃありませぇん。前言撤回、第七班、屋内戦訓練の得点はゼロ！　加えてストラン十周を命じまぁす！」

「フユト」

「フユトくん」

リリセとヒィナは銃口を下げ、左右からフユトの腕を抱えて立ち上がらせてくる。

そのまま、ヌガタたちから離れて小走りにキルモールの出入り口へと向かう。途中で、当たり前のようにクロエも合流してくる。

「……悪かったな、クロエ。出番もやれなかった上に、とばっちりをくらわせた」

「命じてくれたら、ヌガタの頭も撃ち抜いた」

「面白いジョークだ」

フユトの軽口にクロエの反応はなかった。どうやら本気らしい。

「はぁい、お待たせぇ」

シャッとベッドそばのカーテンが引かれ、ヌガタ教官が顔を出した。

ボディスーツではなく、いつもの軍服姿だ。なぜか、肩にショットガンを担いでいる。

「来ると思ってましたよ、教官」

フユトは、ベッドの上で身体を起こして挨拶する。

フユトはストラン十周を終えた直後に、校内にある医務室に運び込まれた。クラッシュ弾を訓練中に一発、訓練後に三発もくらった上に十キロの障害物走をやらされたのだから、無事であるはずがない。

「なんで俺はまた、教官と密会してるんですかね」

「今日はただのお見舞いですよぉ」

「最近の日本《にほん》ではショットガン持って見舞いに来るんですか？」

「細かいことを言う子ですねぇ。キルモールに設置した武器の回収を手伝ってきたんですよ。教官と言っても雑用係みたいなもんですからぁ」

「身体を張って教え子に撃たれなきゃいけませんしね。教官もリリセに撃たれたのに、元気そうじゃないですか」

「死ぬほど痛かったですよぉ？　朝宮《あさみや》さんが第七区期待の兵士じゃなかったら、逆恨みでお仕置きしてましたねぇ」

「自分から標的役になっておいて？　本当に逆恨みじゃないですか」

「大人ですが、まだ人間ができてないんですよぉ。まあ、朝宮さんはともかく――」

「…………っ！」

　突然、ヌガタが肩に担いでいたショットガンの銃身を握り、銃床をフユトの腹部に叩《たた》き込《こ》んできた。一瞬、意識が飛ぶほどの衝撃が襲ってくる。

「ぐっ、はっ……！」

　フユトは思わず身体を折り曲げ、苦悶《くもん》する。しかし、すぐに顔を上げさせられた。

　ヌガタがフユトの髪を掴《つか》み、ぐいっと引っ張っているのだ。

「教官からの特別レッスンです。実弾で人を撃ってはいけませんが、銃を打撃武器にするのは全然オッケーでぇす。意外に効くでしょぉ？」

「ク、クラッシュ弾より効いたかも……。べ、別に小賢《こざか》しいマネはしてないでしょ?」

フユトは腹を押さえながら言う。

「私を裏切ったからですよぉ。今のはその罰です」

「は? 裏切り……?」

「せっかくショットガンの実弾を用意したのに。ガラクタ人形を撃って終わるなんて。期待外れも甚《はなは》だしいですよぉ」

「………」

グイッとさらに強くヌガタがフユトの髪を引っ張ってくる。笑顔のままの教官は、ひどく憤《いきどお》っているようだ。

やはり、ヌガタは死人の一人や二人が出ることを期待していたらしい。その役目をフユトに担わせるつもりだったが、彼はその期待に応えられなかった——

「俺は、〝向こうの戦争〟をこの国に持ち込むつもりはありませんよ。もし俺がルールから逸脱するようなマネをして、ネイラのお偉いさんが許してくれるんですか?」

「ふうん、ずいぶんと警戒心が強いんですねぇ」

「仕事って名目があれば、人は簡単に他人を裏切りますから。仕事では人を疑います」

「仕事仕事って、君はまだ学生ですよぉ? 君はまだ学生気分になれないようですねぇ」

「学生気分が抜けずに戦争してるよりマシでしょ。こんな危険な真似《まね》を学生にやらせるなんて、やっぱ正気じゃないですよ」

「戦争は娯楽。娯楽を提供するのが兵士。この国では、それで納得してるんですよぉ」

「娯楽なら、なおさら死人を出しちゃダメでしょう」

ヌガタの思惑が、ネイラ上層部からの指示と合致している証拠はない。フユトは、簡単に乗せられるつもりはなかった。

「戦争はショー……訓練も派手にやりたいんですけどねぇ。練習でできないことは、本番でもできないんですよぉ？」

「本番で死人を出したらごまかせないでしょ。俺は穏便にいきますよ」

フユトはまだ腹を押さえながら、きっぱり言い切った。

「穏便にですかぁ。この訓練、そう簡単にいきますかねぇ？　今期の生徒たちはデキが悪いですが、七班だけが優れてると考えるのは甘いですよぉ？」

「………」

フユトの脳裏を一瞬、三条《さんじょう》ミズホの不敵な笑みがよぎっていく。

「新ユニットのメンバーは最低四人。実質、枠は三人。出来レースとはいえ、状況によって結論は変わりますよぉ。君はまだ私の期待に応えてるとは言えませんからねぇ？」

「煽《あお》ってきますね。俺をリリセ係なんかに任命しといて、切り捨てるんですか」

「朝宮《あさみや》リリセさんの扱いはわかってきたようですねぇ。我々教官側も驚いてまぁす。朝宮さんと他の生徒では格段にレベルが違うというのに」

「リリセに必要以上の大暴れはさせませんよ。もちろん、死人も出しません」

「まあ、いいでしょお。君は今のところ悪くない成果を出してくれてますしねぇ。それに、君のおかげで――我々も演出を考えるのが楽しくなってきてますからぁ」

ヌガタがニヤリと笑って、ようやくフユトの髪を放した。抜けた髪がぱらっと散る。

フユトは死体が一つ二つ転がるような戦術を執《と》らない。ならば、ヌガタは別のやり方で訓練を面白くしようとするかもしれない。

もしかするとフユトは、虎の尾を踏んだのだろうか。

「もう寮に戻りますよ。リリセたちが腹を空《す》かせてます。早くメシをつくらないと」

「……君、トボけた顔して意外に世話焼きなんですねぇ」

「メシを食わせないとリリセが暴れ出すかもしれませんよ」

フユトはそう言うと、毛布をはねのけて立ち上がった。

「そうでしたぁ、君たちの班だけストランやってたので通知してませんでしたけどぉ」

「はい？」

「喜んでねぇ。明日《あした》はお休みですよぉ」

「……お休み？」

ラウンド5

ヌガタ教官の説明どおり、キルモールでの屋内戦訓練の翌日は休日となった。

訓練期間はたった九十日しかなく、一日も無駄にできないはずなのだが、休息を取ることも訓練の一つということらしい。

フユトは久しぶりに朝七時まで眠り、起床してからいつもと同じようにおにぎりをつくったが、班の女子メンバー三人は誰も二階から下りてこなかった。

ヒィナなどは昨日は屋内戦訓練に加えてストラン十周で疲れ果てており、昨夜の就寝前に「起こしたら銃殺！」とキャラに合わない物騒な宣言をしていったものだ。

「おはよう、いい朝ね」

「……おはよう。リリセ、今日は朝から元気だな」

「別に、いつもこんなものでしょう」

一階ロビーに現れたリリセは、いつもどおりのタンクトップにショートパンツという格《かっ》好《こう》だったが、寝ぼけ顔、ボサボサ髪ではなかった。頭もはっきりしていて、髪もそれなりに整っている。

「メシはできてる。みんな、いつ起きてくるかわからないから、おにぎりだけだが」

「上等よ。どうも」

　リリセは、ロビーのテーブル上の皿に盛られたおにぎりを一つ手に取って食べ始める。

「ヒィナとクロエはまだ寝てるか?」

「クロエはいつも気配がしないのよ。部屋にいるのかどうかすら、わからないわ。ヒィナは寝てた。あの子はうるさいわ。寝相悪くて、毎晩ベッドから落ちてるのよね」

「毎晩、二階でドンッて音がすると思ってた……」

　ベッドから落ちるほど寝相が悪いというのは相当だろう。ヒィナは毎日、人一倍疲れた顔をしている割に、寝ながら動き回っているらしい。

「ところでフユト、お願いがあるのだけど」

「お願い!?」

　フユトはぎょっとして跳び上がりそうになった。あのリリセの口から生涯出てきそうにない言葉だった。

「お、お願いだと……リリセが……?」

「わたしをなんだと思ってるの? 頼み事くらいするわよ」

「あ、ああ。そうか」

　確かにリリセは訓練では困ったトリガーハッピーで、普段も礼儀をわきまえていないが、言葉が通じないほどではない。

「それで、頼み事って?」

「わたし、外出したいの。一緒に来て」

「なんだ、日本《にほん》の女子もけっこうガツガツ来るんだな。デートか」

「デートとは言ってない！　男女が一緒に出かけたらデートってわけじゃないのよ！」

「そうか、日本語ムツカシイネ」

「外国人のフリするのやめなさい。外出許可って、二人以上じゃないと取れないのよ」

「へぇ、そうだったのか」

「ね、どう？　どうせ暇なんでしょ？」

「そうだな……」

暇だと決めつけられるのも微妙だが、フユトは外出が可能だと思っていなかった。

リリセ係として、断る理由はなさそうだ。


フユトとリリセは二人で養成所を出た。

門をくぐるのは、入所以来のことだ。教官室でもらってきた外出許可証をゲートにかざすだけであっさりと所内から出られた。

フユトは拍子抜けした気分だった。

兵士を育成する学校となれば、脱走者が相次ぎそうなイメージだが、この養成所は別らしい。兵士は憧れの職業、戦争への参戦は若い学生にとって有名になる絶好の機会なのだから、逃亡するはずもないというところか。

「休みがあるだけでも意外なのに、シャバにも出られるなんてなあ」

「シャバ？　変な日本語《にほんご》知ってるじゃない。でもそうね。訓練期間、九十日しかないのに休みがあるなんて。タルんでるわ」

「休暇を取るのは労働者の権利だぞ。質の高い労働は適度な休息があってこそだ。歯車にも油を差さないとな」

「どういう表現よ。それと労働じゃなくて訓練。働くのが好きなんて変わってるわね」

「休暇は次の労働への準備期間だろ？」

「労働が最優先すぎるわ！　わたし、戦うのは好きだけど休みがないとキレるわよ⁉」

「わかってる。俺だってきちんと休んでリフレッシュするのは望むところだ。ところで、さっきから気になってたんだが、リリセのその格好《かっこう》はなんだ？」

フユトは隣を歩くリリセの姿を上から下まで眺める。

リリセは黒いパーカーの下にだぶだぶの白いスウェットをはいている。動きやすそうだが、可愛《かわい》さなどはかけらもない格好だ。

セミロングの水色髪も後ろで無造作に結んでいる。

「なにと言われても、ただの私服よ」

「リリセ、私服そんな感じだったのか……」

養成所では、制服と部屋着姿しか見ていない。フユトを含め、他のメンバーも同じだが。

フユトは長袖の白シャツに黒いズボンというシンプルな服装だ。適度な清潔感があれば

いい、という程度のファッションを心がけている。

「スタイルいいのに、ぶかぶかの格好《かっこう》はもったいなくないか？」

「なにそれセクハラ？　戦争に出るときは小綺麗《こぎれい》な格好するんだからいいのよ」

「変な話だよな。戦場こそ、動きやすくて汚れてもいい格好で出そうなもんなのに」

「何度でも言うけど、戦争はショーよ。特に女子は可愛《かわい》い服装を求められるの。わたしはプロだから期待には応えるわ」

「俺も一緒に歩く女子には、可愛い服装をしてほしいのが本音だな」

「カワハラね。女子に可愛さばかり求めるのも、ハラスメントの一つよ」

「なんて窮屈な国だ……」

女子と話さないほうがいいまでありそうだ、とフユトは欧州《おうしゅう》に戻りたくなってきた。

「せめて、休みの日はライフルなんて置いてくりゃいいのに。これはハラスメントにならないだろ？」

そう、リリセはカバンも持っていないが、驚いたことにライフルはきちんと肩に担いでいる。だぶだぶの服のどこかに予備弾倉も隠し持っていそうだ。

「クラッシュ弾なら街中で撃ってもいいのよ」

「怖すぎる。最悪、人は撃ってもいいが、俺は撃たないでくれよ」

「あなたも割と最悪じゃない？」

リリセが撃たなければなにも起きないのだが。

「銃の携帯が許可されるのは兵士の特権よ。今のわたしは生徒に戻っちゃったから、実弾は持ち歩けないけど」

「兵士だった頃は実弾持って街中をウロウロしてたのか。マジで恐ろしい」

「ふん、それほどでもないわ」

「………………」

別に褒めてない、とフユトは言いかけて黙った。リリセは怖がられるほど強い、と解釈したようだ。

「わたしは銃を持ってないと落ち着かないのよ。フユトは丸腰だけど、大丈夫なの？　あ、そうだわ。わたしの拳銃を貸してあげる」

「え？」

「コードセブン時代からの愛銃なんだから、壊さないでよ」

フユトは「正直、まったくいらない」と思いつつも、リリセの親切を断るわけにもいかず、受け取った。

ごく普通の九ミリ拳銃で、銃身にブルーの装飾が施されてオモチャのような見た目だ。

フユトは弾倉を引き抜き、弾丸を一つ取り出してみた。

「これもクラッシュ弾だな。あれ、でも愛銃って割にリリセが使ってるところを見たことがないような？」

「拳銃は最後の武器よ。わたしも実戦で撃ったことはない」

「拳銃ってなかなか当たるもんじゃないからな」

フユトも使い方くらいは知っているが、驚くほど当たりにくく、十メートルも離れたら外してしまうほどだ。

ヌガタが拳銃を使っていたのは、生徒にハンデを与えるためだろう。

「そういえば俺、ネイラの街をちゃんと歩くの初めてなんだが、武器が必要なのか？」

「今時のシティでは犯罪は少ないわ。学生なら、せいぜいケンカくらいね。まあ、ケンカしてる馬鹿を見たら、クラッシュ弾を撃ち込んでもいいけれど」

「よくないだろ。クラッシュ弾をくらったら、下手すると病院送りだぞ」

フユトの腹部にも、昨日撃ち込まれたクラッシュ弾のアザが濃く残っている。訓練後に、一発くらった銃床での一撃のアザのほうが濃いが。

「まあ、ライフルを持ってる理由はすぐにわかるわよ」

結果から言うと、〝すぐに〟ではなかった。養成所は第七学区の郊外にあり、街に出るには三十分ほども歩く必要があった。

ネイラの街並みは、ごく平凡――ビルや商店、普通のマンションや一軒家が並んでいる。

養成所の周囲は田んぼや畑が広がる田園地帯だったが、印象がまるで違う。

「田舎に隔離されてたんだな、俺たち。そりゃ非殺傷弾といっても弾丸が飛び交う訓練をしてるんだから当然か」

「違う、違う。フユト、まだ戦争のことがわかってないのね」

リリセはそう言って首を振った。

街中に入って少し歩くと、フユトも事情がわかってきた。

「あ、あれ……リリセじゃない？　コードセブンの」

「ちょっと、プライベートっぽいじゃん。コソコソ見んのダサいって」

「うわ、すげー可愛《かわい》い。見た目は美少女なんだよな、リリセって」

道行く人たち――特に制服を着た学生たちが、リリセを見ながらヒソヒソと話している。スマホを向けて撮影している者も少なくない。

「なるほど、危険だから隔離されてるんじゃなくて、人目を避けるためか」

「そういうこと。忘れないでよ、この街の学生はみんな兵士になりたがってるのよ」

兵士の卵たちを好奇の目に晒《さら》さないようにするために、街中から外れたところで訓練を受けているというわけだ。

「やべー、リリセちゃんに撃たれたい！」

「あんなライフルの似合う美少女、いる？」

「撃たれて倒れて、さらに死体撃ちされたいわー」

「……ちょっとキモい連中がいるわね」

リリセが周りの視線が鬱陶しくなってきている。フユトはいざというときはリリセを撃ってでも止めたほうがいいか悩み始めた。

そのとき――

「ねえねえ、リリセちゃんだろー」

「ライフル担いでるから間違いねぇよな」

「銃持ってる美少女って、かっこいいよなあ」

「ちょっとさあ、一緒に写真撮ってくれよ」

「…………」

リリセの前に、四人のニヤついた男たちが立ちはだかった。

「悪いけど、わたし今は兵士じゃないから。写真なんて撮る意味ないわ」

「うおっ、マジでリリセちゃんだ。声も可愛《かわい》いよな」

「なあ、もっかいしゃべって。動画も撮るからさあ」

「無視すんなって。ちょっとでいいからって言ってんだろ」

まずい、とフユトは怖くなってきた。もちろん怖いのは四人の男たちではなく、リリセのほうだ。

「おい、聞いてんのかよ、おまえ！」

「ハァ？」

リリセがいきなり殺気をあらわにしてライフルに手をかけ、同時にフユトは彼女の手首を掴《つか》んで走り出していた。

四人の男たちも罵声《ばせい》を上げながら追ってくるが、フユトたちはグングン彼らを引き離す。

「いきなりキレんなよ、リリセ。我慢するかと思ってた」

「兵士がサービスするのは、戦争のときだけよ。むしろ、〝リリセ〟がおとなしいほうが解釈違いだわ」

「今日は休暇だ。我慢の限度を高めに設定しといてくれ」

　やはり俺はリリセ係だな、とフユトは走りながら苦笑する。


　しばらく走って、フユトとリリセは四人の男たちを完全に振り切った。

「ライフルを持ってる理由もわかってきたよ。要するに〝キャラづくり〟か？」

「わたし、変装してもどうせバレちゃうから。暴走して撃ちまくるリリセなら、日常生活でも銃を担いでいるほうが〝それらしい〟でしょ」

「兵士になると気を抜く暇もないのか」

「あなたも兵士になるために訓練してるんでしょ」

「俺は兵士になるのかなあ？」

「は？　なりたくないの？　なんのために厳しい訓練に耐えてるのよ？　拒否権もあったでしょ。拒否した人、聞いたこともないけど」

「拒否権ねぇ。あったような、なかったような……」

「なんの話よ？」

「気にしないでくれ。どうせ、今さらやめるなんて無理な話だしな」

フユトは長い海外暮らしから帰国して、たった三ヶ月《さんかげつ》後に訓練に放り込まれた。兵士の候補生を選んだのはシティネイラの行政ＡＩ〝アスカ〟だ。彼女には思惑があってフユトを選んだのは間違いない。

もっとも、思惑があるのはフユトも同じ——

誰も彼も、人間もＡＩも企《たくら》みを持たない者など存在しない。

思考能力を持つ限りは、時には〝願い〟などとも呼ばれる現実的利益を求めて常に策略をめぐらせている。

「ま、今日は戦争だの兵士だののことは考えなくていいな。せっかくの休暇なんだし。リリセ、なにか用があって出てきたんだろ？」

「別にたいした用なんてないわ。たまには頭をからっぽにするのも大事よ」

「そんなもんかな」

「ヒィナとクロエも今頃、のんびりぼんやりしてるでしょ——あっ⁉」

「な、なんだ⁉」

フユトはとっさに、ふところに入れた拳銃に手を伸ばしてしまう。

「こ、ここ……！」

リリセは突然、道沿いにある一軒の店を指差している。

「ここ、美味《おい》しいお汁粉《しるこ》のお店だったのに！　い、いつの間にか潰れてるわ……！」

「オシルコ……？　ああ、お汁粉？」

フユトのボキャブラリーでは一瞬で理解できないワードだった。日本《にほん》ではそんな頻繁に食べそうにない料理の専門店があるのか、と本気で驚いている。

「モチが入った甘いスープみたいな食べ物だよな。リリセ、甘い物が好きだったのか」

「祖母がよくつくってくれたのよ。養成所じゃあまりスイーツは食べられないし」

「そりゃ自炊でスイーツを用意しろと言われても難しいな」

レシピと材料があれば、パイやケーキ、モチや団子などはつくれるかもしれないが、なかなかの手間ではある。

「そうよね……せっかくの外出だから食べようと思ってたのに。やっぱり第七学区でお店を続けるのは難しくなってるみたい」

「あー、ヌガタ教官が言ってた学区ごとの予算配分ってヤツか」

言われてみれば、周りの商店のいくつかはシャッターが下りている。あるいは、あまり流行《はや》っていそうにない暗い雰囲気が漂っている。

街そのものが寂《さび》れているような印象だ。

「羽振りのいい学区なら補助金が出るし、お店の家賃だって安くなるみたいだし、安くなった分、味にこだわれるのよ。上位ユニットを擁《よう》してる学区のお店は繁盛するし――」

「第七学区みたいな、今ユニットがないような学区じゃドンドン店が潰れていくわけか」

「最悪ね」

リリセがわかりやすい単語でまとめてくれた。

「あまりスイーツには期待できそうにないわね……」

「なあ、ヨソの学区には行っちゃいけないのか？」

「基本的には自由よ。学区ごとにフェンスで区切られてるわけじゃないんだから。ただ、ヨソの学区のお店に入るのは負けたような気がしない？」

「うーん」

フユトは、まったくそんな気はしなかった。

だが、第七学区で暮らし、第七学区のユニットにも参加していたリリセには別学区への対抗心があるのだろう。

「そうなると、行きたい場所はないのか？　第七学区、面白いところとかないのか？」

「面白いかはわからないけど、行きたい場所ならあるわ」

「なんでもいいよ、そこへ行こう」

「ちょっと遠いのだけど……そうね、ちょうどアレもあるし」

すぐそばに、レンタルバイクのステーションがあり、二十台ほどのバイクが駐《と》められている。

「え、でもバイクって……ああ、そうか」

戦争では車両のたぐいも使うらしく、兵士たちは十八歳未満でも免許の取得が認められているらしい。養成所でも、そのうち取らされる話はフユトも聞いている。

「そういうわけよ。フユトはまだ免許取ってないわよね。わたしが運転するわ」

「お手柔らかにな……」

戦闘であれだけ暴れ回る少女の運転――穏やかなものとは思えないが、覚悟を決めるしかなさそうだ。


「へぇ、ネイラにこんな場所があったのか」

「第七学区はネイラでも広いほうなのよ。面積が広いのは、ここのせいでもあるわね」

「なるほどなあ」

予想どおり、リリセの荒々しい運転で走ること十分ほど――

フユトはリアシートでリリセの細い腰にしがみつくという、喜ぶべきか怖がるべきかわからないツーリングを楽しまされた。

電動バイクを道端に置き、フユトとリリセは道のど真ん中に立っている。

人気《ひとけ》がない寂《さび》しい場所で、車の気配もないので轢《ひ》かれる心配もまったくなさそうだ。

フユトたちがやってきたのは学区の東の外れ。森を貫いている道を抜けると、そこにあったのは――

「遊園地か……」

観覧車やジェットコースターなどが敷地の外からでも見える。

「ネイラは〝ペンとサーカス〟って言ってる割に戦争以外の娯楽は少ないから、貴重な遊び場なのよ。周りは山と森ばかりで、孤立しているような街だし」

「そうなのか。俺、ネイラの外もほとんど知らないんだよな」

フユトは、地下を走る高速鉄道〝アンダーエア〟でネイラにやって来た。地上の風景を一切見ていないので、ネイラの周囲の景色も詳しく知らない。

ネイラはよく言えば大自然の中、悪く言えば田舎にある。北部に広い人造湖があるが、そこでレジャーを楽しめるのかも知らない。

戦争があるといっても、住民には他の娯楽も必要なのだろう。ただ――

「この遊園地、潰れてるよな？」

「言うまでもないわね」

リリセは、遊園地のほうに遠い目を向ける。

フェンスに囲まれているが遊園地の内部はよく見える。どう見ても無人な上に、乗り物は薄汚れ、地面にもゴミなどが散乱している。完全に廃墟《はいきょ》だ。

「〝セブンライズ〟って遊園地だったのよ。七年くらい前に潰れたわ」

「七年も放置されてるのか。そりゃ荒れ果ててるよな」

遊園地を取り囲んでいるフェンスすら破れかけているように見える。

「子供の頃、一度だけ遊びにきたことがあるのよ。祖母に連れられてね」

「いいお祖母《ばあ》さんだな」

「祖母はもう歳だったからアトラクションに乗るのは無理でね。でも、わたしはその頃から元気いっぱいだったから、祖母を連れ回しちゃって」

「目に浮かぶようだな」

今のリリセを見ていれば幼女時代の彼女がどれだけヤンチャだったか想像がつく。年寄りでは付き合いきれないだろう。

「祖母が疲れてリタイアしたから、アトラクションを回りきる前に帰ることになっちゃったのよ。帰り道、祖母は『ごめんね』『ごめんね』って何度も謝ってきて。気にするようなことじゃないのに。わたしは遊び回れなかったことより、祖母を謝らせたことが未《いま》だに後ろめたくて」

「意外にまともなエピソード持ってるんだな……」

「意外にまともってなによ!?」

「いや、深い意味は」

フユトは、リリセならもっと破天荒な過去を持っていると思い込んでいた。祖母思いの優しい孫娘キャラは意外すぎる。

「それで、リリセのお祖母さんは？」

「祖母は元々、ネイラで教師をやってたのよ。ここはスクールシティで学生の街だけど、祖母は定年まで勤め上げたから、この街に住み続ける権利があるの」

「ふーん」

つまり、なにか理由がなければネイラには住み続けられないらしい。スクールシティは本来は永住が認められないということなのか。

フユトは未《いま》だ、この街のルールには詳しくない。

「祖母は教師としての功績のおかげで、今も街に住んでるわ。今度はわたしが、祖母を遊園地に連れてきて、ゆっくり回りたいのよね」

「なるほど。ただ、話が最初に戻るが……潰れてるよな、この遊園地」

しかもあちこち錆《さ》びついてボロボロで、再開の見込みがあるとも思えない。


「フユト、あなたの〝夢〟はなに？」

「ずいぶんロマンチックな質問じゃないか、リリセ」

「現実的な質問よ。兵士になるなら、夢があるってことでしょ？」

そう——兵士はユニットのメンバーとなり、戦争に参加し、自分が住む学区を繁栄させることが目的となる。

だが、それとは別で兵士の個人的な目的もまた存在する。

それが〝夢〟だ。

「インビテーションの文句にもあったな。〝戦争に参加して、楽しく夢を掴《つか》みましょう〟って」

撃ち合いに参加して、〝楽しく〟も〝夢〟もないだろうと呆《あき》れたものだった。

だが、ネイラからのインビテーションは少年少女を騙《だま》して戦争に参加させようというわけではない。

兵士には〝夢〟を叶《かな》えられる特権がある。

もう少し正確に言うなら〝将来の希望〟を叶えたり、〝ほしい物〟を手に入れる権利を得られる。

もちろん〝世界征服〟や〝山積みの金銀財宝〟など、無理のある夢は叶えられない。

だが、シティでは普通の夢を叶えることも難しい。

「基本、将来の進路はなんでも選べるわけじゃないし、金があればなんでも買えるわけじゃないんだよな」

「当然でしょ。進路は適性に合わせて選ばれるべきだし、お金があっても〝宝の持ち腐れ〟になるようなものは手に入れるべきじゃないわよ」

「いらん世話のような気もするが……まあ、シティの方針に文句はつけない」

簡単に言うなら、医者になりたくても明らかに理数系の適性がなければ目指すべきではない。美術に興味もないのに名画を手に入れても意味がない。

いや、なんらかの意味があっても、シティはそれを簡単には認めない。

シティの行政ＡＩが人々の資質を判定して職業を選ぶ。

名画がほしいなら、高い審美眼を持ち、大切に保管できる環境を持つ人間のみが手に入れることができる。

そのシティによる審査を受けることなく、自分の望む道を選び、自分が望む物を手に入れる。

それが〝夢を叶《かな》える〟ということだ。

兵士として戦争に参加し、大きな結果を残した者だけが夢を叶えることができる。自分が望む未来を掴《つか》むことができる。

戦争で兵士たちは敵を倒し、勝利に貢献し、視聴者が沸くような見せ場をつくることで〝ポイント〟を手に入れる。

そのポイントが規定量に達したとき、シティが〝夢を叶えて〟くれるというわけだ。

だからこそ、兵士たちは高いモチベーションをもって戦争に挑み、貪欲《どんよく》に勝利を求めるのだ。

「言いたくないならいいわ。あまり自分の夢は語らないものだから。叶わなかったときにむなしくなるからね」

「俺の夢は別に語っても問題ない」

フユトは苦笑してフェンスに近寄り、その上部に防犯センサーが設置されているのを確認する。廃墟《はいきょ》と化した遊園地だが、防犯はしっかりしているらしい。

「欧州《おうしゅう》帰りだって言ったよな。俺、妹と二人で帰国したんだが、妹は向こうで大ケガをしたんだ」

「そう、なの……」

「命に別状はないが、回復には相当な時間がかかるらしい。俺には妹と二人で暮らせる家と完全介護してもらえる環境が必要なんだ」

「それ、夢が二つない？」

「俺が望んだのは〝妹との幸せな暮らし〟だよ」

言い方がズルいかもしれないが、ネイラはフユトの願いを聞き入れている。

インビテーションが届き、シティにコンタクトを取った際に様々な説明を受けるのと同時に、夢について訊《き》かれるのだ。

「〝中央一区〟に行けばその願いが叶うそうだ」

「中央一区に住むつもりなの？　あそこだけは、特別な許可がないと入れないわよ」

「それは聞いた」

ネイラの三十一に分かれた区の大半は、誰でも出入りが自由だ。ただし、中央一区だけは壁やフェンスで囲まれ、正規のゲートを使わなければ出入りできない。

ネイラの市政や戦争の運営の担当者、産業の経営者など、いわゆる上流階級が住む区域となっているため、厳しい警備態勢が敷かれている。かつて〝テロルの時代〟があり、上流階級が無差別に攻撃されたため、やむなく分断されているのだ。

「中央一区に、自動完全介護付きの家があるそうだ。最高の医療が可能な病院と連携してるってさ。俺は、その家がほしい」

「妹さんは、特別な家がないと退院できないのね」

「ああ、妹をずっと病院に放り込んでおくわけにはいかない。あいつを退院させて、自宅で完全介護してもらうには、シティからの補助が必要なんだ」

「ええ、よくわかったわ。妹さん、早くよくなるといいわね」

「ありがとう」

フユトはリリセの気遣いに感謝してから――

「もしかして、この遊園地を復活させるのがリリセの夢なのか？」

「いいえ、全然」

「違うのかよ！」

さっきのいい話はなんだったのか、とフユトは文句を言いたかった。

「こんなボロい遊園地、復活させたところでたかがしれてるわ」

「そりゃあな」

このセブンライズという遊園地が潰れたのは、理由があったのだろう。ただセブンライズを復活させても、客が集まるとは思えない。

「この遊園地を叩《たた》き壊《こわ》して、わたしプロデュースの新しい遊園地をつくるのよ！」

「なるほど、それは面白そうな――って、本気で言ってるのか!?」

フユトはレジャー業のことは知らないが、一介の十代女子が遊園地のプロデュースなどできるはずがない。

「ま、まさか、〝リリセランド〟をブチ建てようとしてるのか？」

「わたし、そんな自己顕示欲強くないわよ」

フユトはリリセに殺気立った目で睨《にら》まれたが、夢物語に付き合っているだけでも褒めてもらいたいくらいだった。

「そんな大金、シティの予算でやりくりできないだろ」

「戦争でどれだけのお金が動いてると思ってるの？　フユト、わたしは戦争そのものを動かせる存在に――〝生きた伝説《レジェンダリー》〟級の兵士になるつもりよ」

「生きた伝説とは大きく出たな。それなら、ネイラが夢を叶《かな》えるんじゃなくてリリセが自力で目標を叶えるだけになるんじゃないか？」

「わたしは夢を叶えるまで戦い続けたい。ヌガタ教官みたいに引退せず、いつまでも戦い続けるのよ」

「それがリリセの夢か……」

リリセによると兵士の〝現役〟は長くは続かないということだった。激しく身体を酷使する兵士という仕事は、長く続けられないのだろう。

その限界を越えて戦い続けることが、〝リリセの夢〟らしい。

「リリセらしいといえばそうなんだが……やべぇこと企《たくら》んでるなあ」

「コードセブンじゃ叶わなかった夢を、わたしはまだ追うつもりなの」

じぃっ、とリリセは今度は刺すような視線をフユトに向けてくる。

夢を手伝えと言いたいのか、足を引っ張るなと言いたいのか。

フユトは今のところはそれを確かめるつもりはない。できることは既にすべてやっているからだ。

「ただ、そうだな。遊園地の経営っていうのも面白そうな仕事だな。夢を叶《かな》えて、手が足りなかったら呼んでくれ。どんな重労働でも俺がこなそう」

「そ、そこに反応するの？　夢のことをシティのＡＩ以外に話したのは初めてだけど、経営に絡ませろなんて言われるとは夢にも思わなかったわ……」

「俺は働くのが好きなんだよ。面倒くさい仕事ほど面白そうじゃないか」

「頼もしいような、ちょっと怖いような……」

リリセは若干引いているようだ。

「いえ、長く話しすぎたわね。夢が叶うのはまだ遠いわ。今の話は忘れてくれていい。あ、観覧車、ここからだとジェットコースターが邪魔でよく見えないわ」

リリセはそんなことを言い、フェンス沿いに歩き出した。夢を語りすぎて照れているのかもしれない。

「アスカ」

「はい」

フユトはリリセが充分に離れたのを確かめ、こめかみに指先を当てた。

「アスカ、このフェンスのセンサー、オフにできるか？」

「問題ありません。セブンライズのセキュリティレベルは2。ですがフェンスを乗り越える必要はなく、私の権限で付近のゲートをロック解除、開閉通知の偽装も容易です」

「馬鹿だな、女子と二人でフェンスを乗り越えるのが楽しいんじゃないか」

「理解不能です、フユト」

アスカの合成された人工音声に、フユトは苦笑する。

「じゃあ、頼む。このあたりの防犯センサー、一分でいいからオフにしといてくれ」

「了解しました、フユト」

アスカの返答と同時に、わずかに響いていた機械音が鳴り止《や》んだ。アスカがフェンス上に設置されていた防犯センサーの装置をカットしてくれたようだ。

「リリセ！」

フユトが大声でリリセを呼び、彼女はすぐに反応して小走りに戻ってきた。

「なによ、フユト。もうちょっと中がよく見えるところに――」

「ここのフェンス、防犯センサーが切れてる」

「えっ、ということは――」

リリセは最後まで言わずに、高く跳躍してフェンスを一気に乗り越えた。三メートルほどもあるフェンスを助走もなしで軽く飛び越えるなど、やはりリリセは人間離れしている。

フユトは呆《あき》れつつ、自分は無理をせずにフェンスを掴《つか》んで登って乗り越えた。

「うわぁ、セブンライズの中に入ったの七年ぶりだわ！」

「そりゃよかった。まあ、中に入って見ると余計に荒廃がよくわかるような」

「いいのよ、これで潰す決意も固くなるじゃない」

どうやらリリセは本気でセブンライズを潰し、新しくつくり直すつもりらしい。

「観覧車にジェットコースター、メリーゴーランド、コーヒーカップ……絶叫系からのんびりした乗り物までいろいろ揃《そろ》ってたんだな」

「ええ、コーヒーカップは祖母と一緒に乗った記憶があるわ。ジェットコースターは乗るのも面白いけど、あのレールの上を走ってみたかったのよね」

「ヤンチャすぎるだろ、ちびリリセ」

フユトはレールを見上げる。どういうわけか、ジェットコースターがレールの途中で止まっている。遊園地が閉鎖される際に、係員の誰かが芸術的なレイアウトを試みたのかもしれない。

「あんなトコを子供が走ったら大騒ぎに――」

止まったままのコースターの後部でなにかがキラッと光った。

「リリセ！　一時の方向、レール上コースター、狙撃手！」

「はい！」

フユトが素早く指示を出すと、リリセは一瞬の間もなくアサルトライフルを構えて発砲した。同時に、バシュッと押し殺したような銃声が聞こえた。

「くっ！」

リリセの真横を銃弾が一発かすめ、それでも彼女は動じることなくライフルをレールに向けて撃ち続けている。

「誰か下りたわ！　逃げられる！」

ジェットコースターの陰から誰かが飛び出し、レールの上を走って行ったかと思うと、数メートルの高さから飛び降りてまた走っていく。

フユトも拳銃を抜いてはみたが――

「遠すぎる。三百メートルってとこか」

拳銃どころか、アサルトライフルでも精密に狙うのは難しい距離だ。

「なにを呑気《のんき》に！　絶対に逃がさな――きゃあっ！」

駆け出そうとしたリリセの、だぶだぶのズボンがいきなり脱げてしまい、彼女は足を取られて転んでしまう。さすがに顔面から地面に突っ込みはしなかったが、両手両膝をついて、尻を突き出すような格好《かっこう》になってしまった。

「あー……リリセ、大丈夫か？　弾がかすってズボンのヒモが切れたのか」

「く、屈辱だわ……！」

「だろうな。俺も女子のそんなポーズ、生まれて初めて見たわ」

リリセはズボンが脱げているので、当然パンツ姿になっている。レースがついた意外に可愛《かわい》い白のパンツだった。

「馬鹿、わたしの下着じゃなくて敵を見なさい！　どこ行った!?」

「もうとっくに逃げたよ。黒いコートに黒いキャップをかぶってたな。髪は長かったみたいだが、よくわからん」

「しまった、スマホで撮っておくべきだったわ……」

リリセは立ち上がり、ズボンを元に戻しながら悔しそうにしている。

「そんな暇、なかったろ。それよりリリセ、ケガは？」

「ズボンをかすっただけよ……でもこれ、押さえてないとズボンがずり落ちてきちゃうじゃない……！」

「脱いだらどうだ？　上のパーカー、だぶだぶだから下着くらい隠せるだろ？」

「残弾は三発ね」

「俺のベルトを貸すよ。俺のズボン、タイトだからベルトなしでもはける」

二日続けてクラッシュ弾をくらってはたまらない。フユトは慌ててズボンのベルトを外してリリセに渡した。これで応急処置はできるはずだ。

「それでリリセ、実弾で狙われるほど恨まれてるのか？」

「戦争は遊園地をポンと買えるくらいの規模で行われてるのよ。戦局を変えかねないほどの兵士なら、狙われたって不思議はないでしょ」

「戦争というより、マフィアの抗争みたいだな……」

フユトはリリセが動じていないことに安堵《あんど》しつつ――先日のストランでの実弾を使った

銃撃を思い出さずにはいられなかった。

同じ人物の犯行なのか。別人だとしても同じグループによるものかもしれない。もちろん、まったくの別人、まったく別のグループによる犯行の可能性もある。

「〝兵士がもっとも恐れる敵は戦車でも爆撃機でもない。姿なき狙撃手である〟」

「なによ、誰の言葉？」

「いや、兵隊の常識」

「兵隊ってワード、今の日本《にほん》では差別用語よ。まずいワードを使うと炎上するわよ。でも、そのとおりね。狙撃は上手《うま》く決まれば華もあるし、狙撃の名手って人気出やすいのよね」

「気にするのは人気なのか？」

今、リリセが実弾で命を狙われたばかりなのだが。

「ちょうどいいから、話しておきましょう。狙撃のことよ」

「狙撃？　クロエのことか？」

「〝未殺の狙撃手《バージン・シューター》〟。学校の基礎教練中、一人で一〇〇人の生徒を狙撃で倒した名手の名前が今川《いまがわ》クロエなのよ」

「……なんでそんな凄腕《すごうで》が、今さら養成所でのんきに訓練受けてるんだ？」

「わたしも訓練してるでしょ」

「そうだった」

どうやら、フユトの第七班には意図的に優秀すぎる人材が集められているようだ。

「つまり、凄腕《すごうで》の狙撃手の存在を織り込んだ戦術を考えろって話だな」

「班長の仕事ね。クロエなら、さっきの狙撃手くらいの仕事は軽くできるでしょ。彼女の技術を活《い》かさない手はないわよ。しっかり戦術を組み立てなさい」

「やること多いな、俺。望むところだが」

「ありがと」

「え？　まあ、班長だしな」

「それじゃなくて。さっき、わたしより先に狙撃手に気づいたでしょ。警告してくれなかったら、撃たれてたかもしれないわ」

「ああ……でもまあ、たまたまレールのほうを見てただけだ」

「それでも、お礼くらいは言うわよ」

リリセは恥ずかしそうに言うと、足を速めた。

「一応、これでもリリセの仲間だからな。身を挺《てい》してリリセを守ったら格好《かっこう》良かったか」

「馬鹿。フユトは、わたしを〝おまえ〟とか呼ばないところは認めてあげる」

「は？　おまえ？」

フユトは一瞬、なにを言われたのかわからなかった。

「あなた、出会ってから一度もわたしを〝おまえ〟って呼んでない。嫌いなのよ、そういう偉そうな呼ばれ方」

「そうだっけ？　意識してたわけじゃないが……」

フユトはそこまで言って気づいた。四人の男に絡まれたとき、リリセの態度が急変したが、男の一人がリリセをおまえ呼ばわりしていた。

「わたしも、不快な相手と休暇を過ごそうとは思わないからね」

「はぁ……」

「今日渡した拳銃は、あなたに預けておくわ」

「え？　愛用の拳銃じゃないのか？」

「指揮官は拳銃を持つものよ。一応、あなたは班長でしょう」

「……そういうもんか」

昔の軍隊では、指揮官が持っている武器は拳銃のみだった。直接戦闘は行わず、指揮を執《と》る者の象徴が拳銃だったという。フユトもその話は知っていたが、シティでの戦争では人数も少なく、指揮だけ執っていればいいものではない。

だが、リリセは一応フユトを指揮官として認めてくれているらしい。ならば――

「じゃあ、この拳銃はありがたく預かっておくよ」

「そうして」

リリセはさらに足を速くして、ほとんど小走りになって先を進んで行く。

いつの間にか、多少はリリセに認めてもらえているようだ。

リリセ係としては悪くない話だ――フユトは笑いそうになっている自分に気づいた。

ラウンド6

第七学区新ユニット選抜訓練。

わずか九十日の速成課程でもあり、ヌガタ教官のもとで厳しい訓練が連日続けられた。

当初集められた生徒は、一二〇人。

三十日後には八〇人、六十日後にはちょうど半分の六〇人となっていた。

ぴったり半分が脱落というのは作為を感じないでもないが、疑ったところで教官たちが答えをくれるわけでもない。

そして――

「通知が来た」

フユトは左手首のVウォッチを掲げて画面を見た。

Vウォッチは、訓練課程の半分、四十五日を過ぎたところで全生徒に支給された。

スマートウォッチで、スマホとも連動している。内蔵ナノカメラでユーザーの手や腕の動きを感知し、画面やボタンにタッチしなくても操作が可能だ。

「明朝六時、訓練棟前広場に集合。装備は各班の自己判断に一任。ただし、三時間程度の戦闘活動を前提に揃《そろ》えることを推奨。訓練内容は当日、教官から口頭で説明」

「訓練最終日となります。みなさん、最後まで気を抜かずに無事に訓練を終えて、笑顔で学校を出ましょう……ね。最後だけ普通の学校みたいなこと言うわね」

「一応、少年少女の学《まな》び舎《や》なんだろ、ここも」

フユトは、横から声をかけてきたリリセに答える。

養成所では座学は少なく、実戦的な訓練がほとんどだった。速成というだけあって、必要最低限のカリキュラムだったらしい。

フユトたちは一日の訓練を終え、夕食を済ませたところだ。リリセはシャワーも浴び終えている。シャワーの順番はフユトが女性陣に先を譲っているので、いつも一番最後だ。

フユトはロビーのソファに座り、横にリリセが寝転ぶようにしている。リリセはまだ濡《ぬ》れている髪をお下げにして、グレーのスポーツブラとショートパンツというラフな格好《かっこう》だ。

この九十日の間で、彼女は寮では完全に気を抜くようになっている。

「あれ、時計にメッセージが出たぞ。〝Vウォッチの機能制限Bが解除されました。共有機能がオンになりました〟……ってどういうことだ？」

「そういえば、共有機能はまだ使えてなかったわね。忘れてたわ」

リリセも左手首にはめたVウォッチを見て、なにやら操作を始めている。

「たいした機能でもないわ。ほら、わたしのをオンにしてみたから、フユトも」

「えーと、これか。なんだ？」

フユトのVウォッチから電子音が鳴って、画面にマップが表示された。

「ユニットメンバーの――今は班員ね、とにかく仲間の現在位置が表示されるの」

「なんだ、それだけか」

確かに、四つの光点が重なるように表示されている。ヒィナはシャワー中だが、浴室でもVウォッチを外していないのだろう。

「あとは体温・脈拍・呼吸数・酸素飽和度なんかの生命兆候《バイタル》が測定できるわ。Vウォッチで常にメンバーの測定数値を確認するのもIGLの仕事よ」

「戦闘中は役に立つな。班員に異常が起きたらすぐにわかるのは便利そうだ」

「あと、こんなこともできるわ」

「ん？」

リリセが身を乗り出してきて、フユトのVウォッチを操作する。Vウォッチの液晶は2インチ程度だが、空中への投射表示で三倍まで拡大できる。

「え、ヒィナか？」

その6インチ画面に、ヒィナの姿が表示された。茶色のセミロング髪が濡《ぬ》れている。肩が剥《む》き出《だ》しで、小柄な身体に似合わない大きな胸も半分ほど見えて――

ヒィナのVウォッチのカメラが映している映像が、フユトのVウォッチに送られているようだ。

「あれ？　なんかVウォッチが光ってる……カメラがONになってるよ⁉」

Vウォッチからヒィナの声も聞こえてくる。

「音声も繋《つな》がるのか。あ、悪い、ヒィナ。そっちの映像、俺のVウォッチに出てる」

「映像って……へ、変なもの見せてごめんね！」

ヒィナがVウォッチの液晶画面を手で塞いだようで、フユトの画面が真っ暗になる。映像通話を切ればいいのだが、慌てているらしい。

「うわ、これは気まずい。おい、リリセ、俺が覗《のぞ》いたみたいになってるだろ」

「ごめん、ヒィナ。シャワー中だってこと忘れてたわ」

リリセはVウォッチの音声通話だけを繋いで、ヒィナに謝っている。

「ヒィナの心拍数が上がってるな。大丈夫か、風呂場で倒れないか？」

「男子にシャワーを見られれば心拍も上がるでしょ。気まずいとか言っておいて、フユトは変化ないわね」

「俺は静かに興奮するタイプなんだ。ヒィナ、胸でかいよな」

「訓練が終わる前にいいもの見られてよかったわね」

フユトは、「セブンライズで見たリリセのパンツのほうが興奮した」と軽口を叩《たた》こうか迷ったが、やめておく。

リリセはつまらなそうな顔で、通話を切った。

「明日《あした》で訓練も終わりね。まさか二度も受けることになるとは思わなかったわ」

「そういえば、一度ユニットを解散して新ユニットに参加する奴《やつ》って珍しいのか？」

「今さらの質問ね。珍しいけど、いなくはない――くらいね。ユニットが解散したら兵士をやめるか、傭兵《マーセ》って道もあるけど」

「傭兵《マーセ》？　フリーの兵士になって、ユニットに雇われるってことか」

「傭兵は得られるポイントが少なかったり、いろいろ制限があって、〝夢〟を叶《かな》えるのは難しくなるわ。あまりやる人はいないわね。現役の兵士が戦闘経験を稼ぐために参加することはあるけど」

「俺には縁がなさそうだな。兵士になっても、自分のユニットだけで精一杯だろ」

フユトは特に経験を積む必要性は感じていない。養成所と実戦で、必要な学びは得られるだろうと考えている。シティに管理された戦争ならば、それで充分なはずだ。

「でも、リリセは傭兵でも引退でもなくて、新ユニットを選んだんだな」

「言ったでしょ、朝宮《あさみや》リリセには夢があるの。わたしは、なにかをあきらめたことなんてないのよ」

リリセは、なんの迷いもなく言い切った。寝転んでくつろぎながらだが、異様な迫力のある一言だった。

それから、ヒィナが泣きそうになりながらロビーに現れるトラブルはあったが、この寮での最後の夜も更けていった。

フユトもシャワーを済ませると、一階の自室に入った。灯《あか》りはつけず、カーテンの隙間から差し込む月明かりだけで充分明るい。

「…………」

フユトはゴロリとベッドに横になる。

明日が最後の訓練。内容については予想がつく。

大きく裏切られることはないだろう。奇をてらっても意味がない。教官は変わり者だが、新ユニットのメンバー育成に熱心なことは間違いない。

ならば、最後の総仕上げにやることは決まっている。

一方で、フユト自身が教官になにを見せるべきか。ヒィナの偵察能力、リリセの戦闘能力、それに自分の作戦立案能力と——指揮能力。それらをわかりやすい形で見せなければならない。戦争はショーなのだから。

ここまでの訓練で第七班は最高の結果を残してきた。最後の詰めをしくじるわけにはいかない。能力を活用しきれなかったメンバーが一人いるのは心残りだが——

「班長」

「…………」

いつの間にか、ベッドの横にその心残りの人物——クロエが立っていた。

月明かりが差し込む部屋に立つ短髪の少女は——まるで幽霊のようだ。シャワーを浴びてろくに乾かさなかったのか、ショートの髪が濡《ぬ》れている。肩紐《かたひも》が片方外れたタンクトップを着ていて、淡い胸のふくらみが半分晒《さら》されている。下は白の下着のみで、ずいぶんと挑発的な格好《かっこう》だが、リリセのパンツやヒィナのシャワー中の姿ほど興奮しない。

クロエはどこか作り物めいて見えるからだろうか。美少女フィギュアの裸でも見ているような気分だった。フユトは美少女フィギュアを所持したことなどないが。

「どうした、クロエ？」

最後の夜に思い出をつくりにきたのか——という軽口もやめておく。クロエの場合、無言で刺してきそうで怖すぎた。

「君に頼みたいことがある」

「なんだ？」

「僕の子供の父親になってほしい」

「…………っ」

さすがに意外すぎて、フユトはベッドから転げ落ちそうになった。

「ち、父親？　結婚の申し出か？」

「違う。僕の子供は僕だけの子供だ。だが、現代の技術でも父親なしで子供は孕《はら》めないから」

「遺伝子を提供しろって話か……？」

「もちろん自然受胎だ。試験管ベビーはネイラでは違法だから。妊娠が確認されるまで、何回でも続けてほしい。服装《コス》や状況《シチュ》など、班長の要望にもできる限り応える」

「…………」

そろそろ「冗談だ」と笑ってほしいが、クロエは無表情のままだった。

「僕はこの訓練で自分の性能を確かめることができた。影に徹して、味方をサポートする能力には自信が持てた」

「……ここまでクロエには出番を与えられなくて悪いと思ってるよ。ごめんな」

訓練でのクロエは、三人の背後で狙撃手として睨《にら》みを利かせ、味方に援護射撃するだけだった。

リリセにクロエを有効活用するように言われたが――

結局、前線を動かすので精一杯で、後方まで手が回っていない。

指揮を執《と》っていたフユトはクロエの高い能力をよくわかっているが、彼女は背後にいるせいで目立てなかったことは事実だ。

「目立つかどうかは、僕には問題じゃない。ただ、この能力を子孫に伝える理由がある」

「……なんで俺？」

「リリセが男性なら頼んでいた。僕が見る限り、この訓練の参加者でもっとも優秀《エース》な男性は班長だ」

「そ、そうか。それは照れるな」

「明日の結果次第では、班長と会うことは難しくなるかもしれない。だから今のうちに、君の精子を予約しておく」

「……九十日近く経《た》って初めてまともに口を利いたと思ったら、ヘヴィーな話題を振ってくるな」

「班員たちと没交渉《ぼっこうしょう》だったことは詫《わ》びる。すまない。僕は自分の能力を確かめる作業が最優先だった。だが、確認作業は終わった。これからはコミュニケーションも取ろう」

　この訓練期間中、クロエはフユトの指示には忠実に従っていたが、その存在感はひどく希薄だった。後衛という役割上、やむをえないことかと思っていたが、彼女は意図的に自分を隠蔽《いんぺい》し続けていたらしい。

「もちろん、遺伝子の提供を受けるのは僕と君が戦争に参加し、なおかつ無事に引退してからのことだ。僕には君に提供への報酬を支払う経済力はないが、前払いとして避妊処置を施して僕の肉体を提供してもいい」

「もう少し表現をマイルドにしてもらえないか？　コウノトリとかそういう感じで」

　フユトは子供ではないので、性的な話にも興味はあるが、淡々と語られると逆に恥ずかしい。

「そうか、検討する。君もこの話を検討しておいてほしい」

「あ、ああ」

「では、話は終わりだ」

　クロエはあっさりそう言うと、ベッドの横を離れて部屋のドアへと向かう。

「そうだ、僕からの頼み事は一つだけだが、提案も一つあった」

「え？　なんだ？」

「あの女は片付けたほうがいい」

「本日の訓練は〝最終選抜〟となりまぁす！　泣いても笑っても、今日で新ユニットのメンバーが決定しますよぉ！」

早朝、六時。

広場に集まった六〇人の生徒たちの前で、ヌガタ教官が声を張り上げている。

彼女の話を聞く生徒たちには、明らかな緊張が見られる。これで訓練が最後、第七学区の新ユニットに参加できるか今日決まると思えば、平静でいられないのは当然だ。

ちょうど半分の六〇人、十五班にまで減り、そこで減少は停止した。ここにいる生徒たちは大なり小なり〝見込み〟がある者たちだろう。

ただし、ここに集まっている者たちの中で、フユトが警戒している他者は一人――いや、二人だけだ。

「最終選抜は実戦に近い形で行いまぁす！　全班をキルロードの街に配置し、最後の一班になるまで戦い続けてもらいますよぉ！」

やはりか、とフユトは頷《うなず》く。

すべての班が実戦に近い形で入り乱れてのバトルロイヤル。シンプルにもっとも盛り上がる形式を選ぶのは当然だ。

「最終選抜では実弾使用、光式《こうしき》アーマー装着の上で撃ち合ってもらいますねぇ！」

おおっ、と生徒たちの中で声が上がる。ここまでの訓練では常にクラッシュ弾を使ってきた。痛みに慣れてきたのか、撃たれても立ち上がる者も出てきたくらいだ。

「頭イカレてんなあ……」

フユトはつぶやく。これは想定外の事態だ。最後の最後に来て、実弾訓練とは。

光式アーマーを装着すれば実弾を防げる。それがわかっていても、直接当たっても死なないクラッシュ弾とはまるで別物だ。これで恐怖しないなら人間ではない。

「クラッシュ弾はポイしちゃっていいでぇす。撃ってもいいですが、無駄ですからねぇ」

続けて、ヌガタが説明していく。

「今日まで残った班は半分の十五班！　全班に順位がついていまぁす。ただぁし、最下位の班も絶望することはありませんよぉ。最終選抜はハンデがつきますからぁ！」

ハンデ？とフユトは首を傾《かし》げる。

「最下位の班は弾倉を持てるだけ持ってよし！　十四位以上はこちらが指定した本数を持ってもらいまぁす！　もちろん上位に行けば行くほど所有弾数は減っていきますよぉ」

「教官、いいですか？」

フユトは手を挙げて質問する。

「上位は弾倉が少ないってことですが、敗退した班から弾倉を奪うのはアリですか？」

「ナシでぇす」

ヌガタは両手を交差させて×印をつくる。

「弾切れへの救済措置は一切ありませぇん！　他班の弾丸を拾って使用するハイエナ行為も厳禁でぇす！」

「………」

フユトは嫌な予感がしてならない。

「訓練成績一位は君の第七班。弾倉は各自一本ずつ！　大事に使わないとすぐに弾切れで詰んじゃいますからねぇ。一位まで昇り詰めた苦労が、一瞬でパァに！」

「やっと実弾を撃てるのにたった一本なの!?」

「文句の付け方がおかしい！」

フユトの後ろに並んでいたリリセが身を乗り出してきたので、彼女の肩を掴《つか》んで押さえつける。

弾倉一本、というのは言うまでもなく厳しい。

実戦では弾倉一本三〇発など、フルオートであれば一瞬で撃ち尽くす。そのため、たいていの軍隊ではアサルトライフルは一発ずつ撃つセミオート射撃が推奨されている。

シティでの戦争では派手さを優先するのか、フルオートが原則だという。訓練でも生徒たちはフルオートで景気良く撃ち、あっという間に弾を使い切る班も少なくなかった。

「勝敗は、実戦のルールである〝ＩＧＬの戦闘不能〟に準じて、〝班長の戦闘不能〟としますねぇ」

「………」

要するにフユトが撃たれたら終わり、ということらしい。

「ちなみに、各班の班長の位置が三分に一度、マップ表示されます。これは戦争の実戦でのルールと同じですよぉ」

「へぇ……」

フユトはつぶやいて、Vウォッチの画面を見た。敵のリーダーの位置をご丁寧に教えてくれるとは。戦闘では索敵が一番重要とまで思っていたが、こんなにわかりやすいシステムがあるとは予想外だ。

戦争がショーであるからには、お互いに敵を捜し回るだけでは面白くないのだろう。

「Vウォッチ、スマホ、どちらでもいいですが確認を忘れないようにぃ。位置が表示されるのは十秒間。ただし、光点がどの班の班長なのか判別はできませぇん」

「七班の班長だからって、狙い撃ちにはされないわけですね」

「ええ、残念ながらそうですねぇ。七班に全員が殺到しても面白くないのでぇ」

「なんだ、残念だわ」

リリセがそう言って、フユトを押しのけて前に出る。

「全員、わたしに殺到してきてもよかったのに。最後の戦いよ。せっかくだから、全員まとめて叩《たた》きのめしたかったわ」

リリセが水色の髪をさっと払い、格好《かっこう》つけて言った。

ざわっ、と周囲の生徒たちが騒ぎ始めた。彼らの声は殺気を帯びている。他の生徒たちも厳しい訓練をくぐり抜けてきた。こうもコケにされて、黙っていられるはずがない。

もちろん、リリセは彼らの殺気を浴びつつもまるで怯《ひる》んでいない。

「はは、面白くなってきましたねぇ。いいですよぉ、みなさん、朝宮《あさみや》リリセさんを見習ってください。戦争で一番大事なことを忘れないようにねぇ！」

「大事なことを忘れずに、ってどういうことかなあ？」

ヒィナがくいっと首を傾《かし》げている。

第七班はトラックの荷台に乗せられて運ばれているところだ。荷台は分厚い幌《ほろ》がかかっていて窓もなく、後部のドアの隙間からかすかに光が漏れてきているだけで暗い。

各班はそれぞれ別のトラックで運ばれ、キルロードのどこかで下ろされるそうだ。

「視聴者の目を意識して、楽しませる戦いをやれってことだろ」

「えー、華麗に戦えってこと？　こ、こんな感じで笑えばいい？」

ヒィナは自分の両方の頰《ほお》をつまんで引っ張り、無理に笑顔をつくっている。

「笑顔が足りないな。もっとじゃないか？」

「どんくらい？　フユトくん、やってみて」

「これくらいかな？」

フユトが代わりにヒィナの両方の頰をつまんで、きゅっと口角を上げさせる。

「痛たたたっ、フユトくん、痛い！　私のほっぺ、そんなに伸びない！」

「おお、ヒィナの頰、柔らかいな。すげー伸びる」

「戦闘中にイチャつくなっていうのも大事ね」

リリセがあらぬ方向を見ながら、ぼそっとつぶやいた。

「イ、イチャついてないよ。イジめられてるんだよ」

「それはもっとまずそうだな。俺が炎上する」

フユトは、ヒィナの柔らかい頬から手を離す。

「個人的には娯楽なんてどうでもいいが、人に娯楽を見せる仕事をやるわけだからな。お客さんが見たいものだけ見せてやろう」

「ずいぶんドライね、フユト……」

「フユトくんはプロ意識高いよね……」

リリセとヒィナは感心しているわけではなく、呆《あき》れているようだ。

フユトは自分が娯楽を楽しみたいとは少しも思わないが、質の高い労働を提供したい。

炎上が視聴者に不快で損になるなら、わざわざ見せることはないだろう。視聴者が盛り上がれる戦いを見せるのが兵士の仕事なのだから、それを忠実にこなせばいい。

「しかし、楽しませるって言ってもそんな余裕がある奴《やつ》ら、いるかな。みんな、荷台で吐きそうになってるんじゃないか？」

他の班も、今頃こうして運ばれていることだろう。お通夜のような雰囲気になっている班もありそうだ。今日の戦闘で運命が決まるのだから、余裕などあるはずがない。

「しかも、この最終選抜でやっと実弾を使うとはな」

フユトはライフルの弾倉を外し、弾丸を一発取り出した。

「普通なら、もっと早くに実弾の扱いを教えるべきだろ」

五・五六ミリ弾という多くの軍で使われてきた弾丸で、小口径高速弾などとも呼ばれる。弾速に優れて貫通力も高く、反動が軽いために狙いをつけやすい。ライフル弾の中では小さいが、手に持ってみると意外に大きく重たく——不気味に感じる弾丸だ。

「ま、まあアーマーがあるし」

ヒィナはブラウスの裾をめくり、スカートに取り付けた〝光式《こうしき》アーマー〟の発生装置を確認している。アーマーはもし故障したらスマホやVウォッチに警告が出て、IGLにも通知が届く。万が一、アーマーの故障に気づかずに戦闘を継続する危険性については二重三重に対策が取られているらしい。

「アーマーか……ヒィナ、分厚い盾に隠れていれば機関銃《きかんじゆう》でいくら撃たれても平気か？」

「一刻も早く逃げるよ」

「だろ？　アーマーがあるからって撃たれても平気なわけがない。リリセはともかく、他の生徒には少しずつ慣らしておくべきだったよなあ」

「わたしも全然平気ですってほど無神経じゃないわよ」

薄暗い中で、リリセの目がギラッと光った。

「つまり、華麗に戦うなんてほとんどの生徒は無理ってことだ。実弾にビビッて逃げ回る生徒たちの姿を楽しみたい——俺より性格の悪い奴《やつ》らが見てるんだろうな」

「見てるって、教官たちじゃなくて？」

「ヌガタ教官は性格悪いが、教官なら実弾を怖がる生徒なんて見飽きてるだろ。この最終選抜は他に観客がいるんだろうな」

「そこも実戦に準じてるってわけね」

リリセが、こくりと頷《うなず》く。

衆人環視の状況で、視聴者を楽しませるために戦争をする。兵士に求められているのは、ただ強いことでも、ただ敵を倒すことでもない。

兵士になるための最後の試験でそこを試されるのも当然だろう。

「あー、テストテスト。みなさん、聞こえますかぁ？」

不意に、左耳につけたヘッドセットから聞き慣れた声が響いた。ヌガタ教官だった。

「どうも、ヌガタでぇす。今回は本番の戦争と同じく、〝実況中継〟が入りますよぉ。他班の動きもわかってしまうので、基本的には生徒のみなさんには聞こえませぇん。ちなみに実況は私、ヌガタでお送り致しまぁす」

「あんたかよ」

この最終選抜を見学しているのは戦争を運営しているシティネイラの〝お偉いさん〟たちだろう。訓練の様子は、外部には発信されていないからだ。

戦争を娯楽として楽しんでいるメインのファン層は若者だ。彼らは若い兵士たちの戦いに興奮し、楽しんでいる。

だが、別の楽しみ方をしている連中がいても不思議はない。

若者が兵士になって夢を叶《かな》えるために戦う。しかし、選ばれるのは数人で、ほとんどが挫折する。若者の夢が絶たれる様子を楽しむ悪趣味な連中もいるのではないか。

フユトは、自分の想像がそう外れていないだろうと考えている。

それでも今は、そんな想像よりも仲間たちのことだ。

「三人とも大丈夫か？　はっきり言うが俺は実弾が怖い。リリセより怖い」

「わたしをネタにしないで！」

「あはは……こ、怖いけど、ここまできたらやるしかないね」

「僕は後衛だ。一番安全なところで戦うのだから、怖がることなどできない」

フユトはヒィナとクロエの目を見て、彼女たちの目に嘘《うそ》がないことを確かめる。クロエですら怖くないとは言っていない。恐れがあって当然で、それをごまかすほうが問題だ。ごまかせなくなったときにメンタルが大きく崩壊する。

「怖いから撃ち合うのよ。銃を向けられたとき、撃たれたときの『ふざけんなこの野郎』って気持ちがあるからこっちも人間を撃てるの」

「なるほど、リリセらしい」

撃たれたら撃ち返す。実弾を怖がるのが当然であるように、逆襲したくなるのも当然の心理だろう。

「みんな、やる気はあるようで安心した。この最後の訓練、せいぜい楽しく魅せてやろう。

リリセ、ちょっと」

フユトは、リリセの肩をぽんと叩《たた》き、耳元に口を寄せてささやいた。リリセはちらりとフユトの顔を見て、こくりと頷《うなず》いた。

同時に、車両が停《と》まった。荷台背部のリヤドアが開かれていく。

「リリセ、戦闘開始《ガンズアップ》！」

リリセは叫んで、リヤドアが開くと同時にトラックの荷台から飛び降りた。

フユトもそれに続き、何度も走って見慣れたキルロードの一角であることを確かめる。

ビルが複数集まっている区域で、見通しは悪い。

「リリセ、高所を取れ！」

「もう行ってるわ！」

リリセはお馴染《なじ》みの人間離れした跳躍力で、付近の三階建てビルを駆け上がるようにして登っていく。

「いたわ！」

「撃て！」

リリセは三階建てビルの屋上まであっという間に上がると、アサルトライフルを構えてその場に片膝をついた。パン、パンパンパンと四つの銃声が連続して響く。

「四人ダウン、四人ダウン！」

リリセはまだライフルを構えたまま、油断なく周りを見渡している。

光式《こうしき》アーマーは七発程度の銃弾に耐えられる。ただし、心臓部分に命中すると一発でアーマーが砕けて戦闘不能になるように設定されている。戦争用語で〝ハートショット〟と呼ばれ、〝ハトショ〟などと略されることも多いようだ。

リリセは正確なハートショットで、四人をたった四発の銃弾で仕留めたらしい。

「おいおい、リリセの奴《やつ》、開始五秒で班を一つ全滅させたぞ……」

「若者の夢を五秒で摘み取っちゃったね……」

「聞こえてるわよ、フユト、ヒィナ！　人を鬼みたいに！」

リリセは叫ぶと、構えていたライフルを下ろし、地上のフユトたちを睨《にら》みつけてきた。

「冗談はともかく、いきなり敵がいたね。もっとバラけさせるのかと思ったよ」

「いや、バラけてるだろうな。こんなに接近して配置されたのはウチと今の五秒の連中だけだろ、きっと」

フユトは、リリセにトラックの荷台でささやいておいたのだ。「おそらく初期配置の近くに敵がいるから速攻で倒せ」と。

「といっても、即座に敵を見つけて最低限の四発で仕留めたんだから、リリセは普通じゃないよな」

「敵の配置を読んだフユトくんも凄《すご》いけどね。なんで近くに敵がいるってわかったの？」

「序盤からなにも起きないのが一番退屈だろ。意図的に最初から動かすなら、一位の俺たちだと思って」

「私が素敵に出ても、四人を全部倒すのは無理だしね」

「いや、五秒の連中ならヒィナでもいけたな。悪い、おまえの出番を奪って」

「ううん、私は勝てれば文句はないよ。だからフユトくんの言うこと、聞く」

「……ああ」

フユトは、いつの間にかヒィナからの信頼を得ていたらしい。この最終選抜まで班長として班を引っ張ってきたとは思うが、だいぶ彼女たちを振り回した自覚もある。特に気の弱いヒィナはフユトのやり方を迷惑に思っていたとも思っていたが——

「いきなりの初動ファイトでしたが、まさかの四発で一〇班を撃破！　連続四キルを達成したのは元コードセブン、連続十二キルの記録保持者、朝宮《あさみや》リリセさん、第七班です！」

「うるさっ。けっこう気が散るな、この実況」

戦闘に影響のない実況は聞こえてしまうようだ。

「班長」

「ん？」

不意に、クロエがフユトの肩を叩《たた》いてきた。

彼女は今日はアサルトライフルの長銃身モデルに望遠スコープを装着して持ち込んでいる。スナイパー仕様の銃だ。

「班長、十時の方向、新手《あらて》が来る」

「銃声を聞かれたか。弾も少ないんだし、連戦は避けよう。こっちは機動力を活《い》かして、位置を掴《つか》まれないことを最優先に立ち回るとするか」

リリセはもちろん、ヒィナもクロエも脚と耐久力は充分にある。ヒィナは初日のストランの際に話したとおり、体力を重点的に鍛えてきた。フユトも女性陣に劣るものではない。

「逃げ回ってても勝てないわよ、フユト？」

「こっちは一人に弾倉一本ずつしか持ってない。このハンデはキツい。終盤になるまで弾丸は温存しないと」

下位の班ほど弾倉を多く持っている。フユトたち七班でも、舐《な》めてかかれば思わぬ損害を受けるかもしれない。

リリセもそのことはわかっているだろうが、じぃっとフユトを睨《にら》んできている。彼女は戦って勝つためにここにいる。戦闘を避ける戦術は、リリセの望むところではないだろう。

「もちろん、ただ逃げ回るだけでもない。俺たちは観客の期待に応えつつ、立ち回ろう」

フユトは走りながら、上空を指差した。撮影用のドローンが飛んでいる。キルロードには多くのカメラが仕掛けてあるが、面白いシーンを逃さないためか、大量のドローンを飛ばしているようだ。

「なによ、観客の期待って？」

「俺たちに期待されてるのは、〝神プレイ〟だ」

「そのとおりですよぉ、藤原《ふじわら》くん」

ヌガタは機材だらけの中継車で、ヘッドセットをミュートにしてつぶやいた。

実況中継に参加している人間はヌガタ一人。養成所内のカメラや上空を飛ぶドローンはすべてAIが制御している。

中継車内のモニターに複数の映像が映し出されていて、ヌガタは一枚のウィンドウを拡大表示させる。

ヒィナが先頭に立ち、次にリリセがフユトをかばうようにして進み、最後尾をクロエが固めている。

偵察《リコン》・尖兵《ヴァンガード》・IGL・後衛《バックアップ》の四つの役目のお手本のような〝進軍〟だ。

「エンタメの基本は七班が脱落するのは予想外ですが期待外れになりますからねぇ。なんとしても勝ち抜いてもらいたいものですよぉ。ただし――予想を裏切る展開も用意されてますからねぇ？」

ヌガタは指を空中で動かし、再びモニターを操作して別のウィンドウを拡大する。

第三〇班、女子一人男子三人の班で、お手本のような第七班に比べればフォーメーションが雑で、動きも素人臭さが抜けない。

ただし――異様なのは、三人の男子の顔に尋常でない怯《おび》えが見えることだ。

この班はここまでの訓練で最下位の成績で、弾倉をもっとも多く所持しているが、それでも勝ち目は薄い。

中継車では、生徒たちのVウォッチが測定している身体データも表示可能だ。三〇班の男子三人のデータは脈拍が大きく乱れている。

「さて、藤原《ふじわら》フユトくん。この最終選抜、君が予想もしなかった展開が待ってますよぉ。君も楽しませてあげますからねぇ」

ラウンド7

「今だ、ヒィナ」

「ヒィナ、撃ちまーす……」

フユトがヘッドセット越しに指示したのと同時にヒィナが小声で応え、軽快な発砲音が響いた。

途端に悲鳴と、乱射するかのような銃声がいくつも響き渡っていく。

「よし！　逃げろ、ヒィナ！」

「わぁ、忙しいよ」

フユトは潜んでいるビルの窓から、外を覗《のぞ》いている。細い路地を通って、ヒィナがこっちに走ってくるのが見えた。

それから三分も経《た》たずに、フユトがいる部屋にヒィナが飛び込んでくる。

「おかえり、あいつら派手に撃ち合ってるぞ。敵も見えないのに撃ってるな。弾が多いからって無駄撃ちしすぎだ」

「無駄撃ちしすぎというか、私たちが撃たせてるというか……」

パリン、パリンとアーマーが砕け散る音が次々と聞こえてくる。二つの班が大通りを挟んで銃撃戦の真っ最中だ。距離が近いので、次々に命中して生徒たちが倒れていく。

フユトたちの作戦は、密《ひそ》かに動き回って敵を探索。敵を見つけてもあえて攻撃は仕掛けず、百メートル以内の距離にいる二つ以上の班を発見したときのみ銃撃する。

「この作戦しかないんだよ。他班の数を減らして、敵の弾薬も消費させないとな」

仮にA班とB班が近くにいる場合、A班がB班からの攻撃と誤認する位置からヒィナが銃撃を行い、意図的にB班にA班を攻撃させ、撃ち合いを発生させる作戦だ。

この戦闘ではすべての班が慎重に動いていて、接敵が少ない。一度他班と衝突したら、相手を倒すまで戦い続けるのが自然だ。

その自然な行動もできないほど弾数が少ない七班が取れる作戦は、他にない。

「ヒィナの隠密《おんみつ》行動能力のおかげでこの作戦が取れて、マジで助かる」

「べ、別に……私には普通のことだし。も、もっと続けてもいいよ」

ヒィナは、照れながらもまんざらでもなさそうだ。彼女一人を危険に晒《さら》していることは間違いないが、彼女は役に立つことを喜んでいるらしい。

「おっ、銃声が止《や》んだ。終わったな……クロエ、頼む」

「クロエ、位置につく——狙撃《シュート》」

クロエが窓から身を乗り出して、マシンのように冷静に引き金を引いた。

パンッと銃声が一発だけ響き、遠くでアーマーが砕ける音が響く。他の班員たちの悲鳴までしっかりと聞こえてくる。

「敵を倒してほっとしたところで、班長を狙撃。こういうの〝漁夫の利〟って言うよね」

「仕事はスマートにやるもんだ。ヒィナ、俺らは弾数で大きなハンデを背負ってるんだぞ。普通にやったら、ほとんど戦えないまま最終選抜が終わるだろ」

「逃げ回って、最後の二班三班になるまで待ってもいいんじゃ？」

「最後に残った班が勝ちって言っても、勝ち方にはこだわるんだよ。戦闘には絡まないとな。強い奴《やつ》らが――俺たちがただ逃げ回るのは画《え》にならない」

フユトはヒィナと話しつつ、Ｖウォッチを確認している。そろそろ班長の位置が表示される時間だ。

「私、さっきから逃げ回ってるんだけど……」

「ヒィナがおっぱい揺らしながら逃げるのはいい画じゃないか？」

「せくはらっ！」

「日本《にほん》は本当にハラスメントに厳しいんだな」

「今のは古今東西を問わずにアウトだよ」

ヒィナは「もうっ」と珍しく怒った顔をして、大きな胸を手で隠そうとする。

「フユトくん、悪役になってない？　クラッシュ弾だって、使っていいのかなあ？」

「ガンガン撃て、俺が許す」

「どんな立場で許可してるの、フユトくん？」

ヒィナが他班の注意を引く際に撃っているのはクラッシュ弾だ。フユトたち第七班は実弾の弾倉が一本ずつ。それを補うためにクラッシュ弾の弾倉を持ってきたのだ。

「教官はクラッシュ弾を撃ってもいいが無駄、としか言わなかっただろ」

「フユトって、人の言葉尻を捕まえるの好きよね」

さっきから黙って部屋の隅に座っていたリリセが、ぼそりと突っ込む。彼女は体力を温存してもらうために見張りも免除している。

「どうせヌガタも観《み》てる。それで警告も出ないんだから問題ないんだよ」

「もはや呼び捨て。教官なら、最終選抜が全部終わってから、『やっぱ失格ですよぉ』って言ってくるかも」

「モノマネ似てるな。ヒィナのほうがヌガタをディスってないか」

「ふぇっ、ここまで来て退所《クビ》はヤダー！」

この会話がヌガタに筒抜けなのは確実で、七班を優先して盗み聞きしている可能性も高い。それでも、教官イジリくらいは許されるだろう。

「俺とヒィナはできる限り実弾を撃たない。リリセやクロエほど射撃上手《うま》くないからな。一発で心臓を撃ち抜くとか無理だ」

「というかわたし、まだフユト個人の戦闘能力、よくわかってないわよ？」

「俺って頭脳派だからなあ」

「ハイハイ。班長がダウンしたら終わりなのよ。自分の身は守ってもらいたいわね」

心臓を撃たれたら一発でアーマーが砕ける。それは背後から撃たれても同じことだ。身体の前後を常に守り切るのは不可能だろう。だから、最大限の注意を払っている。

「よし、移動しよう。近くに光点が三つもある。ヒィナ、出番だ」

「私の出番、多くない!?」

ヒィナは嫌そうな嬉《うれ》しそうな、どちらともつかない表情だ。文句は言うがきっちり働いてくれるので、頼《たよ》り甲斐《がい》があるのは本当だ。

ヒィナは実戦では動き回ることを想定して、短銃身《カービン》タイプのライフルに更新している。軽くて取り回しがしやすく、偵察役の彼女向けのカスタムだ。

ちなみにフユトは通常モデルのまま、リリセはより狙いを正確にするためにドットサイトとフロントグリップを追加装備している。

「行くよ、野郎どもー、ついてこい」

ヒィナは弱々しく芝居がかった台詞《せりふ》を吐き、先導して動き出す。

その後ろをリリセ、フユト、クロエと続く。もちろん全員がキルロードの地図は頭に叩《たた》き込《こ》んである。特にフユトは地図を平面と立体、両方で記憶済みだ。

「よし、ヒィナ。このまままっすぐ――」

フユトがＶウォッチを見た瞬間、液晶の画面に激しいノイズが走った。同時に、周辺の空間がぐにゃりと歪《ゆが》む。

「フユト！　ＢＺに入ってるわ！」

「マジか！　ＢＺが導入されてるなんて聞いてないぞ！」

ＢＺとは、Ｂｌａｃｋｏｕｔ　Ｚｏｎｅの略だ。

特定のエリア内で光式《こうしき》アーマーの耐久値がみるみるうちに減ってしまう。実際の戦争でも使用され、戦闘エリア各所に設置した装置から光式アーマーに干渉する。

人体への影響はないが、アーマーが耐久限界に達して砕けてしまえばそれで戦闘不能になるのだから、戦争では命取りだ。

BZによる〝立ち入り禁止エリア〟をつくって兵士が一箇所に留《とど》まるのを防ぎ、戦闘の膠着《こうちゃく》を強制的に解除するわけだ。

「フユトくん、正面十二時、敵さん！」

「さん付けかよ。全員散開、迂闊《うかつ》に撃つな！」

フユトは指示を出し、近くの元コンビニらしき建物の陰に飛び込んだ。同時に、正面から凄《すさ》まじい銃撃が浴びせられ、近くに着弾していく。

「フユト、九班よ！」

「マジか。こんなとこで鉢合わせするとは」

九班もBZから逃れてきたのだろう。九班は七班に次ぐ成績を取ってきた優秀な班だ。元は五、六位程度だったが訓練の後半から班員全員が急速に実力をつけてきた。ヌガタの優秀な指導力を実証した班とも言える。

「ふふ、よかったわ……」

「リリセちゃん、なにもよくないよ!?　よりによって九班だよ!?」

「乱戦とか流れ弾で九班がやられる前に遭遇できてラッキーよ……ふふふふ」

リリセはフユトが隠れたコンビニの道を挟んだ向かい側のビルの二階に隠れているらしい。一瞬で身を隠しつつ敵の動きが見えるポジションまで移動したようだ。

「おお、リリセが悪そうな笑い声を。今の奴《やつ》の前では命が軽いぜ」

「軽いぜ、じゃないよ！　ど、どうするの、フユトくん？」

「ヒィナ、クラッシュ弾で援護射撃！　リリセ、九班は正面からねじ伏せるぞ！」

「話がわかるわね。班長、好きになるかも！」

ヘッドセットからリリセの浮かれた声が届く。

大胆なことを言っているが、本人は深く考えていないだろう。

フユトは戦術を練って詰めていく戦闘が好みだが、リリセはむしろ真っ向勝負を好む。班長の指示は聞いてくれるが、彼女にも時にはやりたいようにやらせるべきだ。

フユトもクラッシュ弾を装填《そうてん》して、九班に向けて射撃を開始する。もちろん九班も建物の陰に隠れながら撃ってきている。

「七班の奴ら、クラッシュ弾を撃ってきてる！」

「こっちはまだ残弾充分だ、どんどん撃て！」

「まずリリセだ！　リリセさえ仕留めりゃ班長なんかどうとでもなる！」

銃撃の中でも、九班の会話が聞こえてくる。九班は銃声を抑えるサプレッサーを装着しているようだ。

さすがに優秀な九班だけあって、すぐに実弾でないことに気づいたらしい。

「あいつら、俺のリリセを呼び捨てにしてるぞ。許せないよなあ」

「誰がフユトのリリセよ⁉」

「そうだよ、私たちのリリセちゃんだよ」

「……班の所有物なの、わたし？」

雑な会話をしている間にも、九班の射撃が続いている。

「クッソ撃ってくるな。俺らは弾倉一本なのに、二位の七班は五本とか持ってんのか？」

「五本でも五十本でも——同じことよ！」

リリセがビルの二階から跳躍して、地面に下りる。たちまち銃火がリリセに集中するが、彼女は動じもせずに左右にステップしながら一気に走り出す。

正面の車の陰に隠れていた一人をいきなり撃ち倒し、そのままさらに走ったかと思うと、助走をつけて跳び、空中でくるっと一回転しながら敵の銃撃をかわして逆さになった状態でライフルを二発撃った。

スカートが重力に引かれて、ひらっとめくれるが本人は気にした様子もない。

アーマーが砕ける音が二つ続き、着地したリリセの足元にまた銃火が集中する。

「うわっ、遠いよ、最後の一人。リリセちゃんでもあの距離は——」

「クロエ、狙撃不要」

「撃たない」

ヒィナが心配そうにつぶやき、フユトが指示を出し、クロエが答える。

　リリセは飛んでくる銃弾を気にもせずに棒立ちになり、アサルトライフルを構えてドットサイトをゆっくり覗《のぞ》き込む。

「普段の訓練のときのほうが上手《うま》かったわ、九班の班長さん」

　リリセはつぶやいてトリガーを引いた。パンッと銃声が響いてはるか先に隠れていた九班最後の一人のアーマーが砕ける。

　敵まで二百メートルほども距離があったが、リリセは見事に一発で仕留めている。身のこなしや立ち回りだけでなく、照準《エイム》も飛び抜けて上手い。

「お見事、リリセ。でも、棒立ちで撃つのは危なすぎるぞ」

「九班の班長、一人だけ残って動揺したのね。銃口がフラフラしてたわ。あれじゃ狙っても当たらないでしょ」

「えっぐいなあ、二百メートル先の銃口が見えてたのか」

　フユトは周囲を警戒しながら、リリセに近づく。彼女は無傷のようだ。

「なによ、九班もたいしたことなかったわね。張り切ったのが恥ずかしいわ」

「…………」

　リリセはライフルを下げて歩き出す。

「……なるほど、バトルロイヤルをやって気づいたな」

「どうかしたの、フユトくん？」

　ヒィナとクロエも近づいてきた。ヒィナはフユトに不審そうな目を向けてくる。

「九十日かけて訓練して、班の連携が取れてきた。ただ、一人一人の腕前も上がってるな。リリセがあんなに強いとは思わなかった」

「そう？　リリセちゃんは元から強かったような……」

「もっと僕の出番が多いかと思ってた。僕が撃つ前にエースが仕留めてしまっている」

ヒィナの発言を即座にクロエが否定した。フユトも一発必中のクロエに撃たせて弾数を節約する方針だった。

「怒るなよ、クロエ。イラついてもリリセを撃ったりしないように。同士討ちなんて始めたら俺らの班、一発で最下位落ちもありえるぞ」

ヌガタの一存で順位が変わることもありそうだ。フユトはあの女教官を甘く見ていない。

しかし――

「よし、路線変更といこう。残りは全部で七班。リリセが前に出てくれ。俺たち三人は援護に徹する」

「わっ」

リリセが、ぱぁっと顔を輝かせる。

「やっとエースの出番ってわけね。はぁ、長かったわ……九十日も我慢してフユトの言うこと聞いたわたし、偉すぎない？」

「はい、偉い偉い」

「殺すわよ」

「そ、その殺意は他の班の連中に向けてくれ」

「仕方ないわね」

リリセは、ダッと走り出す。まだフユトが指示も出していないのに困ったことだ。

フユトはVウォッチのマップを確認する。

「んん？　なんだ、マップの一部がグレーアウトしてる？　いや、これって……」

「さっき、BZになってたエリアだ」

「……だよな、クロエ」

フユトはリリセに追いついて横に並びながら、Vウォッチをあらためて確認する。グレーアウトしたエリアがどんどん広がっている。

「まずいな」

フユトは、明白な意図を感じた。生徒たちをどこかに誘導しようとしている。

「いや、違うか。なにかがおかしい。これは、なんだ――？」

フユトの背中に冷や汗が滲《にじ》んできている。ただのカンではなく、現実に起こっている状況がフユトに危機を感じさせているのだ。

誘導されているのは生徒たちではなく、〝第七班〟かもしれない。

「どうするの、フユト？」

「BZからは逃げるしかない。罠《わな》だとしても前に進む以外に選択肢はない。全員、周囲を警戒しつつ前進だ。大丈夫だ、俺たちの脚なら逃げ切れる」

フユトたちは警戒しつつ、キルロードでも最大幅の大通りに出た。開けた場所で、ここでの銃撃戦になれば遮蔽物も少なく、運任せになりかねない。もっと移動するべきか――


「ヌガタ先生、運営部隊Bです。第七班《チームセブン》、キルゾーンに誘導完了」

「りょうかぁい、ドーンとやっちゃってくださぁい！」


「………………！」

フユトは、背筋がゾクリとするのを感じて上空を見上げた。

空は灰色の雲に覆《おお》われていて、様子がよく見えない。だが――なにかがいる。

フユトは素早く周囲を見回す。彼が把握しているマップは地上だけではない。大通りの歩道に、目当てのものが見えた。

「全員、集まれ！　急げ！」

フユトはライフルを投げ捨て、三人の仲間たちを両腕で抱えるようにして走り出した。

「ちょっ、フユト、どこ触って……！」

「黙れ黙れ黙れ！　急ぐんだよ！」

フユトが三人の少女たちをまとめて抱えて、地下道の階段へと飛び込む。四人で転げ落ちる勢いで下りていき――

「全員死ぬ気で走れ！　爆撃が来る！」

フユトが全員に向かって叫ぶと同時に、地下道の入り口から強烈な光が差し込み、周囲が真っ白に染まった。

続いて、凄《すさ》まじい爆音が響き渡っていく――


ズズズズッと地下道の天井が震えて、激しくホコリが落ちてくる。

フユトは階段を下りきると、三人の少女たちを地面に押し倒し、彼女たちに覆い被《かぶ》さるようにする。

数秒経《た》って、振動が収まると――

「……戦争ではミサイル攻撃もアリなのか？」

「ミサイル!?　今の、ミサイルが落ちてきたの!?」

「高高度からのレーザー誘導爆撃だな。ピンポイントで狙ってきやがった」

フユトがヒィナに答えて起き上がり、身体についたホコリを払いながら三人から離れる。

周囲を見回しても敵の姿は見えない。この地下道に逃げ込んだのは第七班だけのようだ。

「フユト、ミサイル攻撃もあるわよ」

「あるのかよ！」

　リリセも身体を起こしてライフルを構えている。

「めったにないけどね。もちろんアーマーでも防ぎきれないし。過去に使われたときは完全に無人のエリアを狙った限定空間爆撃だったはずよ」

「限定空間ねぇ……」

　現代の技術ならば、ポイントをごく小さく絞った爆撃も可能だ。爆風や衝撃はどうしても広がってしまうが、人体や建物を破壊するレベルの威力はごく限られた空間内に抑え込むことができる。

「なんのためにミサイルなんか落とすんだ？　予算の無駄遣いにもほどがあるだろ」

「派手な画《え》のためよ。絶妙のタイミングで戦場に落とせば、勝負が思わぬ方向に転がるかもしれないでしょ？」

「思わぬ方向を狙いすぎだ。死人が出たらどうすんだ……」

　いや、ヌガタ教官が死人を出すことをあきらめたことで、このミサイル攻撃を思いついたのかもしれない。死人が一人二人出るより、画としては派手だろう。

「まさか、二発目は来ないだろうな？　ここにいても状況はわからないか。地下なんて出口を塞がれたら終わりだ。俺が安全を確かめてくるから、みんなはここにいてくれ」

「馬鹿、あなたライフルも持ってないじゃない。わたしが――」

「僕が同行する。エースは温存だ」

　クロエが立ち上がろうとしたリリセを制して、フユトについてくる。

慎重に地上に出ると、凄《すさ》まじい土埃《つちぼこり》で視界が塞がれるほどだった。地面のアスファルトがめくれてしまい、付近のビルのドアや窓が吹き飛び、崩れている建物も多い。

だが、肉眼で見える範囲でも、窓にヒビが入った程度で済んだ建物もあるようだ。

「ここまで低威力に絞れるのか。そんなミサイルがあるとは僕も知らなかった」

「らしいなあ。常に戦争が人類の技術を進歩させてきたんだな」

「班長、君のライフルだ。嘘《うそ》みたいだが無事だ。撃てるかどうかは……」

「本当だ、上手《うま》いことなにかの陰に隠れたのかな」

クロエがフユトのライフルを拾い上げている。薄汚れてしまっているが、特にひしゃげたり曲がったりもせずに無事なようだ。

「ほら、班長」

「ありがとう」

クロエがフユトにライフルを投げてくる。フユトは、それを受け取り——いや、受け取り損なってしまう。ガシャッとライフルが音を立てて地面に落ちる。

「……班長？」

「あ、ああ。すまない、よそ見をしてた」

「ちゃんと僕を見てただろ。僕に遺伝子を注入する想像でもしていたのか？」

「注入とか言うなよ……」

「聞き捨てならないわね」

「…………っ」

フユトは跳び上がりそうになった。すぐ背後に、リリセが立っている。

「リ、リリセ、地下で待ってろって言っただろ」

「地下のほうが危ないわよ。天井が崩れでもしたらどうするの」

リリセは後ろを向かずに、背後を指差した。そこにはヒィナもいる。

「どうかしたの、フユト？」

「いや、遺伝子っていうのは言葉の綾《あや》で」

「そうじゃないわ。わかってるでしょ」

リリセはぐいっと身を近づけて、フユトの顔を覗《のぞ》き込《こ》んでくる。

「ライフル取り損ねたり、地下に隠れておけとか的外れな指示出したり、どうしたの？

まさか爆撃にビビッたわけじゃないでしょ？」

「……爆撃にビビらないほうがどうかしてるだろ。アーマー着けてても吹っ飛ぶんだぞ」

「フユト、あなたこの心拍……」

リリセはVウォッチを見ている。

共有機能で、フユトの心拍を見られているようだ。自分でもちらっと見てみると、明らかに普段より数値が高い。高すぎるくらいだ。

「フユト」

リリセが突然、フユトの右手をがしっと握ってくる。フユトはとっさに振り払おうとしたが、リリセの握力に逆らえるはずもない。ぐっと強く握り締められる。

「あなた、震えてるの？」

「綺麗《きれい》なリリセさんに手を握られて緊張してるのかな」

フユトは軽口を返しつつも、リリセの手を握り返すことも振りほどくこともできない。

リリセの体温を感じながら、思い出す。

ヒュルルルと空気を切り裂く落下音、爆音と閃光《せんこう》、空気の震え、引き裂かれる地面に、崩れてゆく天井、人々の泣き叫ぶ声——

フユトの脳裏で、いくつもの記憶がパッパッと猛烈にフラッシュバックしていく。

「ふざけないで、フユト！」

「え……？」

「こんなところで怖《お》じ気《け》づかないでよ！　いつも偉そうにわたしに指示を出しておいて、戦わせるだけ戦わせておいて、この土壇場でなにを腑《ふ》抜《ぬ》けてるの！」

「………」

リリセはフユトの手を握ったまま、ぐいっと引き寄せてくる。

「コードセブンは弱かったわ」

「は？」

「言いたくないけど、わたしのワンマンチームだったわ。それでもあの人たちと戦いたかったのに、わたしじゃみんなを引っ張れなかった。弱すぎるユニットが参加しても、戦争は盛り上がらない。だから、コードセブンは解散させられたのよ」

「……そうか」

「でも、あきらめたくない。夢もあるけど、まずは勝ちたいのよ。わたしはわがままだから、人を引っ張れない。だから、引っ張ってくれる誰かが必要だった。フユト、ここまで意外とわたしも素直に言うこと聞いてきたでしょ？」

「そうだな、リリセはもっと難しい奴《やつ》だと思ってた」

「わたしはあなたを見極めてたの。ヒィナやクロエのこともだけど、まずはフユト、あなたよ。ここまでフユトは期待に応えてくれた。爆撃やミサイルが怖いのは別にかまわない。でも、恐怖を乗り越えられないようじゃ話にならない。わたしがあなたをかばってあげればいい？　それとも、もっと頑張りなさいってキスでもしてあげたらいい？」

「リリセ、なにを言ってるんだ……」

「なんでもやってあげるわ！　だから――」

リリセはさらに顔を近づけ、まさに唇と唇がくっつきそうなほどの距離になり――

「あなたはわたしを勝たせなさい」

リリセはまくし立ててから、一転して静かな口調になり、そう言い切った。

それから、やっとリリセはフユトから少し離れた。

「……なかなか煽《あお》ってくるじゃないか、リリセ」

「もっと煽ってもいいけど？」

「いや――それどころじゃなさそうだ」

「…………っ！」

　リリセが、ぱっと振り向いてライフルを構えた。その銃口の先に――

爆撃で炎上した車両の前に、四つの人影があった。

「三〇班……？　まだ生き残ってたのね」

「発見、生き残っててくれてよかった」

　五十メートルほども先にいる三〇班のメンバーの声が聞こえてきた。

「え？　今の、誰の声？」

　フユトに詰め寄るリリセを不安そうに見ていたヒィナが、我に返って言った。

「三〇班のあいつの声よ。ヌガタ教官が操作して、ヘッドセットに他班の声が届くようにしたんじゃない？　戦争でも実際にあったわ。勝手に敵と通話が繋《つな》がっちゃうこと」

　リリセがヒィナに解説し、三〇班をじっと睨《にら》みつける。おそらく、七班の声も相手に届いているのだろう。

「残敵、あとは七班だけ」

「は？　なによそれ？」

　三〇班メンバーの声に、リリセが不審そうな声を出す。

「残りはウチとあの三〇班の二つの班だけってことだ」

フユトはVウォッチを操作していた。マップはほとんどがグレーアウトしていて、フユトたちがいる辺りがBZで囲われたような形だ。

「リーダー表示も出た。二つだけだ」

マップを全体表示にしても、班長を示す光点は二つしかない。三分前に見たマップではまだいくつも班が残っていたはずだ。

爆撃の前後に、一気に残っていた班が脱落したらしい。BZが広がり、いくつもの班が鉢合わせして潰し合ってしまった――というところだろう。

「撃破済み、三つほど。あとはアーマー消失」

「ヌガタもエグいことをするもんだな。戦わずに消えた班もあるってことか」

戦うこともなく、BZでアーマーを破壊されて戦闘不能判定になった班もあるに違いない。そうでもなければ、残り二班になるのが早すぎる。

「フユト、戻ってきたの？」

「リリセが煽《あお》るからだろ。わかった、悪かった。ちょっとな、爆撃は嫌いなんだ」

「好きな奴《やつ》がいたら、異常すぎるでしょ」

リリセは苦笑いし、フユトも少しだけ笑う。

いつまでも呆《ほう》けているわけにはいかない。限りなく実戦に近い訓練中なのだから。

「どうも、異常な奴がいるようにも見えるけどな。なんだ、アレ？」

　フユトは、三〇班のほうに視線を向ける。

　炎上する車両の前に立つ四人の人影が異様なほど不吉に見えた。だが、そんな風に見えるのはこちらの心に恐れがあるからだ。

「最後はトップの班と最下位の班がぶつかるとはな。予想外だが、観客は喜ぶかもな」

「勘違い。おまえたちとぶつかるのは、最下位の班ではない」

　炎上車両の前に立つ四人の人影――その先頭に立っている小柄な人物。

　彼女は突然、手にしていたサブマシンガンを隣に立っていた班員に向けて躊躇《ちゅうちょ》なく撃った。続けてパパパパパッと連射音が響き、残りの二人も薙《な》ぎ倒《たお》されてしまう。

　一気にアーマーが砕け、三人とも戦闘不能に――

「完了、これで最下位の班じゃなくて最高の一人になれた」

「な、なにしてるの、三条《さんじょう》さん!?」

　ヒィナが驚きの声を上げた。

　いきなり仲間を撃った小柄な人物――三条ミズホは、煙を上げるサブマシンガンの弾倉を捨てて新たな弾倉をはめ込み、レバーを引いて装填《そうてん》する。

　かと思えば、倒した仲間たちの身体のそばに屈《かが》み込《こ》み、なにか――いや、仲間が持っていた弾倉を回収しているようだ。

「ご満悦。これだけ弾倉があれば戦えそう」

「……弾がいるなら、仲間に頼んで分けてもらえばいいだろ？」

フユトは答えはわかっていたが、質問しておく。

「面倒。それに、周りにこいつらがいると邪魔。弱くて動きもにぶい。もう相手はおまえたちだけだから、弾は全部私のもの」

「仲間は弾薬の運搬係かよ」

フユトはミズホの言い草に呆《あき》れてしまう。ミズホにとって、仲間は弾倉をこの最終決戦の場に運ぶだけの存在だったらしい。

「歓喜、このときを待ってた……リリセ、朝宮《あさみや》リリセ、最後の最後であなたを叩《たた》き潰《つぶ》すこの瞬間を！」

ミズホがサブマシンガンを連射しながら、駆け出す。土埃《つちぼこり》で動きが見えづらい。

「絶頂っ！　コードセブンのリリセ！　十二連続キルのリリセ！　おまえを倒すためだけに私はこの訓練に参加した！　兵士になることなんてどうでもいい！　九十日、おまえのことだけ考えてきた！」

「熱心なファンだなあ。リリセ、サインでもしてやったらどうだ？」

「ガチ恋はお断りよ！」

リリセはツッコミを入れつつもミズホを単発で撃ち続けている——しかし、当たらない。左右に動き回るミズホのアーマーを銃弾がかすめていくのみだ。あれでは耐久値をごくわずかに削る程度のダメージしか与えられない。

「ちっ、ちょこまかと！　鬱陶しいわね！」

「それ、リリセちゃんが言う？」

「うるさいわよ、ヒィナ！　わたしのは良《い》いちょこまかなの！」

「ちょこまかは認めるのか」

リリセの台詞《せりふ》に、いちいちヒィナとクロエがツッコミを入れている。ここに来て、第七班はトークも噛《か》み合《あ》うようになってきた。

「耳障《みみざわ》り、おしゃべりしてる暇があるのか！」

「あるわよ！」

リリセは左右に蛇行しながら走ってくるミズホの足元を狙って、数発撃った。心臓を狙うのが難しいなら足を止めようという作戦だ。

だが、ミズホの足にはまるで当たらない。彼女は〝ちょこまか〟動きながら、壊れた車の残骸を盾にして隠れた。一度、呼吸を整えているのだろう。

「フユト！　ラストバトルよ！　作戦は⁉」

「ない」

「まだ頭がボケてるの⁉」

「いや、しっかりしてるよ。手の震えは――」

フユトは、ぐっぐっと右手を何度か握り直す。もう手は震えていない。最後の敵が迫ってきているのに、動じているほど腰抜けではない。

「止まった。だが、あいつを倒す作戦はない。ただ、三条《さんじょう》ミズホは違うな」

「違う？」

　リリセはライフルを連射しつつ、ミズホを牽制《けんせい》している。

「あいつは戦闘を楽しんでる。観客を楽しませるんじゃなくて、自分が楽しむことが最優先だ。キルモールの訓練でも、不必要なほどスカウタを蜂の巣にしてたな」

　フユトは、キルモールで頭と心臓部分を穴だらけにされた哀れなスカウタを思い出す。

　ミズホは弾丸の浪費など気にも懸《か》けず、楽しみのためだけに無用な破壊を行っていた。

「なにより、邪魔になる仲間を撃つくらいだしな。同じ戦闘好きでもリリセとは違う」

「だから？　わたしと違うから、わたしより強いとでも言うんじゃないでしょうね？」

「だったら、とっくに撤退を指示してるよ。俺は安定志向なんだ」

　フユトは笑って首を振る。

「三条《さんじょう》を倒す作戦はない。だが、準備は常に怠《おこた》ってない。戦争に必勝法があるとしたら、〝準備を怠らないこと〟だ。ここまで俺とヒィナは弾薬を撃たずに温存しといた。最後にエースに美味《おい》しいところを持って行かせるためだよ」

「……それ、格好《かっこう》つけて自分が美味しいところを持って行こうとしてない？」

「まあ、俺は自分が可愛《かわい》いし、ヒィナも素直で可愛いし……」

「ふざけないでよ！」

　リリセが本気で殺意を放ってくる。

「ヒィナ、美味しいところ持って行くぞ！」

「も、もうっ、フユトくん！」

フユトはヒィナとともにライフルの弾倉を外し、リリセに向かって投げた。リリセは片手で器用に二本の弾倉を受け止めた。

リリセの残弾も合わせれば、ネジの外れたガチ恋ファンを仕留めるには充分——

「決着、お楽しみもこれで終わり！」

同時に、ミズホが車の陰から飛び出し、乱射しながら迫ってくる。

「リリセ、俺がリリセを勝たせてやる！」

「偉そうに！」

リリセはライフルの切り替えレバー《セレクター》を操作して、フルオートに切り替え、数発ずつ刻むように撃っている。

それと同時に、リリセはミズホのサブマシンガンのフルオート斉射をものともせず、わずかな身動きだけでかわしている。ミズホはリリセの正確な射撃に押され、派手に動き回っているせいで、照準が乱れてまるで当てられない。

「…………………」

「ん？　フユトくん、なに？　なにか言った？」

「いや、なんでもない」

フユトは首を振ってから、手にしていたライフルの銃口を下げた。

「狙いのズレが修正されてきたな。終わりだ」

リリセはミズホの動きのクセを見切り、先読みして狙いを定めている。撃ち尽くしても、すぐに身を隠して弾倉を交換している。

「え？　終わり？　クラッシュ弾でもいいからリリセちゃんを援護したほうが……」

「余計なことをすると邪魔になるぞ。それより見ろ、ヒィナ。三条《さんじょう》ミズホ、あいつは兵士には向かないよな」

「え？」

「自分が楽しむために味方をぶっ倒しちまうし……見ろ、リリセに執着しすぎて必死だ。三条もツラは悪くないのに、必死すぎて怖い」

「ま、まあ……怖いかな？」

三条ミズホはクロエ以上にクールな少女だったが、今は目を見開き口を大きく開けて、必死に動き回りながらサブマシンガンを撃ち続けている。たとえミズホのファンがいても、この姿を見たら幻滅しそうだ。

「三条は戦争では役に立たない人材だよ。だから、リリセの当て馬にされたわけだ」

「ちょ、ちょっと可哀想《かわいそう》じゃない……？」

「だからリリセが終わりにする。エースを信じろ」

ガチンッと音が響いてミズホのサブマシンガンが弾切れになる。ミズホは走りつつ、一瞬で弾倉を交換し、初弾を装填《そうてん》する。しかし――

「リリセは三条ミズホの動きを見切ってる。隠れもせずに弾倉を交換するなんて撃ち倒してくれって言ってるようなもんだ――クロエ！」

「クロエ、狙撃」

いつの間にかフユトたちから離れ、瓦礫《がれき》に身を潜め、地面に突っ伏して狙撃体勢を取っていたクロエがアサルトライフルを一発撃った。

ターンと銃声が響き――ミズホの顔の横をかすめていく。

「えっ？　私たちが余計なことをしたら邪魔になるって……」

「俺が言うことは、あとで言ったほうが正しいんだ」

「傲慢だよ、このリーダー！」

だが、クロエの狙撃は余計なことですらなかったようだ。リリセはもちろん、ミズホもクロエの狙撃を気にした様子もなく、距離を詰めていき――

「終わりよ、兵士のなり損ない」

リリセがパンッと銃声を響かせて一発だけ放った銃弾は――ミズホの胸の中心近くに見事に命中していた。

パリンッとガラスが割れるような音とともにアーマーが砕けて七色の光を発する。

「ふぅ、意外と撃たされたわね。今の、最後の一発だったわ」

「ええっ、ギリギリかよ。怖っ」

リリセが、カラになったらしい弾倉をリリースして地面に落とした。フユトとヒィナが渡した六〇発を撃ち尽くしたらしい。

「僕も弾切れ。意外と撃った」

クロエも立ち上がり、身体のホコリを払っている。薄氷の勝利だったようだ。

「まだまだ反省点があるな。よし、反省会を始めよう。みんな、そこ座れ」

「今から!? フユトくん、勝利の余韻とかに浸《ひた》ろうよ!」

「日本《にほん》には『勝って兜《かぶと》の緒を締めよ』ってことわざがあるんだろ? 昔からブラック体質だったんだな、日本」

「すぐに次の戦いを始めろという意味ではない」

クロエはつぶやいて、その場に座り込んだ。フユトの指示を馬鹿正直に聞いたようだ。

「否定、次の戦いを始める」

「「「…………っ!」」」

突如、倒れていたミズホが起き上がり、第七班の四人が同時に反応する。

いや、一人だけが誰よりも速かった――フユトは制服の懐から取り出した拳銃を構え、一瞬で照準を定めて連射する。

パンパンパンッと三発の銃声が響き、ミズホの胸に命中する。

「あ……」

ミズホは小さな声を漏らし、再び倒れた。

「ああっ⁉　ミ、ミズホさんアーマーが壊れてるのに！　こ、殺しちゃった⁉」

「慌てるな、ヒィナ。撃ったのはこれだ」

フユトは拳銃の弾倉を外してヒィナに投げる。

「あ、これクラッシュ弾……」

「アーマー壊れた奴《やつ》を実弾で撃つわけないだろ。臨機応変、戦場じゃこれが最重要だ」

フユトは笑って、倒れたミズホに近づく。

「もう、さすがに立ち上がれないだろ、三条《さんじよう》ミズホ？」

「残念」

「俺は最高に気持ちいいよ」

フユトはミズホに笑いかけてから、くるりと後ろを向く。

「すまん、リリセ。最後の最後だけ俺がやっちまった」

「許さない」

「ええっ⁉」

「嘘《うそ》よ、勝てばいいんだから。弱そうだったリーダーが最後だけ仕留めるのもドラマかもしれないわ。それに、それわたしの銃」

「あ、ああ」

以前、休日にリリセと閉鎖された遊園地に行って預かった拳銃だ。そのときから、ずっと装備はしていたが、使ったのは初めてのことだった。

「わたしの銃なんだから、わたしが仕留めたと言っても過言じゃないわ」

「まあ、俺とリリセの初めての共同作業ってことで……」

「…………ば、馬鹿！」

リリセは自分で冗談を言っておいて、軽口で返されるのはお気に召さなかったようだ。

だが、今度こそ終わりだ。

「わたしに弾が残っていても、あなたのほうが速かったかも。九十日も一緒にいたのに、腕前を隠してたとはいい度胸ね、フユト？」

「早撃ちが得意なだけだ。俺の仕事はあくまで指揮を執《と》ることだよ。それでだ、リリセ」

「なに？」

「ユニットを組んだら、俺が班長――ＩＧＬとやらになっていいのか？」

「その前に訊《き》かせて。どこまであなたの台本どおりだった？」

「どういうことだ？」

「戦争はショーよ。ただ成り行きに任せてるだけじゃドラマも生まれない。現実は退屈なものだからこそ、ショーアップされたエンタメが必要になるのよ」

「意外なことを言うな……」

「わたしは魅せる戦争をしたいの。今回の戦闘、七班は弾丸が限られてたわ。だから、班長のあなたが残弾の管理をしやすい状況だったはず。誰がいつ、どのくらい撃つか、あなたが指示を出しやすかった。わたしとクロエの残弾はギリギリだったわ。これはあなたの計算どおり？」

　リリセは、じぃっとフユトの目を見つめてくる。この高い戦闘能力を持つ少女は、ただ強いだけではない。シティでの戦争という娯楽に本気で向き合っている。

「俺は娯楽に熱中する気持ちは理解できないが、他人を夢中にさせるやり方なら考えれば思いつく。昔、古い映画を観《み》たことがある。時限爆弾を解体するシーンがあって、残り一秒のところでカウントダウンをストップさせてた。これが残り一分でも十分でもダメだったっていうのはわかる。この最終選抜で弾丸をたっぷり残すような戦い方は、シティでの戦争にはふさわしくないんだろうな、とは思ったよ」

　引き金を引くのはリリセたちだ。フユトに、細かいコントロールができるわけではない。だが、リリセとクロエが何発撃ったのか、数えていたのは事実だ。無言で残弾を数えていたつもりだったが、ぶつぶつ言っていたのをヒィナに聞きとがめられていた。

もしも、最後の一発が足りないようなら、どこかで彼女たちを止めていたかもしれない。

「話が長いわ、フユト。でも、その答えなら七十点はあげられるわね」

　リリセはフユトをじぃっと見つめていた目を、わずかに細めた。

「あなたにわたしの指揮を執らせてあげる。そこそこ、よくやったんじゃないかしら」

「それは、リリセには最大限の褒め言葉なんだろうな」

「そんなこと口に出さなくていいの！　まあ……今後もよろしく、隊長」

「……隊長？」

リリセは聞き返したフユトのほうには見向きもせず、どこかへ歩いて行ってしまう。

反省会はどうなったのだろう、とフユトは首を傾《かし》げる。

まあいい、とフユトは結果には満足している。

警戒すべき一人だった三条《さんじよう》ミズホは無事に倒せた。

それと、もう一人は――仕留めてはいないが、釘は刺せたはずだ。

彼女ならわかったはずだ――

これ以上余計な真似《まね》をするなら、おまえがシティ側の人間であっても容赦はしない。


「……やってくれますねぇ、藤原《ふじわら》くん」

ヌガタは中継車を出て、車にもたれかかって双眼鏡で戦闘の様子を見ていた。

最終選抜が終われば、すぐに勝者のもとに駆けつけなければならない。勝者の右手を掲げてやるのが教官の最後の役目だが――

「教官への反乱は重罪ですよぉ？」

ヌガタがもたれている車体、彼女の頭の真横に銃弾の跡が一発穿《うが》たれている。戦場を走って中継するこの車はもちろん防弾だが、実弾で撃たれれば傷くらいつく。

さっき、リリセが決着の一発を撃つ直前、クロエが放った狙撃――それは三条ミズホの顔をかすめ、ヌガタの頭の真横に着弾した。

撃ったのはクロエであっても、命じたのはフユトだ。

「三条さんに当たって逸《そ》れたのか、逸らせるために三条さんに当てたのか。どっちぃ？」

ヌガタは煙草《たばこ》をくわえ、火をつける。七班の生徒たちは座り込んで反省会を始めたようなので、急いで行っても邪魔になるだろう。

「ふぅー……藤原くん、朝宮リリセさんを二度撃ったのが気に障りましたかぁ？　私ってこう見えて暴力的なんですよねぇ。はしたない。でも、たった二回ですよぉ？　狙撃するほど怒らなくてもいいじゃないですかぁ」

ふぅっ、ヌガタは大きく煙を吐き出した。女性ならもっと上品に吸うべきと言われたこともあるが、「身体に悪いものわざわざ吸ってんだから、吸い方くらい好きにさせろ」と言い返したい。

「第七班、面白く仕上がりましたねぇ。ふぅー……私も育てたり狙ったり、忙しいことぉ。大人って仕事多すぎですよぉ。しかも教え子どもは揃《そろ》いも揃ってクソガキばかり――ああ、そうでしたぁ。まだもう一つ、教官の仕事がありましたねぇ」

ヌガタはまだ長い煙草を地面に捨て、ぎゅっと踏み消した。

教官として最後の仕事は、育てた新たな兵士たちがユニットとして戦争に参加するために――名を与えてやることだ。

第七学区での新兵士選抜訓練終了。
総数一二〇名、脱落者六〇名。
九十日間の訓練期間での死者・行方《ゆくえ》不明者無し。
第七学区での新ユニット兵士として四名の生徒を任官。
新ユニットは『ＫＩＤＺ《クソガキ》』と命名する。

FREE CHAT

アラタ：第七学区の新ユニット発表じゃー！
鬼々：あれ、リリセって卒業したんじゃないの？
ぷわぷわ：新ユニットで再デビューって珍し
鰺味醂：リリセ、12連続キルだっけ？　記録すげーし特別じゃない？
みにゃあ：リリセちゃん可愛《かわい》い！
KA：ちょっと怖くね？　ヒィナのほうが推せる
チョコ：ロリ巨乳しか勝たん！
ミット：じゃあクロエは俺がもらうね
紅茶：クロエは俺の嫁
アラタ：古代のミームすぎる
SAM：なんで男まざってんの　ガールズユニットでいいじゃん
ぴー：でもフユトってイケメンやん　私ギリ許せる
佐々木：あんま期待できん　七区のユニット弱いからなー
：※※※※※※※※　（コメントは削除されました）
ばっど：KIDZ《キッズ》って名前はよき　こいつらクソガキ感あるわ
鬼々：そういうおまえがクソガキ

ラウンド8

養成所での最終選抜終了の翌日。

藤原《ふじわら》フユト・朝宮《あさみや》リリセ・古賀《こが》ヒィナ・今川《いまがわ》クロエの四名は、第七学区所属の新ユニット〝ＫＩＤＺ《キッズ》〟として正式に戦争にエントリー。

規定に従い最下位に設定され、第三〇位からのスタートとなる。

ＫＩＤＺメンバーは第七学区内のセーフハウスに移動。

銃器類、弾薬、防護力場《アーマー》発動端末、車両など初期装備一式がシティネイラより供与され、第一号戦闘に向けて待機となる。


「金がないっ！」

フユトはテーブルをドンと叩《たた》いた。

彼がいるのは、そのセーフハウスの一室――二階リビングだ。

セーフハウスは一階がロビーとガレージ、二階はリビングとキッチンにバスルーム、個室が一つ。三階には個室が四つある。

地下は倉庫で、シティから届いた装備品の貯蔵庫にもなっている。

「訓練が終わって無事に兵士になったのになんで金で悩まされるんだ。兵士は、中高生の憧れの職業だったんじゃないのか？」

「お、落ち着いて、フユくん」

リビングのテーブルを挟んでフユトの前に座っているのは、ヒィナだ。

ヒィナはセーフハウスに移ってくると、〝フユくん〟と愛称で呼び始めた。くすぐったい気もするが、親密になった証《あかし》と思えば悪くない。

「確かにちょっと建物はボロいけど、第七学区はお金がないからしょうがないよ」

「俺が文句があるのはセーフハウスのことじゃない。家なんて、雨風が凌《しの》げれば充分だ」

ただ、緊急の課題が発生している。

昨日、最終選抜終了の直後に養成所を出た。それから、フユトたち新選抜の兵士たちはまたトラックに詰め込まれて第七学区の街中まで運ばれた。

このセーフハウスは第七学区の中心、駅の近くにある。

フユトたち四人は、ひとまずこの新居で一夜を過ごした。四人とも最終選抜で疲れ切っていたため、泥のように眠ったものだ。

問題が発生したのは、翌日――つまり今日の朝だ。

「朝っぱらから、こんな目が覚めるメッセージを送ってきやがって」

フユトは、スマホを睨《にら》みつける。

スマホには、戦争関連を管理する〝コマンド〟というアプリがインストールされている。

戦争関係の諸々《もろもろ》のデータが入っていて、現在の全ユニットの公開情報、戦争の対戦スケジュール、過去の戦闘のアーカイブ映像など必要なものが閲覧可能だ。

戦争に関する通知もすべてこのコマンドを通して、シティネイラの行政ＡＩアスカから送られてくる。

フユトたちのスマホには、アスカから新ユニット結成を祝うメッセージが届いていた。ただし、届いたのはメッセージだけではなく――

「戦争では活躍に応じてポイントがもらえるって話だったな」

「うん、それが〝ＸＰ〟だよ」

ヒィナがこくりと頷《うなず》く。

「ＸＰっていうポイントは電子マネーとしても使えて、１ポイントが一円換算。俺たちも養成所での成績に従ってＸＰが与えられる……でいいんだよな？」

「そうだよ。ＸＰはユニットと個人に与えられる二種類があって、ユニット全員で共有できるＸＰは特にＵＸＰっていうんだよ」

ヒィナは丁寧に説明してくれる。フユトには妙に知識が抜けているところがあると、彼女もよく知っている。

「最初に与えられるＸＰは全員同じだ。養成所での班の成績からＸＰの数値が算出され、公平に分配される。ＩＧＬでも、大きな成果を出したエースでも数字は変わらない」

クロエが冷静に言った。彼女はリビングの窓際に立って外に目を向けている。狙撃でも警戒しているのだろうか。

「ユニットの財布——俺たちの軍資金《バンク》もコマンドで確認できるんだな」

フユトはコマンドを操作する。ユニットが所持する財産が表示された。

「そのＸＰは、一人一〇〇万。ずいぶんとキリがいい数字だな。そこもＯＫだ。だが——ＵＸＰがゼロっていうのはどういうことなんだよ！」

フユトは再びテーブルをバンと叩《たた》く。

「他のユニットもみんなゼロからスタートなのか？」

「そんなわけないよ。これも養成所での成績を考慮して、最低でも数百万くらいのＵＸＰがつくはずだよ」

「僕もそう聞いてる。初期ＵＸＰを公表してるユニットもある」

ヒィナとクロエが淡々と語る。

フユトもコマンド内で検索をかけて、二人が言ったのと同じ内容の情報を得ている。

「クロエ」

「はい、ボス」

「……ボスはやめてくれ。ギャングじゃないんだ」

クロエも、セーフハウスに到着してからフユトへの呼び方をあらためている。もう班ではなくなったので〝班長〟呼びはおかしいが、ボスはもっとおかしい。班長のほうがマシなくらいだ。

「だが、君が僕らのボスだ。だから呼び方を変えるつもりはない」

「わがままを貫きすぎだろ。ボスへの忠誠心はなさそうだな……」

「ボス、忠誠心よりUXP不足のほうが問題だ。装備一式は届いたが、これは必要最低限の装備でしかない。他に必要なものはいくらでもある。僕の計算では、軍資金として最低一〇〇〇万は必要だろう」

「まあいい。話を進めよう。一〇〇〇万か……」

クロエは数字に強いらしい。狙撃では弾道の測定のために数学と物理が必須なので、当然だ。フユトは彼女をユニットの会計担当に任命している。

「常に弾薬の補充が必要なのは間違いない。訓練期間が終わっても、僕ら兵士は自主訓練は欠かせない。ウチのユニットは人数は少ないが、弾薬の消費量は桁外れだろう」

「だろうな」

フユトは大きく頷《うなず》く。とにかく銃を撃ちたくて仕方ないメンバーが約一名存在すると、全員が知っている。

「それに、銃もアサルトライフルしかない。偵察《リコン》、実戦ではなにが必要だ？」

「私、サブマシンガンがいいかも。動き回るから、軽くて短くて取り回しがいいのが重要なんだよね。あと、対スカウタ用に短銃身《ソードオフ》のショットガンもほしいな」

「僕も高精度の狙撃銃《そげきじゆう》が必要だ。アサルトライフルの長銃身モデルでは心許《こころもと》ない」

「いきなり銃が三丁かよ。ユニットの予算ゼロだっつーのに」

ヒィナとクロエがわがままを言っているわけではなく、当然の要求なので頭が痛い。

「無闇に金をよこせって話じゃない。ただ、良《い》い仕事をするには必要なところには惜しみなく予算を配分するもんだ。そこをケチって失敗した歴史がどれだけあることか」

「あ、でも私はアサルトライフルだけで頑張ってみるよ。任せて、フユくん」

「そういう健気《けなげ》な態度を見せられるとな……泣けてくる」

ヒィナがそう言ってくれるのはありがたいが、勝利のためには装備を調《ととの》える必要がある。

「ヒィナ、ＸＰは戦争に参加しないともらえないんだよな？」

「うん、負けても少しもらえるけど、参加しないことにはゼロだよ」

「クロエ、まともに戦うにはまず装備を変更しないと厳しいよな？」

「次の戦闘からは訓練じゃない。初期装備だけで挑むのはハイリスクだ」

「……ＸＰがないから戦争に参加して稼がなきゃいけない。でも、戦争に参加するにはＸＰで武器を買わなきゃいけない。完全に詰んでる！」

初期装備だけで勝てそうな弱い相手を選ぶ――現実的な路線としてはその程度だろう。

だが、その方針にも大きな――大きすぎる問題が立ちはだかっている。

「これから戦争を始めなきゃいけないっていうのに、この金額でどうしろっていうんだ」

「一応、初期装備だけでも戦争に参加はできるけど……初戦の相手がどこになるか、まだわかんないしね」

「アスカからの通知を待つんだよな。でも、いつ来てもいいように準備はしないと」

フユトたちの次に迎える試練は〝デビュー戦〟。

相手を指名できるのか、指名はできないまでもある程度の条件を出せるのか？　デビュー戦の対戦相手選びについては、ヒィナたちも知らないそうだ。だが、ぼんやり待つわけにもいかない。準備は整えておかなければ。

「よし、働こう。過労で入院するほど働きまくれば、金くらいどうにでもなる」

「別の仕事に就こうとしないで！　ネイラは働き口見つけるの難しいよ！」

「単純労働はロボットやドローンがやってる。学生がバイトをしていたのは大昔の話だ」

ヒィナとクロエが、容赦なく現実を突き付けてくる。

「普通の労働ができると思ったのに……ネイラの学生には補助金が出るんだったな」

フユトもネイラの状況を多少は知るようになってきた。ネイラの選ばれた学生たちは、経済的な問題を気にせずに教育を受けられるように、シティから学費も生活費も、ついでに遊興費《ゆうきょうひ》まで支給されるらしい。ただし、兵士は戦争でしか金を稼げない。

「待てよ、そもそも金で――電子マネーでＸＰが買えるのか？」

「買えるよ」

「じゃあ、第七学区から予算を支給してもらえばいいんじゃないか？」

「僕が知る限り、学区から支給されるのはセーフハウスと最低限の装備だけのようだ」

「第七学区は予算不足だもんね……新ユニットにもお金かけられないんじゃない？」

「無情すぎるだろ。俺たちが学区の繁栄を背負ってる割に扱いが悪いじゃないか」

どうやら、ヒィナとクロエはこの状況をなかば予想していたようだ。焦《あせ》るフユトに対して落ち着きすぎている。

「俺たちの個人XPがそれぞれ一〇〇万ずつ……生活するだけなら一年くらいはなんとかなるが、食って寝てても意味はない」

「四〇〇万では四人の生活費にも足りない。ボス、まだ日本《にほん》の生活がわかってないな」

「くっ……！　二十世紀の戦争じゃあるまいし、兵士が飢え死になんてシャレにならないぞ。誰か実家が太い奴《やつ》はいないのか!?」

「いきなり人の実家をアテにしてる!?」

「親のスネは齧《かじ》れるときに齧り尽くせってことわざ、あるんだろ！」

「ないよ！　フユくん、誰に騙《だま》されたの!?」

「騙されててもいい！　囓れるスネはないのか？」

フユトに詰め寄られたヒィナは困ったような顔をして――

「私の実家、ネイラじゃないよ。小さい頃に家族から離れてネイラに来てるから。ここの学生、そういう子が多いの。ネイラに来た学生は基本的に実家に連絡取らないし……」

「マジで無情だな、この街」

クロエも特に反応はない。彼女も親にスネを囓らせてもらうことは無理なようだ。

遺伝子をほしがる前に、親の情報を公開してほしいところだった。

「フユくんはどうなの？」

「俺の親はまだ欧州《おうしゅう》だよ。ユーロなら少し持ってるけどな」

「ゆ、ゆーろ？」

ヒィナは欧州の通貨単位を知らないらしい。鎖国して三十年にもなると、外国の事情にこれほど疎くなるようだ。

「どっちみち、焼け石に水程度の金だ。とにかく、軍資金を上手《うま》く動かすしかない。まずは個人のＸＰを節約して、大事に貯《た》めておこう。ＸＰで武器を買ってもいいんだよな？」

「うん、ＸＰの使い道は完全自由だよ」

「そりゃよかった。リリセも起きてきたら言い含めておこう」

「え？　リリセちゃん、とっくに起きてるよ？」

「あ、そうなのか。朝から見かけないからまだ寝てるのかと」

リリセは昨日、散々に暴れ回ったのだから、熟睡していると思い込んでいた。

「じゃあ、どこにいるんだ？　出かけたのか？」

「……噂《うわさ》をすればだ。ボス、帰ってきた」

クロエが窓のほうを指差したので、フユトはそちらへ近づく。二階リビングの窓からは、セーフハウスの玄関前が見える。

そこに——一台の電動バイクが勢いよく走り込んできた。

「隊長、見て！」

その電動バイクからひらりと飛び降りたのは、制服姿のリリセだった。

リリセは珍しく満面の笑みを浮かべて――

「電動バイク買っちゃったわ！」

「…………」

自由すぎるエースだった。


銃の価格――戦争でメインの武器となるアサルトライフルの値段はピンキリだ。

安いものなら五万程度、高価なものなら三〇～五〇万程度。

光学スコープやグリップなどのアタッチメントを着けたり、バレルやストックなどの部品を交換したりすると数十万単位でかさんでしまう。

個人のポイントであるXPの一〇〇万という金額も決して大きいとは言えない。

銃器類はスーパーで売っているわけではなく、第七学区に申請して購入できるらしい。

公的機関を通しても、割引などは一切ないようだ。

「リーリーセ?」

「し、仕方ないじゃない。ネイラは広いんだから、日常の足は必要よ?」

セーフハウス一階のガレージ。

リリセが買ってきた電動バイクが駐《と》まっている。ブルーの装飾が施され、KIDZ《キッズ》というユニット名のシールが貼られている。

「買っただけじゃなくて、カスタマイズまでやってきたのか」

「でもこれ、格好《かっこう》いいでしょ？　このブルーのラインが最高にクールよ」

「金の使い方がクールじゃない」

　思うがままに散財しすぎている。

「しかも、モーターとブレーキも強力なヤツに載せ替えてもらったの」

「なにを胸張ってんだ……いったい、いくらかかった？」

「本体一〇〇万、カスタマイズに二〇万ね」

「もらったXPをオーバーしてる！　二〇万はどこから出た⁉」

「ポケットマネーよ。これで全部使い切っちゃったけど」

「確か、傭兵《マーセ》ってシステムがあるんだよな？　よし、リリセを他ユニットにレンタルするか。一戦一〇万くらいで」

「仲間を売ろうとしないで！　しかも安いわ！」

「金が必要なんだよ、金が」

　フユトはさきほどヒィナ、クロエと話し合った内容をリリセに伝える。さすがに彼女もUXPがゼロであることには驚いたようだ。

　個人のXPをユニット全体で使わせてもらうとしても、これで四〇〇万から三〇〇万に一気に減ってしまった。問題解決どころか悪化している。

「ちなみにリリセ、コードセブンが稼働開始したときはどうだった？」

「UXPは一〇〇〇万入ってたわ。軍資金全体だと二〇〇〇万近くあったかも」

「なるほど、それくらい入ってもおかしくないよな。とにかく、戦争は金がかかる。そこはガチの戦争と同じだ」

「シティの戦争もガチの戦争よ。人が死なないってだけ」

「……そうだな」

そこは大きな違いだが、日本《にほん》のシティに慣れたリリセと海外育ちのフユトでは感覚がまったく異なるのだろう。

「大昔から戦争は金食い虫だったんだろうな。鎧兜《よろいかぶと》に刀、槍《やり》、弓矢、馬、戦闘に必要な装備だけで破産するレベルだな。鉄砲が出てくると一桁跳ね上がってたんじゃないか」

「あの……バイク買ったの、そんなにまずかったの？」

リリセが珍しく不安そうな顔をする。

「真面目な話をすれば、一〇〇万があってもなくても大差ないだろうな」

ほんの少しだけ状況がマシになるという程度で、この件でリリセを責めるほうがデメリットが大きい。バイクを売り払ってもいいが、リリセのテンションが下がるほうが怖い。

「ああ、そうか。この装甲車と指揮車、売ったら何百万かになるよな？」

ガレージには二台の車両が駐《と》まっている。

カーキ色の装甲車両と、ブルーのラインが入った白の小型車両だ。この二台は、各学区から初期装備として必ず与えられるものらしい。

「銃器以外の初期装備は〝貸与〟扱いだから、売却は禁止よ」

「くっそ……じゃあこのセーフハウスも売れないのか」

「あなた、そんなことまで考えてたの？」

「金のためなら魂でも売る気分だな」

「だったら……隊長、お金ならわたしが稼ぐわ。この身体で」

「よし、稼いでこい」

「レンタルって意味じゃないわよ！　あ、もちろん変な意味でもないわよ……？」

リリセは顔を赤くしている。自分が言い回しを間違えたことに気づいたらしい。

「戦争に勝てばいいのよ。ヒィナたちに新しい銃が必要なのはわかるけど、ネイラの三〇のユニットの中には楽勝で倒せるユニットもあるわ。そいつらを手当たり次第に薙《な》ぎ倒《たお》して稼げばいいのよ」

「現状の装備だけで勝てそうな相手を選んで戦う。それはアリだろう。だが――」

その方法には〝大きな問題〟がある。フユトはさっき、それに気づいていた。

「こっちで相手を選べるのかわからない。そうだよな？」

「確かに……コードセブンのデビュー戦もアスカが決定していたような。デビュー戦以降は相手を指定したケースもあったわ」

「デビュー戦は選択の自由はないと考えたほうがいいな。ただ、相手が強いか弱いか、どちらにしても問題がある」

「問題？」

「デビュー戦はどんなユニットでもある程度の注目を集められるだろう。ここで目立てなかったら、最初で最後のチャンスになるかもしれない」

「それはそのとおりね。経験者のわたしより、隊長のほうがわかってるじゃない」

リリセが軽い身のこなしで、装甲車のボンネットに座る。

「ユニットは〝ブレイク〟しないと、順位も人気もジリジリ下がってしまう。ブレイクの最大のチャンスはデビュー戦――とも言われてるわ」

「ブレイクか……」

フユトはその説に反論はない。

特にＫＩＤＺ《キッズ》は、かつて桁外れの活躍を見せたリリセがエースを務めるユニットだ。デビュー戦への注目度は高いはずだ。

そのデビュー戦で不甲斐《ふがい》ない戦いを見せるわけにはいかない。注目度が高かった反動で叩《たた》かれてしまう。

「簡単に勝てる相手だと、逆にまずい。戦闘が盛り上がらないからな。当座の資金を稼げても、先々のことを考えれば、そこで詰みになりかねない」

「わたしは今の武器でどんな相手でも倒してみせるわ」

「ダメだ」

「ダメなの⁉」

「俺はみんなに満足する武器を持たせて、戦ってもらいたい。それができないならＩＧＬ失格だ」

　フユトは、リリセの腕をポンと叩く。

「ここで言っておこう。俺は、無理して勝ちを取りに行くようなマネはしない。絶対に負けない戦いをする」

「……仲間が大事だから？」

「仲間を大事にする戦術が勝利への道、夢を叶《かな》える近道だと思ってるってことだ」

「ふぅん……」

　リリセは、じろっとフユトを見つめると、ボンネットから滑るようにして下りた。ふわっと短いスカートが舞う。

「シビアなお金の話をしてたはずだけど……まあ、いいわ。あなたに方針があるなら、わたしは逆らわない」

「助かる。さて、嫌だがシビアな金の話に戻るか」

　そのとき、フユトのＶウォッチの電子音が鳴った。

　フユトは指先で操作し、届いたメッセージを確認する。

「……来たぞ、通知だ。俺たちのデビュー戦の相手が決まった」

「どこ？」

「お隣の第六学区、現在ランキング五位の〝ビースト６６６〟。この九十日のうちにランクを二〇も上げた最注目のユニットだとさ」

「あ、終わったわ」


「ようこそ、藤原《ふじわら》フユトくん、朝宮《あさみや》リリセさん」

第七学区区庁《セブンス・ホール》——

とは名ばかりで、ただの雑居ビルにしか見えない古びた建物だった。

ビルに入っているのは区の部署だけのようだが、スクールシティネイラの一学区を管轄するお役所とは思えない。

第七学区の予算不足は深刻なようだ。

「わざわざ呼び出して悪かったね。昨日、訓練期間が終わったばかりなのにね」

その区庁《ホール》の最上階——五階にある会議室。

フユトはリリセとともに、この会議室に着いたところだ。デビュー戦についての通知に続いて、この区庁への呼び出しがかかったわけだ。

「私はイヌカイといいます。第七学区のお役人です」

会議室で待っていたのは髪を丁寧に撫《な》でつけ、今時珍しい黒縁眼鏡《めがね》をかけ、グレーのスーツを着た三十代なかばの中年男だった。

この男は所属する部署名すら明かすつもりはなさそうだ。

　フユトは長テーブルを挟んで男と向き合ってソファに座り、リリセはまるでボディガードのようにフユトの背後に立っている。

「今後は私が区庁とユニットのパイプ役を務めることになった。連絡なんてアスカがいれば充分なんだけどね。お偉いさんは、人間を介さないと安心しないんだよ。何世紀の人間なんだろうね？　ま、私は別に偉くないので気楽に接してくれよ」

　役人という割には砕けた態度だった。つまり、信頼が置けないということだ。フユトはイヌカイの姿をあらためて眺める。スーツは地味だが、仕立ては良く、高級品のようだ。ますます信用できない。

「通知はもう見たね？　君たちのデビュー戦が決まったよ」

「その前に一つ確認させてもらっていいですか？」

「おっと、会話の主導権を握らせないね」

　はっはっは、とイヌカイと名乗った男は気にした様子もなく笑った。

　信用できなくても、イヌカイがパイプ役というなら彼と話をするしかない。

「ウチのユニットのＵＸＰがゼロでした。普通は養成所での内容が反映された数字になるらしいですが、ゼロってことはないのでは？」

「ざっくり言うと、養成所でお金を使いすぎてね」

「は？」

「九十日の速成ってことで、無茶《むちゃ》をしすぎたようでね。実は高価なクラッシュ弾を湯水のように使い、スカウタも何機も壊して、挙げ句の果てにはミサイル爆撃までしちゃって。あれ、一発いくらか教え──軍事機密だっけか。アレ高いし、後始末にもけっこうなお金がかかってねえ。要するに君たちの育成に金をかけすぎたから、UXPをあげられないってわけ」

「俺たちが爆撃してくれと頼んだわけじゃないですよ」

「そう、ヌガタくんが悪い。彼女、優秀なんだけどお金のことにはルーズでね。意外とあいうのが出世するんだけどさ。実は最終選抜はお偉いさんが見学しててね。君らの戦闘は好評で、ヌガタくんへの評価も爆上がりだったよ」

はっはっは、とイヌカイはまた笑う。

フユトはイヌカイの話を真に受けていない。養成所で予算を使いすぎたといっても、第七学区がコードセブンと同じ程度──一〇〇〇万のUXPを払えないとは考えにくい。意図があって、KIDZ《キッズ》に〝縛り〟を課していると考えるのが正解だろう。

「UXPがないのは我慢してほしい。若いときの苦労は買ってでもしろって言うしね」

「俺、海外育ちなんでそんな格言は知りませんよ」

フユトもそれくらいは知っているが、知らないことにして文句を言う。

「装備を買い揃《そろ》えるには個人のXPだけじゃ足りないだろうけど、そこは創意工夫で補ってよ。ウチも予算の枠内で動いてるもんで、君たちに出したXPが限界だった」

「あっさり言いますね……」

「この人、まるで他人事《ひとごと》なのよ。担当のお役人とは思えないでしょ」

「リリセ、このおっさん——イヌカイさんと知り合いなのか？」

「コードセブン時代も区庁の窓口はこの人だったわ。何度撃とうと思ったことか」

リリセはイヌカイのほうを見もせずに言った。彼女もこのお役人にいい印象を持っていないらしい。

「ははは、キツいねえ、朝宮《あさみや》さん。でもね、ネイラはスクールシティ。子供たちを育てるための街だ。君たちは特別な教育を受けた特別な子供たちだよ。トラブルが起きたら、その柔軟な頭脳で乗り越えてほしい」

「大人が手を差し伸べるんじゃないんですか？」

「我々大人が、乗り越えられないようなトラブルを子供たちに押しつけることはないよ」

「デビュー戦は金がなくても勝てると？　ランク五位で勢いに乗ってるユニットに？」

冗談だったとはいえ、リリセが「終わった」とまで言った相手だ。

「要はやりようだね。何位だろうと、相手は君たちと同じ学生だよ。まあ、下手をすると今一番強いかもしれないユニットだけどね」

「俺たちが勝てば学区の予算が増えて、あなたの給料も増えるんじゃないですか？　そんな無茶《むちゃ》な相手をあてがっても得はないでしょ？」

フユトは別に怒ってはいないが、イヌカイの他人事のような態度は面白くない。

「昇給してくれると嬉《うれ》しいねえ。こんな私にも愛する妻と愛娘《まなむすめ》がいるんでね。ああ、君たちのお金の話だったね。ビースト666とのデビュー戦に勝てば三〇〇〇万ほど君たちの懐に転がり込んでくるよ」

「三〇〇〇万……！」

フユトは意外な大金に驚く。たった一戦勝っただけで、そこまでの収入が得られるとは思わなかった。

「個人のXPは活躍の内容次第だから、なんとも言えないけど。君たちは最下位の三〇位、相手はトップ5の一角、五位。ランク差が大きいほど勝ったときの報酬も大きいんだよ」

「もちろん勝ちますよ」

フユトは負けない戦いをするといっても、勝ちを狙わないわけではない。特に今回は、勝たなければ自分たちの生活が行き詰まってしまう。

「なるほど、つまりそれがわたしたちの〝ストーリー〟ってことね」

「ストーリー？　リリセ、なんだそれ？」

「ユニットには、各自〝ストーリー〟が設定されてるの。〝絶対王者への道〟〝いつでも挑戦者〟〝可愛《かわい》さこそ至上〟とかね」

「〝絶対王者への道〟なら、ストイックに強さを追い求めるみたいな？　ユニットの方針とか路線ってことか？」

「そうよ。たまに変更されることもあるけど。コードセブンは〝勇者《エース》を前へ〟だったわ。エースのわたしを戦闘でも広報でも前面に押し出すって方針だったわね」

「シティの戦争って本当にショーなんだな……」

まるでアイドルグループだ、とフユトは何度目かわからないが呆《あき》れてしまう。だが実際、それに近いところはあるのだろう。戦争の本番がライブのようなもので、熱狂的なファンたちが支えてくれるというわけだ。

「私も〝勇者を前へ〟はウケると思ったんだけどなあ。コードセブンは残念ながら解散になっちゃったなあ。でも間違いじゃなかったと思うんだよ。〝リセンス〟のこともあったしねえ」

「…………」

イヌカイの独り言のようなつぶやきに、リリセがぴくりと反応した。フユトは一瞬、横のリリセに視線を向けたが、彼女は口を閉じている。

イヌカイのほうも明らかに意図的に独り言として言ったようなので、〝リセンス〟とやらについて二人とも説明する気はなさそうだ。

ならば話を進めよう――フユトは、イヌカイに目を向ける。

「イヌカイさん、KIDZ《キッズ》のストーリーは決まってるんですか？」

「君たちのコンセプトは、〝最底辺《ゼロ》からの成り上がり〟だよ。燃えるね」

「やっぱりUXPゼロにしたの、わざとだろ！」

フユトは、ダン！とテーブルを叩《たた》いた。もちろん演技だ。ここで抗議しておかなければ、リリセに弱腰のリーダーだと思われてしまう。

「はっはっは。さっき朝宮《あさみや》さんも言ったけれど、状況が変われば変更も可能だよ。頑張ってのし上がってね」

「あんたたちのストーリーに沿ってですか。だったら、こっちにも考えがある」

フユトは、勢いよく立ち上がる。リリセが驚いたようにフユトに寄り添ってきた。暴れるとでも思われたのかもしれない。リリセにそんな心配をされるのは心外だが。

「イヌカイさん、最底辺っていうなら、まだ甘いんじゃないですか？」

「おや？」

「さっき、金をあげられないと言いましたね」

「うん、残念ながらね」

「じゃあ、貸してください――一億ほど」


電動バイクが、第七学区のメインストリートを走り抜けていく。

フユトはリリセの細い腰に掴《つか》まっている。フユトも養成所で電動バイクの免許を取得したが、リリセが運転を譲るはずもなかった。

「こういうの、男女が逆じゃないか？」

「古い発想ね。愛車は恋人と同じって祖母が言ってたわ。たとえ命の恩人だろうと、愛車は貸すもんじゃないっって」

「リリセのお祖母《ばあ》さん、なかなかロックだな」

　リリセは祖母からの強い影響を受けているようだ。まだ健在らしいので、フユトも一度会ってみたくなったくらいだ。

「隊長も充分ロックよ。やりすぎたんじゃない？」

「俺はスローバラードのように生きたいのに。とにかく、これで後戻りできなくなった」

「一億……ヒィナが聞いたら気絶するわね。本当によかったの？」

「いや、マジで一億も貸してくれると思わなくて」

「吹っかけただけだったの!?」

「うん、どうしよう？　一億なんて大金、普通に怖いぞ」

「しかもビビってるの!?」

「冗談だ。たぶん、イヌカイが噂《うわさ》を広めるだろ。ここで、一〇〇〇万とか二〇〇〇万とか初期にＵＸＰとして受け取る程度の金額を借りてもインパクトがない。借金一億なら、さすがに驚かれるだろ？」

「軍資金としては充分だわ」

　あはは、とリリセは面白がっている。

「俺が言うのもなんだが、笑ってるのが凄《すご》いな。意外な反応だ」

「本当に隊長が言うことじゃないわね。労働至上主義なのに、借金はＯＫなの？」

「借金があれば死に物狂いで働くだろ？　悪いことじゃない」

「発想が怖いわ！」

ようやくリリセも面白がる以外のリアクションを見せてくれて、フユトは満足する。

「でもゼロどころかマイナスになっちゃったわけだけど、どうするの？　ビースト666に勝っても入ってくるのは三〇〇〇万よ？」

「そういえば、返済の期限を言われなかったな。利子も付いてないし、いつまでに返せばいいんだ？」

「隊長、そんな呑気《のんき》な……わかってるの？」

「なにがだ？」

フユトが聞き返すと、リリセはちらっと後ろを向いてきた。バイクの運転中によそ見はやめてほしかった。

「もしかして、借金って珍しいのか？」

「珍しいなんてものじゃないわ。普通なら絶対にしないでしょうね」

「返済しないと内臓でも売られるのか？」

「毎月一回、取得したＵＸＰに応じてユニットの順位付けが更新されてコマンドで発表されるの。昨日がちょうど更新日だったから、次は一ヶ月《いっかげつ》後になるわね」

「たぶん、俺たちがユニット結成する日から逆算して九十日の訓練を始めたんだろうな」

「その更新日にＵＸＰがマイナスだった場合、〝飛ぶ〟わよ」

「飛ぶ？」

ちょうどそのとき、スピードを上げて走っていた電動バイクが坂道を上りきり、高く飛び上がった。

数秒空中を舞ってから、ズザザザッとバイクが横滑りしていって、止まった。

「あ、危なっ！　リリセ、もっと安全運転で頼む」

「だったら、隊長が運転して。わたしのバイクを使えるんだから、光栄に思いなさいよ」

「愛車は人に貸さないのが祖母の教えじゃなかったのか？」

文句を言いつつも、フユトは電動バイクのシートにまたがってモーターを始動させる。

リリセは後ろに乗り、フユトにぎゅっと抱きついてくる。意外に豊かな胸のふくらみの感触が伝わってきた。

「出すぞ」

「うん、行って」

フユトはアクセルを開けて、電動バイクを走らせる。モーターもカスタマイズしたというだけあって、力強い走りだった。

「飛ぶっていうのは、ランキングの更新日にＵＸＰがマイナスだった場合は、ユ、ニ、ッ、ト、が、失、格、に、な、るってことよ」

「失格っていうのは——」

「〝敗戦〟ってことね。もっと言うならユニット消滅ってこと。ＵＸＰの数字がユニットへの評価なんだから、マイナスなら評価すらされないのよ」

「俺、もしかしなくてもヤバいことやった？」

フユトは苦笑しながら、背筋が冷たくなるのを感じた。戦争の準備に金が必要なのは間違いない。ゼロより一億の借金を背負っているほうがインパクトも大きいだろう。だが、ものには限度がある。

「中途半端に一〇〇〇万借りるとか言ってたら、隊長を見損なうところだったわ。死に物狂いになるくらいの額でよかったのよ」

「……なんか俺とリリセ、セットで行動しないほうがいいのでは？」

フユトはまだ〝リリセ係〟のつもりだったが、実は〝フユト係〟も必要なのかもしれない――

「リセンスってなんだ？」

「〝繰り返し磨き上げて固定化された無意識の才覚〟よ」

唐突な話題の転換にも、リリセは驚かずに答えてきた。彼女は無謀なバーサーカーのように見えて頭の回転が速い。

「覚えられない。〝繰り返し磨き上げて固定化された無意識の才覚〟ってなんだ？」

「覚えてるじゃない」

「おや、ホントだ。それは――簡単に説明すると？」

「戦闘に特化したカン……かしら」

「簡単すぎてわからんな」

フユトは電動バイクのモニターに表示されたルートを外れ、遠回りの道を走っていく。この話が終わるまで、セーフハウスに戻るつもりはなかった。

「わたし、射撃も上手《うま》いけど達人ってほどじゃない。たぶんクロエのほうが上よ」

「……それは気づいてた」

養成所ではドローンを使った動体射撃も行っていて、クロエのほうがリリセより高得点を取っていた。

「でも、実戦ならわたしのほうが命中率は上。わたしはどこを狙って撃てばいいか、なんとなくわかるの」

「なんとなく……？」

「人間は座ってたって、寝てたって、多少は動いてるわ。寝てる人間の頭にスコープの中心を合わせて撃つ――仮に銃弾がまっすぐ進むとする――それでも、外れることはあるでしょ？」

「寝ている人間が急に寝返りを打つかもしれない」

そうなれば、当然弾は命中しない。

「わたしは、その寝返りが読めるの」

「未来予知……？」

「身体のわずかな動きから予測するのよ。超常的な能力とかじゃないわ。まあ、目の良さは人間離れしてるけど」

「リセンスは固有のものよ。わたしのリセンスは並外れた射撃の上手《うま》さってこと」

「人によって違うってわけだな」

「そういうカンの鋭さが元からわたしにはあって、それを訓練と実戦で磨いて——戦闘スキルと言えるレベルに達したってことよ」

「うーん……凄《すご》いような、ふわっとしてるような」

フユトは訓練を思い返してみる。

「別にそれを知っても、たいして戦術は変わらないな」

「ちょっと、リセンス持ちはレアなんだから！　リセンス持ちがいないユニットのほうが多いのよ！」

「痛てててっ！　腰、腰がへし折れる！」

リリセがさらにぎゅっとくっついて、腰を掴《つか》んだ手に暴力的な力を込めてくる。

「わたしのリセンスは反則級《チートきゅう》なんだから。訓練中は班員にも明かさないように教官から言われてたのよ」

「なるほどなあ。真面目な話、リリセが確実にワンショット・ワンキルできるなら戦術に組み込んでたかもしれない」

「他の班もわたしに狙われたらおしまい——だったら、それに合わせた作戦を立ててきたでしょうしね」

「待てよ、三条《さんじょう》ミズホには何発か外してなかったか？」

「超能力じゃないのよ。百発百中とはいかない。それにミズホくらい速いと命中させるのは難しかったから、数発撃って追い込んでから狙ったのよ」

「なるほど、やり方もいろいろか……」

それでもあの三条ミズホの場合、数発で仕留められただけで奇跡に近い。もしフユトがミズホと撃ち合いになっていたら、弾倉を一本使い切っても仕留められたかどうか。

「リリセがリセンス持ちって話は知られてるのか？」

「気づいてる人もいるでしょうね。リセンスの話はネットにも流れてるから。ただ、具体的になんのリセンスを持ってるかまではバレてないと思う。コードセブンの仲間にも口止めされてるはずよ」

「ふぅん……」

口止めが必要なほど重要な情報とも言える。百発百中でない以上、リセンスをアテにしすぎるのは危険だが、作戦立案時に考慮すべき要素だろう。

「敵に高確率で命中させる能力か……なんかスキル名とかありそうだな」

「うっ……」

「あるんだな。なんだ？」

リリセは言いたくなさそうだが、フユトは容赦せずに質問する。

「わ、わたしのリセンスは——〝神エイム〟よ」

「ぶはははは！　自分で言うか!?」

「笑わないでよ！」

リリセが、今度は片手でフユトの腰を掴《つか》んで拳で脇腹を突いてくる。地味に肝臓を狙った打撃だった。

「でもまあ、その神エイムがあってこそか。例の十二連続キルは」

「あ、隊長。それなんだけど」

「ん？」

「対戦相手のビースト６６６なんだけど、前にわたしが十二連続キルをやらかした相手なのよね。あそこのＩＧＬ、わたしを恨んでるの」

「………O Boże《なんてこった》」

ラウンド９

「絶っっっ対に許さないわ、朝宮《あさみや》リリセ！」
燃えるような赤いロングヘアに、白い長袖のセーラー服、膝丈のスカート。
怒りに震えている彼女こそが、第六学区のユニット〝ビースト６６６〟のＩＧＬである
ミナギサだ。
画面の中のミナギサはカメラに向かって、新ユニットＫＩＤＺ《キッズ》との戦争への意気込みを
語っているところだ。派手な顔立ちの美人なので、妙に迫力がある。
「リリセさん！　あなたへのリベンジのチャンスを待ってたわ！　百日も待たせてくれて、
覚悟はできてるんでしょうね！」
ミナギサは勝ち気そうな顔を引き締め、カメラに人差し指をつきつけてきた。
「へぇ、ミナギサ、わたしを待ってたの？　待たせてるとは思ってなかったから、覚悟も
なにもないのよね」
「リリセ、塩対応だな。そりゃ恨まれる……」
フユトとリリセは装甲車の座席に取り付けられたタブレット端末を眺めている。画面で
は、今回の対戦ユニットであるビースト６６６のインタビューが生配信中だ。
ＫＩＤＺへのインタビューはない。扱いが軽いというわけではなく、ＫＩＤＺのお披露《ひろ》

目《め》は戦争本番で、ということになっているのだ。

「このミナギサ、裏表のない奴《やつ》だなあ。こんなに素直に敵を煽《あお》ってくるか？」

「わたしが十二連続キルをやったとき、最後の十二人目がミナギサだったの。過去の最高記録は十一人だったから、もしミナギサを仕留めてなかったら、記録超えはできなかったのよ」

「そりゃ、余計に悔しいだろうな。わざわざリリセの見せ場をつくったようなもんだ」

画面越しでも、フユトにもはっきりわかった。ミナギサは、リリセに復讐《ふくしゅう》したくて仕方ないらしい。ある意味、戦争の動機としては真っ当だ。

「ひぃぃ～、トラックが煽ってくるよ。煽り運転は逮捕してよ～」

情けない声を出したのはヒィナだ。彼女が装甲車を運転している。彼女も養成所で運転免許を取得しているが、大きな車を運転するのは苦手ということで、あえて任せている。

助手席にはクロエが座っている。もう一台、小型の指揮車もあったが、特に使い道もなさそうなので置いてきた。

「この装甲車、ヒィナが面倒を見てきただろ。運転も頑張ってみてくれ」

「が、頑張ってみるー」

装甲車の車体には、ＫＩＤＺ《キッズ》メンバーをデフォルメしたイラストのステッカーが貼られている。ヒィナが「可愛《かわい》くしたい」とネットで注文して作成したのだ。戦争に使う車両にしてはファンシーすぎるが、彼女のモチベーションのためなら気にならない。

「だいたい、どうなってるのよ！　コードセブン、いきなり解散するなんて！　どうせならコードセブンを叩《たた》きのめしたかったわ！」

画面ではミナギサがまだ憤《いきどお》っている。口は悪いが美人で表情に愛嬌《あいきょう》があるからか、不快な印象はない。

「なあ、あのミナギサって、リリセの口調と似てないか？」

「あー、666のIGLって、リリセちゃんのファンだって噂《うわさ》あるんだよ」

ヒイナがあたふたと運転しつつ、ぼそっと言った。リリセの古典的な口調はファンならばマネしたくもなるだろう。

インタビューが終わると、フユトは端末を操作してビースト666の情報を表示させた。

「まずは主力メンバーだな」

三人の写真が並んで現れる。

赤毛の白セーラー少女、黒い短髪に白い学ランの少年、ニット帽をかぶって茶色の髪を後ろで縛って白いコートで全身を隠した少女の写真――

「IGL〝ミナギサ〟、スポーツマンっぽい男が尖兵《ヴァンガード》〝ハヤタ〟。帽子をかぶった後衛の狙撃手〝シャン〟。要注意はこの三人か」

「あとの七人は十二人連続キルのときもいたけど、たいしたことなかったわ。ハヤタとシャンには逃げ切られたわね」

現在、ビースト666のメンバーは全部で十名。以前は十五名いたようだが、編成に変更があったということだ。

全三十学区のユニットの中では、ごく平均的な人数らしい。上限である三十人に及ぶユニットもあるが、たいていは十人前後、多くても十五人くらいのようだ。多すぎても統率が取れず、敵にXPを稼がせるだけになる――〝養分〟というらしい。

KIDZ《キッズ》は最低限の人数である四名だが、フユトは特に人数面の不利は感じていない。ただでさえクセのある四名なので、これ以上増えても面倒――指揮しきれないだけだ。

そのKIDZの四名が、第六学区の駅前広場に到着した。

今朝、コマンドに通知が届き、KIDZの〝初期位置〟がここに指定されたのだ。

周囲二キロほどの地域が〝戦闘区域《ウォーゾーン》〟に設定され、すべての住民が退避して無人になっている。わずか二キロといっても、建物は多く、屋内戦・屋外戦どちらにも向いていて、低い建物が多いあたりは狙撃の射線も遠くまで通りそうだ。

戦闘区域の外はBZに設定されていて、そちらに入ると光式《こうしき》アーマーが削られてしまう。事実上の立ち入り禁止区域だ。

「よし、みんな降りてくれ」

フユトが合図するとヒィナが装甲車を停車させ、リリセが真っ先に車から出て、フユトたちも続く。

全員が黒を基調としたブレザーを着て、リリセとヒィナはミニスカート、クロエはホットパンツ、フユトはズボンだ。

戦場で着用するにしてはずいぶんと小綺麗《こぎれい》で、気品すら漂う制服だ。戦争はショーであるために、兵士の見栄えも重要ということだ。

「全員、装備チェックよろしく」

「わかってるわよ」

武器も、全員ある程度の統一性を持たせている。

全員の武器にブルーの装飾が施されているが、これはリリセの趣味だ。軍隊であれば敵に視認されにくいように銃に迷彩を施すが、シティの戦争では逆に目立つカラーリングをする。これもショーである以上は必要なことだった。

リリセとフユトはアサルトライフル。訓練所でも使っていた89式自動小銃だ。二人とも使い慣れた武器を選んだわけだ。ＫＩＤＺの象徴となる武装で、〝ブレイブ・ブルー〟というコードネームがつけられている。

ヒィナはＭＰ５サブマシンガンに短銃身《ソードオフ》のレミントンＭ８７０ショットガン。偵察で走り回る彼女は、軽さ重視で装備を選んだようだ。

クロエはボルトアクションのＭ24狙撃銃《そげきじゆう》。通常、狙撃手は近接戦に備えてサブマシンガンや拳銃をサイドアームとして持つが、クロエは狙撃銃一本で戦争に臨む。

フユトとしてはクロエには安全を重視してほしいが、彼女なりの信念があるようなので口には出さない。それに、信念を持って仕事をする人間は嫌いではなかった。

そのフユトは拳銃も持っているが、これはリリセから預かったお守りのようなものだ。

借金してつくった一億は、惜しまず装備につぎ込んだ。精度の高い一級品の銃をイヌカイから入手した。たった一度のデビュー戦、ケチが原因で負けたら後悔してもしきれない。

「えーと、どうしたらいいんだ？　初期位置はここだが、誰もいないじゃないか」

「大丈夫、待機してればすぐに始まるわ」

経験者のリリセが落ち着き払って答える。

フユトもクロエも冷静だが、ヒィナは初めての実戦に緊張しているようで、きょろきょろしている。彼女の態度が普通なのだろう。

「KIDZ《キッズ》のみなさま、はじめまして」

「おっ」

フユトの左耳につけたヘッドセットから、合成音声が響いた。メンバー全員に聞こえているようだ。

「本日の進行を務めさせていただきます、運営AIの〝ミコト〟と申します」

「はいはい、本日はよろしく」

AIに対しては人間と同じように接する。それが現代の常識なので、挨拶を返しても誰も不審には思わない。

「ミコトはアスカのサブセット子機《子機》にあたります。アスカよりも演算・処理能力・礼儀正しさで劣りますが、一生懸命務めますのでよろしくお願いします」

「ご丁寧にどうも」

おそらく、ミコトはビースト666と同時に同じ内容の会話をしているのだろう。

「今回の戦争の戦闘形式《ウォーコード》は、〝学区侵略戦《エリア・ヘイスト》〟。第七学区〝KIDZ〟による第六学区への侵攻戦闘となります」

学区侵略戦は、戦争でのもっともオーソドックスなルールだ。

二つのユニットの一対一での戦闘で、一方がもう一方の学区に攻め込む形になる。守る側としては〝防衛戦〟になるが、呼称はどちら側からも〝侵略戦〟となる。

攻める側が盛り上がりやすく、どのユニットも侵略側になりたがるらしい。アスカが、デビュー戦のKIDZに花を持たせてくれたようだ。

学区侵略戦の勝敗は、IGLの戦闘不能《ダウン》によって決定する。

ただ勝てばいいというものでもなく、敵のIGLを最後まで生かして敵ユニットを全滅させればUXP・個人XPともにボーナスポイントがつく。

逆に速攻で敵IGLのみを狙って撃破しても同じくボーナスがつく。彼我《ひが》の戦力差を考えて最上の結果を得る戦略が必要となる。

また、侵略戦ではその名のとおり〝敵地の占領〟が可能になっている。

学区内のいくつかの施設が〝戦略目標〟として設定されており、施設内のセキュリティを〝乗っ取り《ハック》〟することで占領完了となって、大量のXPが手に入る。

ただし敵に奪還されることもあり、その場合は得たXPも失う。侵略戦は単純なルールだが、複雑な駆け引きが必要になり、シティでの人気が高い。

「戦争では、みなさまの会話は配信に流れます。個人情報の取り扱いには充分気をつけてください。戦闘中のボイスチャット――VCにつきましては」

ミコトは説明を続ける。

「戦闘開始後のVCは全部で3チャンネル。味方全員との通話用のオープンチャンネル。基本的にこちらを常時ONにしておいてください。それと、特定の味方との個人通話チャンネル。こちらは必要なときのみ繋《つな》ぐようにしてください。最後に、敵味方全員参加用のフルオープンチャンネル。こちらのVCに入ると、すべての会話が敵味方に聞こえます。また、特定の敵一名とのVCはできません」

「会話が重要なんだなあ」

フユトは苦笑するしかなかった。戦闘中に常に味方と通話が繋がっているのも従来の戦争ならばありえない。戦場での通信は簡単には繋がらないものだ。それ以上に敵とも会話できるというのは信じがたいが。

「まずは映像通話《ホロチャット》が繋がっております。両チーム、ご挨拶をどうぞ」

駅前広場には噴水があり、その前に映像の人物たちが浮かび上がった。そのうちの一人は、さっきリリセに恨み言をぶつけていたミナギサという少女だ。

ロングの赤毛に白のセーラー服、肩に短銃身のアサルトライフルを担いでいる。

短く軽いライフルは敵陣に素早く斬り込む尖兵《ヴァンガード》が好むが、指揮を重視するIGLも負担軽減のために持つことが多い。

　フユトはノーマルな長さのライフルを持っているが、KIDZ《キッズ》ではIGLも前線に出ていくので、銃身が長く、中距離戦に対応できるものが必要なのだ。

　フユトは一人でホロ映像の前に立ち、笑顔になる。

　既にここから、ネイラ市民たちもアプリ〝コマンド〟を通してこの映像を観《み》ているはずだ。新人兵士の分際で、ぶっきらぼうな態度を見せては悪印象だろう。

「はじめまして、第七学区ユニット〝KIDZ〟のIGL、藤原《ふじわら》フユトです。海外帰りなので、ワタシ日本語《にほんご》ワカリマセン」

「ペラペラしゃべってるわよ！　リリセさん、あなたのIGL、舐《な》め腐ってるわね！」

　さっそく怒られてしまう。掴《つか》みとしては悪くない。

「煽《あお》ってるのよ、隊長は。乗せられてどうするの、ミナギサ」

　フユトの後ろにリリセもいて、彼女は呆《あき》れたように言う。

「な、名前……！　聞いた、ハヤタ!?　リリセさんがワタシの名前を知ってたわよ！」

「むしろ、朝宮《あさみや》さんが敵のIGLも覚えてないほど無礼だと思ってるミナーが無礼だろ」

　ミナギサの後ろに立っている白学ランの少年――ハヤタが呆れた顔で言う。示し合わせたわけではないが、それぞれのIGLとエースが顔合わせに出てきた格好《かっこう》になった。

「あらためて挨拶しておくわ。今はこっちが新人なのだしね。久しぶり、ミナギサ」

「お久しぶりね、リリセさん。あの屈辱の十二連続キルの直後にコードセブンが解散して、リベンジのチャンスを失ったときは絶望したわ。でも、あなたは戻ってきた」

「そうね、わたしもリベンジしたかったわ」

「え？　リリセさんが？」

ミナギサは本気で意外そうな顔をする。

「あなたたちのおかげで、わたしたちコードセブンは解散に追い込まれたのよ。復讐《ふくしゅう》して泣かせようと思うのは当然でしょ？」

「泣かせる!?　コードセブンの解散はワタシたちのせいじゃない！」

フユトも首を傾《かし》げる。

確か、最終選抜のときにリリセは「自分が弱すぎたからコードセブンは解散した」と言っていた。まだ、あの話には続きがあるのだろうか？

「お互い、動機はどうあれ、やる気は充分ってわけね。本気で勝ちに来てる奴《やつ》らを派手に倒すのが一番気持ちいいんだから」

リリセは挑発的な笑みを浮かべる。

「くっ……！　ところで、そちらでは一番経験豊富なリリセさんに訊《き》きたいのだけれど。ハンデはどうするのかしら？」

「ハンデ？」

「ええ、当然でしょ？　我々はトップ5のビースト666。そちらはこれがデビュー戦の三〇位。ハンデも与えずに戦ったら、こっちが炎上してしまうわ」

ミナギサのほうも、負けずに挑発してきている。早くも勝負は始まっているらしい。

それからミナギサは、ちらりとフユトを見た。

「しかもIGLはたった九十日訓練を受けただけの素人。見てくれはいいようだけど、全然強そうには見えないわ」

「見てくれがいい？　言われてみればそんな気も……隊長、こんな顔だったのね」

「ウチの仲間が俺の顔もろくに見てなかった件について」

リリセは芝居ではなく、本気で今頃フユトの顔の良さに気づいたらしい。自分の美貌は自覚しているようだが、他人の顔にはあまり興味がないようだ。

「というか俺、ミナギサさんの好みなのか。それなら手加減してもらえるかな」

「待って、666はただでさえわたしに十二人連続キルされる程度なのに、手加減されたら勝負にならないわ」

「ちょっと、隙あらば666をディスらないでほしいわ！」

ミナギサはフユトを馬鹿にしておいて、自分がディスられるのは許せないらしい。

「別に好みじゃないわ、こんな男。出会ったら即座に心臓を撃ち抜くわよ。リリセさん、あなたが一人で戦ったほうがマシなくらいじゃないの？」

「そう、わたしとの戦いをご所望なのね。ミコト、設定変更をお願いできるかしら？」

リリセはにっこり微笑《ほほえ》んだ。

「わたしの現在位置を常に666のマップに表示して」

「なっ……！」

「わたしが近づいてきたら、せいぜい遠くまで逃げることね！」

リリセは絶句するミナギサに不敵な笑みを向けてみせた。

「承知しました。朝宮《あさみや》リリセさんの位置情報をビースト666に送信します」

「ありがとう、ミコト」

「………………」

フユトは無表情を維持して、リリセを止めない。もう口に出してしまった以上、リリセが撤回するはずがない。

「今回、ビースト66６は全部で十人だったわね？　それじゃ、連続キル記録を伸ばせないことだけが残念だわ」

「こ、このっ……」

「ああ、前は十五人いたのに減らしたのは、また連続キル記録を伸ばされるのが怖いからだったのね。気づかなくてごめんなさい」

「謝られると本当にそうみたいじゃない！　メンバーを厳選しただけよ！」

実のところリリセは連続キル記録など、まるで興味がないようだ。彼女は好きなだけ戦えればそれで満足する。

「し、知ってるわよ！　あなたたちいきなり一億の借金を背負ったのよね⁉」

「ウチのＩＧＬはイカレてるのよ」

ひどい言い草だったが、フユトはこれにも沈黙を通した。トークはなにを話すかだけでなく、なにを黙っているかということも重要だ。

KIDZ《キッズ》が一億の借金を抱えたことは、第七学区区庁《セブンス・ホール》を通してネイラ全体に告知されている。イヌカイも一億の借金は話題性が高いと判断したようだ。

「そんな大金、次の更新日までに返せるわけないでしょう！　KIDZ……だったかしら、結成したばかりで解散になるとはお気の毒ね！」

「ミナギサこそ、またわたしに屈辱的な負け方したら引退ね。どんなやられ方がいい？　あなたを最後まで残して、この冴《さ》えないIGLにいたぶらせてあげようかしら」

「な、なにを……！　やられるならリリセさんにやられたいわ！」

「こじらせたファンだなあ」

「そこのIGL、うるさいわよ！　ワタシはファンじゃなくて信者――煽《あお》って余計なことを言わせないで！」

ミナギサはファンとして厄介なだけでなく、普通に面倒くさいタイプらしい。

「もう以前のワタシたちじゃないことを教えてあげるわ、リリセさん。いえ、そんな借金まみれのユニットは見捨てて、ウチに移ってきたらどうかしら？　偵察くらいには使ってあげるわよ？」

「面白いな、それ。ミナギサさん、俺から提案がある」

「は？　ワタシとリリセさんの会話を邪魔――なによ？」

ミナギサはさすがに信者の顔を見せすぎたと気づいたのか、フユトのほうに向き直る。

「ウチが負けたら、リリセを第六学区に移籍させよう。ミコト、可能か？」

「可能です」

　人工音声があっさりと答える。

「ちょ、ちょっとフユくん!?」

「落ち着け、ヒィナ。これは取引だ。ウチが負けたらリリセを６６６にくれてやる。逆にウチが勝ったら、一億とは言わない――五〇〇〇万くれ」

「なっ……!?」

　ミナギサは、大きな目をさらに見開いた。ホロチャットで映し出される立体映像は極めて解像度が高く、表情もはっきり見える。

「……フユトさんと言ったかしら？　あなた、本気なの？」

「本気だ。ウチは借金で首が回ってないんだよな。ここでデカイ賭けに出ないと、飛ぶ。６６６くらいの上位ユニットと戦える機会が、次にいつあるかわからないしな」

　戦争に勝てば相手が格上であるほど、利益も大きい。イヌカイが試算した三〇〇〇万の利益も、トップ５が相手だからこそだろう。

　ここで大きな賭けに出なければ、ＫＩＤＺ《キッズ》に〝先〟はない。

「あなた方が負ければ、リリセさんを失って、借金返済は絶望的になるわよ？」

「だから面白いんだろ？」

「……いいでしょう」

ミナギサが、フユトをまっすぐ見ながら頷《うなず》く。

「ワタシたち６６６が勝ったら、リリセさんをもらいます。もしも万が一、仮に負けることがあったら五〇〇〇万のＵＸＰを支払います。ここで宣言するわ！」

ミナギサは両手を高く掲げ、大げさなポーズを取って大声を上げた。わぁっ、と視聴者たちが騒ぐ声が聞こえてくるようだ。

「ああ、チョロいなあ……」

「なにか言ったかしら⁉」

「なんでもない。交渉成立、正々堂々と戦おう、ミナギサ」

フユトは自分でも胡散臭《うさんくさ》いほどの満面の笑みを浮かべ、ミナギサに右手を差し出した。相手はホロ映像なのでマネだけになるが、もちろん握手を求めたのだ。

形だけの握手を済ませるとミナギサたちの映像は消えた。

「正々堂々か。デビュー戦で奇策を使うのは可愛《かわい》げがないよな……ミコト」

「はい、ご質問でしょうか？」

「ああ、一つ確かめたいことがあって」

フユトはそう言ってから、ちらりとクロエを見た。無表情な狙撃手は、手に入れて間もない愛銃のチェックに余念がない。

「正々堂々と戦うには知っておきたい。ルール以外の、〝暗黙の了解〟ってヤツをな」

ラウンド10

第七学区所属ユニット・ＫＩＤＺ《キッズ》デビュー戦――

第六学区への〝学区侵略戦《エリア・ヘイスト》〟は、双方のユニットが定石どおりに偵察を放ち、ＫＩＤＺのエースである朝宮《あさみや》リリセがビースト６６６の偵察二名を撃破。

兵力差は四対八となり、上々の滑り出しとなる。

ＫＩＤＺは藤原《ふじわら》フユトの指示によって、第六学区駅前広場からの移動を開始する――


「ちょっと戦争やってくるか」

フユトはつぶやき、アサルトライフルの弾倉を確かめる。

序盤戦の結果は予定どおりだが、二名を失ってもビースト６６６にはたいしたダメージでもないだろう。フユトは、「ミナギサがリリセのウォーミングアップをさせてくれた」と疑っているくらいだ。

リリセにとっても久しぶりの実戦、軽い戦闘でカンを取り戻しておく必要はあった。

これで準備は整ったとフユトは判断して――

ＫＩＤＺの四人は、駅前広場からの移動を開始している。

車両は置いていき、徒歩での移動だ。車両は防弾仕様だが完全ではなく、ライフル弾も当たり所によっては貫通する。逆に車両内からの射撃では自由な射角が取りづらい。なにより、車に乗っていてはリリセの機動力が活《い》かせない。ビルだろうと軽々と登り下りする彼女の縦横無尽な動きを活用しない手はないだろう。

駅前の広場を離れ、目指す先はもちろんＩＧＬの光点が表示された場所だ。表示は最終選抜のときと同じく、三分に一度、十秒間となる。

「ＩＧＬの位置表示ってけっこう大ざっぱなんだよなあ」

「細かく表示されたら、簡単に狙えちゃうでしょ」

「そりゃそうだ」

フユトはリリセに答えて、マップを詳細に確認する。先ほど敵ＩＧＬの位置が表示され、その光点は既に消えているが、位置は正確に記憶している。

ＫＩＤＺのＩＧＬの位置もこの駅前から伸びる道路上に表示されているが、実際の位置とは微妙なズレがある。

マップは平面なので、建物の中に入ったら、何階にいるのか判別できない。ＩＧＬの位置がわかるといっても、マップに頼るのも限度がある。

「ん？　スマホのほうに通知が……なんだこれ？」

フユトは走りながら、スマホを取り出す。

戦争用アプリ〝コマンド〟にメッセージが届いていた。件名は「新作動画が投稿されました！」となっている。

「なんの動画だ……って、あれ？　さっきの広場での戦闘か？」

「切り抜き《クリップ》ね。配信された映像から、面白い部分を切り抜いてコマンドに投稿してる連中がいるのよ」

　リリセがフユトの横に並んで身体をくっつけ、スマホの画面を覗《のぞ》いてくる。

「今みたいな移動中とか、戦闘が発生してない間は視聴者は切り抜きで暇つぶしするの」

「ただの移動なんて観《み》ても面白くないもんな」

　フユトが再生した切り抜きは、ついさっき駅前広場で、リリセが一回転して弾丸をかわしながら、二人の偵察兵士を倒したシーンだ。

　リリセが短いスカートをひらっと揺らし、太ももが際どい部分まで見えている。

「おっと、リリセは観ないほうが」

「別にいいわよ。ああ、ここね。はぁ、まったく、男ってヤツはコレだから」

　リリセは怒っているでも照れているでもなく、呆《あき》れているようだ。実戦経験豊富なだけあって、観られることにも慣れているらしい。

「きゃっ！　スタチャありがと！」

「………っ」

　突然のリリセの声に、フユトは思わず目を瞠《みは》った。

　リリセのヘッドセットが空中にウィンドウを投影している。

ゴローくん
10,000XP
神回避！ナイスゥ～！↑

キラキラと金色に輝く細長いウィンドウで、〝スターチャット〟と呼ばれるものだ。

「へぇ、これがスタチャか。俺、初めて見た」

フユトは胸に手を当ててミュートしつつつぶやく。

戦争の配信の視聴者たちは、ネット上でチャットも交わし、戦闘の感想や今後の展開予想などをワイワイと話し合っている。

チャットは見ようと思えばフユトたちも見られるが、気が散ってしまうためにほとんどの兵士は表示をオフにしている。

ただ、一万XPとコメントを同時に送る〝スターチャット〟は強制表示されるのだ。

「わっ、また。スタチャ、ありがと」

リリセが普段とは違う甘い声で答えている。

「さすがリリセちゃんだね。スタチャ、さっきからバンバン来てるみたい」

「スタチャのXPは取っ払いで、兵士個人に全額入るんだよな？」

ヒィナもミュートして、フユトに顔を寄せてささやいてきた。UXPではなく、個人用のXPとして入ってくるらしいので、フユトにはトータルの数字が確認できない。

「視聴者も戦闘が盛り上がってるときは、気を遣ってスタチャしないからね。こういう、まったり《チル》のときに来るんだよ」

「へぇ、そういうもんなのか」

視聴者もマナーを心がけているようだ。実際、重要な局面でスタチャに驚いて射撃を外しでもしたら笑えない。

「待てよ、その気になれば666のファンが俺たちの妨害をするためにスタチャを送ることもできるよな？」

「その手のスタチャはＡＩ――ミコトが瞬時に判断し非表示にする」

「敵の位置とか状態を教えるようなチャットも、全部カットされるね。スタチャじゃなくて通常のチャットでも削除だよ。あと、セクハラ発言とかも。セクハラ、だめ！」

クロエとヒィナが続けて説明してくれる。戦争のシステムは洗練されているらしい。

「あああ、スタチャ多すぎるわよ！　みんなお金は大事にしなさい！　勉強するにも先立つものが必要でしょ！」

「説教始めてるぞ、リリセ」

「リリセちゃん、怖いけど良《い》い人キャラだから」

ここで、フユトとヒィナはミュートを解除する。スタチャ祭りも終わったらしい。

「さあ、いつ接敵してもおかしくない。リリセ、予定どおり前を頼む」

「了解よ、隊長」

リリセを先頭に、ヒィナ、フユト、それから最後尾にクロエがつく。この陣形はあらかじめ決めていたものだ。

フユトはリリセの位置が666にバレていることは問題ないと考えている。

敵に待ち伏せされやすくなるが、〝リリセが近づいてくる〟というプレッシャーは無視できない影響があるはずだ。敵に圧をかけながら近づける、というのは悪くない。

「今回は四人で固まって行く。俺のハーレムだ」

「あなた、本気で炎上したいの？」

「毒にも薬にもならないよりは、派手に燃え上がったほうがいいだろ」

「その発想は危険……危険だよ、フユくん」

「そもそも、ヒィナみたいな地味だけど胸大きくて可愛《かわい》い子は、人気があるのよ。そんな子に〝フユくん〟とか愛称で呼ばれてるだけで、燃えてもおかしくないわよ」

「えっ、私って可愛いの……!?　リリセちゃんより可愛げはあると思ってたけど」

「あなたのアーマー、ぶち抜くわよ」

「ぎゃあっ、フユくん！」

「おい、抱きつくのはまずい！　銃を持ったままはヤバい！」

フユトに抱きついてきたヒィナのサブマシンガンの銃口が、彼の顔のほうを向いている。

セーフティは外してあるので、いつでも撃ててしまう。

「ご、ごめーん。ぎゅっとしてごめん！」

「なんか、謝り方まであざといわね、ヒィナ」

「謝っても嫌がられるの!?」

「ビースト６６６は守りのチームだ。その守りを崩す必要がある」

「うわっ、フユくん、急に真面目になったよ！」

戦争では戦闘中のトークは重要だが、今は作戦会議が優先だ。

「真面目に戻るのはいいけどね。隊長、他のユニットもそんなこと百億回は考えてるわよ。それでも666が勝って、上位に食い込んでるのよ？」

「他のユニットになくて、KIDZ《キッズ》だけが持っている武器がある。バーサーカーだ」

「ドツくわよ」

「冗談だ、バーサーカーなら他のユニットにもいるだろうしな。リリセ、最初の挑発は上《う》手《ま》かった。あれで、666は嫌でもリリセを意識せざるをえなくなった」

「わたし、台本とか覚えるの苦手なのよ？　前にシティから依頼が来て、戦争の広報で台本読まされたけど」

「あー、リリセちゃん、〝世界一案件が苦手な女〟とか話題になってたね」

「う、うるさいわね！　台本を意識すると棒読みになっちゃうのよ！」

戦闘開始前のリリセのミナギサへの煽《あお》りは、事前にフユトが台本を用意したものだった。アドリブもかなり入っていたが。

「苦労して言いやすい台本をつくったんだよ。リリセの素に近いだろ、あの煽り」

「わたしをどんなキャラだと思ってるのか、隊長と話し合う必要がありそうね」

リリセは人を煽るのに向いているキャラではあるらしい。

フユトはそのリリセの後ろ姿を見ながら、ビースト666の戦闘アーカイブで確認した彼らの戦術をおさらいする。

ビースト666は防御特化型のユニット。

尖兵《ヴァンガード》でエースである〝ハヤタ〟は速攻タイプだが、他のメンバーは陣地を築いて守りを固める。スカウタを複数チーム持っているものの、多少の情報収集に使っている程度。

IGLのミナギサが攻守の中心メンバーであることは間違いない。

ただ、ミナギサはあまり動かずに、三枚もいる狙撃手を周辺に配置して、守りを固めている。狙撃チームは、名手である〝シャン〟を中心に敵の牽制《けんせい》から一撃必殺の狙撃まであらゆるスナイピングを行う。

ビースト666側のVCが乗った配信も確認済みだ。狙撃隊はシャンが他の狙撃手二名の位置取りから標的の決定、狙撃のタイミングまですべて指示を出している。狙撃手が点と点を繋《つな》いで築いた防御陣がある限り、IGLが居座る〝本拠地〟への接近は困難だろう。

フユトがそこまで考えたところで――ピッとヘッドセットに電子音が響いた。

「運営AIミコトです。現在の戦況をお知らせします。戦闘開始から十分経過、ファーストキルはKIDZ《キッズ》の尖兵リリセ、トップキラーは同じく尖兵リリセが二キルで暫定取得。ビースト666は戦闘不能《ダウン》二名で残り八名、KIDZは戦闘不能〇で全員生存中」

親切にも、AIが戦況を整理して伝達してくれるらしい。

戦争では敵を倒すことを〝キル〟、キルされた兵士を〝戦闘不能〟と称する。

最初のキルを獲《と》る〝ファーストキル〟を取得すると、XPが加算される。キルをもっとも多く獲る〝トップキラー〟は戦争終了後に確定されるが、これは特にXPが大きい。貧しいKIDZとしては是非獲りたい報酬《リワード》だ。

「……変だな」

「隊長、思わせぶりなこと言うの、やめないかしら？」

「いいだろ、俺もちょっとは格好《かっこう》つけたいんだよ」

フユトはリリセに言い返す。

「偵察とはいえ、二人もやられたのに666の次の動きがまだない。ここは第六学区、あいつらのホームだ。様子見に出てくるくらい、あってもよくないか？」

666のメンバーなら、待ち伏せに適した場所などもわかりきっているはずだ。

「リリセ、一旦止まれ。そろそろIGLの位置が表示される」

フユトはVウォッチを確かめながら、進軍を停止させる。近くにあった駐車場に入り、駐《と》めてある車の陰に身を隠して、マップを確認する。

「うーん、ミナギサはずいぶん遠くにいるな。スタジアムがあるところか」

フユトはもちろん、第六学区の戦闘区域マップは頭にしっかり入れている。スタジアムは駅前から遠く離れたところにある。

「ミナギサ、あれだけ煽《あお》ったのに、乗ってこないわね？」

リリセはフユトの横にぴったりくっついて、わざわざ自分のではなくフユトのVウォッチのマップを見ている。

「ちょっとビビらせすぎたかしら……」

「ボス、敵がいる！　十一時の方向、スナイパー！」

クロエが常にない鋭い声で叫んだ。同時に全員が車の陰にさらに深く身を隠しつつ、それぞれの銃を十一時の方向に向ける。

「なんなの？　撃ってこないわね？」

「スナイパーは撃ったら位置がモロバレだからな。五位のチームがそんな迂闊《うかつ》なマネはしないだろ。クロエ、もっと正確な位置がわかるか？」

フユトにはスナイパーの存在は感知できない。だが、クロエが言うなら間違いないだろう。疑いの言葉は決して口に出してはならない。

「四百メートル前方、茶色の三階建てビル、三階の窓だった。おそらくもう移動した」

「逃げたか。報告助かる、クロエ」

四百メートルはアサルトライフルの射程外だ。銃弾が届くことは届くが、当てることは難しい。リリセのリセンスでもそれだけ距離があればまず当たらない。

「いつものことだけど、クロエちゃん、よくわかるよね。あんな遠くにいるのに」

「狙撃手なら、わずかな空気の動きも見逃さない」

「空気の動きで気づいてたの!?」

「どうやって感知してると思ってたんだ？　偵察は根拠もなく僕を信用してたのか」

「それはほら、養成所の絆《きずな》ってヤツで」

「僕は別に、君との絆なんてないが……」

「ないの!?」

珍しく、ヒィナとクロエが長々と話している。養成所時代や、セーフハウスでも二人が話しているところはあまり見ていない。

「ヒィナ、クロエ、静かに！」

リリセは叫ぶと同時に、いきなり発砲した。駐車場の向かいにあるシャッターが降りた店の陰に何者かが隠れるのが見えた。

「狙撃で足止めしつつ、こっそり詰めてきてたのか。リリセ、よく気づいたな？」

そう言いつつも、なぜリリセが外したのか不思議で仕方ない。〝神エイム〟とやらはどこへ消えたのか。

「たぶん、あの辺から撃ってくるんじゃないかと思っただけよ。いるから撃ったんじゃなくて、撃ったら姿が見えただけ」

「なるほど、怖い」

「怖いってなによ！　わたし、味方よ!?」

「怖いくらいがいいんだよ」

フユトは接近してきた敵に迅速に対処しなければならない。スナイパーはクロエに任せるとして、近づいてくる敵は――

「あ、一人やったよ！」

「え？」

いつの間にかヒィナが一人で十数メートル離れた位置まで移動し、駐車場入り口ゲートあたりに潜んで、サブマシンガンを連射していた。

ヒィナの正面にいた敵のアーマーが砕け散り、悲鳴を上げて倒れるところだった。

「いつの間に……ヒィナ、ナイス！」

「偵察だからね、あの子。近距離の敵にはめざといわ」

「むしろ、俺が一番役に立たないまであるか」

「あるわね」

「ガチで絆《きずな》ないな、このユニット！」

フユトがツッコミを入れた瞬間、重々しい発砲音が響いてきた。

ドドドドドッとKＩＤＺ《キッズ》が隠れた車両に、連続して弾痕が刻まれていく。

フユトはさらに身を沈めつつ、銃声が響いてくる方向を覗《のぞ》いた。そこには、小型のトラックが駐《と》まっていて荷台に機関銃《きかんじゆう》が据え付けられ、白い学ランの射手が撃ち続けている。

「機関銃!?　機関銃があるなんて聞いてないぞ！」

「トップ５に入ったら使えるようになるのよ。もちろん下位が相手だろうが、使えるわ」

「聞いてねぇ」

というのは半分は嘘《うそ》で半分は本当だ。機関銃の使用条件までは知らなかった。

フユトの〝帰国子女〟というレアな属性を活《い》かし、戦争の知識がないことを逆手に取って話を盛り上げている。

「正確には軽機関銃《きかんじゅう》。五・五六ミリ弾よ。七発くらったら終わりってところはアサルトライフルと変わらないわ」

「あれだけ馬鹿撃ちされたら、七発じゃ済まないだろ」

フユトは腰のポーチから取り出した楕円状《だえんじょう》の物体を二つ、ポイポイと続けて投げた。

「ヒィナも〝ピンク〟を投げろ！」

フユトが命じる前に、ヒィナも同じものを取り出して準備済みだった。ヒィナは同じようにそれらを投げつけ――バシュッと勢いよくピンク色の煙が噴き出してくる。発煙手榴弾《スモーク》だ。煙の色がピンクにセットされているのは〝可愛《かわい》いのがいい〟というヒィナの要望だ。KIDZ《キッズ》では発煙手榴弾を〝ピンク〟と呼んでいる。

そのピンクの煙があっという間に大きく広がり、周囲を包み込んでしまう。

「よし、行くぞ！　戦略ポイントSCに移動！　ヒィナ、先導してくれ！」

「うえぇ、これ、私たち勝ってるの？　負けてるの？」

ヒィナが泣きそうになりながら、機関銃の弾丸が飛んでくる中を、煙に潜り込んで先頭を走り、フユトとリリセが牽制《けんせい》射撃をしながら追いかけ、クロエもついてくる。

勝っているのか負けているのか、フユトにも判断がつかない。前哨戦《ぜんしょうせん》と第二ラウンドが終わったところだ。まだ、勝敗は誰にもわからない。

FREE　CHAT

くーへん：ＫＩＤＺつぇーじゃん
ニット：６６６が瞬殺するかと思ってたわ
ＡＢＢ：リリセが強いだけじゃね？　クロエとかなんもやってない
サタ：ニワカ　守りのチームに狙撃は相性悪いって
博士：俺の見たところＩＧＬが上手《うま》い
ＡＢＢ：男はなんもしてないじゃん
ＳＡＭ：ヒィナがちょろちょろしてて可愛い
ぴー：フユトってハーレム感ゼロだよね
山葵：早くリリセとミナギサのガチ対決見たい
るった：新ユニットの割に粘りそう
ギラ：なんか６６６ジワジワ削られてるよな
くーへん：やっぱＫＩＤＺのＩＧＬでは？
新古今：そろそろリリセの連続キル見たい　やっぱリリセよ
あっす：リリセにフユトは渡さん！
桑田：早くもフユトガチ恋勢おらん？
エンド：フユトなんかやりそうな気がするわ　俺のカンを信じろ！
鬼々：誰よおまえ

ラウンド11

KIDZ《キッズ》の四人は校門を跳び越え、前庭を進んでいく。

前庭は木々が並び、謎の中年男性の大きな銅像が中央に建っている。四人はそれらを遮蔽物として使って警戒しつつ、前庭の先にある校舎内へと入った。

「戦略ポイントSC——学校をメインの戦場にするなんていい度胸ね、隊長」

「俺たちは学生で兵士なんだから、デビュー戦のメインステージが学校はアリだろ」

「けっこう戦いにくいのよね、学校って。廊下狭いし、扉だらけだし、構造が単純で追いかけたらすぐに追いついて殺《や》れちゃうし」

「殺るな殺るな」

フユトはリリセと並んで廊下を走りながら苦笑する。

「だいたい、この学校は元々の〝戦略目標〟だろ」

「そうだったわね。まあ、スクールシティで学校は重要な施設だから、たいていの侵略戦では戦略目標に設定されてるのよ」

「目標のセキュリティルームに侵入して、メインPCにスマホを接続してセキュリティを解除すればいいんだよな？」

「ええ、だいたい五分かかるわよ。それに——」

フユトたちが走っていく廊下の先に、三体のスカウタが現れた。両腕のサブマシンガンの銃口が向けられる。

「リリセ、行くわ！」

リリセはスカウタの銃撃のシャワーに怯《ひる》みもせずに加速していき、驚いたことに壁をタタッと数歩走った。スカウタはリリセの想定外の動きに硬直し、その隙を逃さずにリリセは壁を走りながらアサルトライフルを構えて連射する。

スカウタのアーマーも兵士たちが身につけているものと同じで、心臓部分——スカウタの場合は身体の中心部分を撃たれると一発で砕け散る。

リリセがハートショットで三体のスカウタを倒すまで、三秒もかかっていない。

「セキュリティルームの周りは、敵も多いわ。スカウタ三機なんて楽なほうだけれど」

「666は防衛戦力をIGLの護衛に割り振ってるんだろうな。といってもスカウタ三機、普通なら瞬殺できないが。むしろスカウタが可哀想《かわいそう》になってきたよ」

「あなたも可哀想なことにしてあげようかしら？」

「やめて、命だけは助けて」

「シンプルに命乞いしないで！　いいから、セキュリティをハックしてきて」

「はいはい、リリセは俺のガードよろしく」

フユトは、職員室に飛び込んだ。学校のセキュリティルームは職員室内に置かれているらしい。

フユトはすぐに職員室の隅にPCやモニターが並んだ一角を見つけた。

スマホをケーブルでセキュリティ管理用PCと接続すると、戦争アプリ〝コマンド〟が自動でセキュリティを解除してくれる。そこは面倒がなくてありがたい。

「フユくん、ただいま」

「おっ、おかえり」

ヒィナが職員室に入ってきて、フユトのそばに走り寄ってきた。

「ヒィナ、お疲れ。周りの様子はどうだった？」

「周辺は異常なし。６６６さん、ここの防衛はあまり考えてなかったみたい」

ヒィナには、学校周囲の敵や罠《わな》の有無を確認してきてもらったのだ。

「配置されてたのは、さっきのスカウタ三機だけか。占拠が楽すぎてつまらんな」

「いやいや、楽でいいんだよ。でも、本当にここでいいの？　この学校、ミナギサさんも通ってるらしいから、地の利は向こうにあるっていうか」

「地の利は全部向こうにあるだろ。人数でも負けてるし、ついでに経験値も６６６のほうが上。はっはっは、これ勝てるのか？」

「笑い事なの!?」

「ウチはヒィナがいるんだから、負けるわけないだろ」

「それ、リリセちゃんにも言ってるよね!?　私、そんな強くないし！」

「いや、ヒィナは優秀だろ。マジで」

「え、ちょっと、マジは逆にヤだ……」

フユトはお世辞は言っていないのだが、ヒィナは恥ずかしいらしい。

ヒィナはまるで敵に気づかれることなく、貴重な情報を持ち帰ってくれる。キルは少なくとも、ユニットへの貢献の大きさは計り知れない。

「ヒィナは一休みしてくれ。クロエ、聞こえるか。そっちはどうだ？」

「問題なし。観測ドローンも正常に動作中。僕は、こういう機械は好きじゃないが」

「そう言うな。こっちはスナイパー一枚だからな。いくらクロエでも三六〇度を監視できるわけじゃないし」

クロエには校舎の屋上に陣取ってもらっている。校舎に近づく敵を監視してもらい、あわよくば狙撃で仕留めてもらうためだ。

観測ドローンは、狙撃手をサポートするシステムだ。スカウタと同じく三機一チームで、飛行タイプのドローンが狙撃手の周囲を自動巡回し、視界外の観測を行う。

通常の狙撃では、狙撃手は必ず〝観測手《スポッター》〟を同行させる。

観測手は周囲の監視はもちろん、標的までの距離や風向きなどを計測して詳細な情報を狙撃手に伝える役割を持つ。シティでの戦争では人数が少なく、観測手を同行させることは難しいため、高性能なドローンで代用しているわけだ。

「あのドローン、クソ高かったんだよな。三機セットで二〇〇〇万」

「隊長、お金が入ったら気が大きくなるタイプなの？」

リリセの声がヘッドセットに届く。金を湯水のように使うフユトに呆《あき》れているらしい。

「スナイパーが三枚もいる666と違うんだぞ。もしクロエがやられたら、おしまいだ。クロエを守るためなら、二〇〇〇万は安いもんだ」

「ずいぶんクロエにご執心じゃない。ふーん、クロエだけ贔屓《ひいき》するわけね」

「リリセとは一回デートして関係値が進んでるからな。次はクロエだ」

「ちょっと！　この通信も、ネットで公開されてるの忘れてない!?」

もちろん、フユトはわかっていて軽口を叩《たた》いただけだ。

「おっと、ハッキング終わった。これでこの学校を〝占拠〟できたってことだよな？」

「ごまかしたわね。ええ、666に奪還されない限り、これでXPが入るわ。ちなみに奪還されても占拠してた時間に応じてXPが入るから」

「これで一億返済への道も少しは進むかな」

フユトはスマホとPCを繋《つな》いだケーブルを外し、ヒィナとともに職員室を出た。占拠は重要だが、職員室に張りついて占拠を維持するよりは戦局を前に進めなければならない。

フユトはリリセと合流しつつ、Vウォッチのマップを確認する。ちょうど、敵IGLの位置が表示されるタイミングだった。

「敵のIGLはまだスタジアムか……」

「666の定石どおりなら、ミナギサを中心にスナイパーとエースで守りを固めてるはずよ。一度守りを固めたら簡単には動かないでしょうね」

「エースを防御に使うっていうのが面白いが、今回もどうなるかわからんよな。少なくともリリセとやり合えるのは敵のエース……ハヤタくらいだろうし」

「ハヤタは立ち回りより射撃の正確さで勝負するタイプね。言ってみれば中距離のスナイパーよ」

「な、なんだと……向こうのエースには、リリセと接近戦でバチバチやり合ってほしいのに。リリセが映《ば》えるのは、ぴょんぴょん跳び回りながらの撃ち合いだろ！」

「敵になにを要求してるのよ。そんなことより、予定どおり、このまま進めるの？」

「ああ」

　フユトとリリセ、ヒィナの三人は廊下を進んでいく。

　KIDZ《キッズ》のデビュー戦の作戦は、シンプルだ。

「序盤で一、二度やり合ってからこの学校に立て籠もり、〝防衛戦〟を展開する」

　戦闘の形態は侵略戦だが、ひたすら火を噴くように攻める——といった戦法は最初から考えていない。

「こっちはデビュー戦、敵地に踏み込んでの戦闘、相手は格上。666の〝防衛戦〟の陣形を崩そうなんて考えたら、まず勝てない」

「でも、666が誘いに乗るかしら……？」

　そのとおり、666が守りから攻めに転じてくれないと、この作戦は簡単に破綻してしまう。リリセはミナギサを上手《うま》く挑発してくれたが、あくまでミナギサはIGL。しかも

666には充分な人数がいる。ミナギサは挑発に乗って攻めを指示しつつ、彼女自身は他のメンバーに周りを固めてもらうことができる。

ミナギサを仕留めるのは容易ではない。KIDZ《キッズ》としては、この学校に防御陣を敷き、攻めてきた666のメンバーの人数を削っていくのが基本的な戦術となる。

「666が来なかったら、フルオープンチャンネルのVCに入って、リリセにミナギサをもっと煽《あお》ってもらう。奴《やつ》の尊厳を破壊するレベルで罵《ののし》れ」

「わたし、ただの嫌な女になるでしょ！」

後先考えないリリセも、他人の人格は壊したくないようだ。

フユトたちは校舎の正面出入り口へと移動する。シューズボックスが並ぶ広い出入り口だ。広いだけでなく、シューズボックスから校舎内に入った先はロビーになっており、しかも二階部分までが開放的な吹き抜けになっている。

校舎には他にいくつも出入り口があるが、戦闘中はほとんどが施錠されている。ヒィナが確認済みだ。

戦争では、施錠されたドアや窓の意図的な破壊は禁止となっている。強引に侵入ルートをこじ開けると大きな減点になるらしい。

ならば、KIDZは正面出入り口を押さえておけば敵の侵攻に対応できるわけだ。

「666はそろそろ新手《あらて》の偵察を出してくるだろう。戦力を小出しにしてくれたら、削りやすい。かなり楽になるんだがな」

「そう上手《うま》くいくかしら……」

　リリセはシューズボックスにもたれて、アサルトライフルの銃口を正面出入り口に向けている。

「聞こえるか、ボス。ロッ、ックオン、、されたようだ」

「クロエ、なんだいきなり。ロックオン？」

「敵スナイパーの視線を感じる。学校付近のビルに潜んでるようだ。キャップをかぶったシャンとかいう女だろう。さらに二人、別方向からも狙われている」

「スナイパーが三枚、全部前に出てきた？　クロエを抑え込むのが目的かな？」

「ああ、あえて撃たずに僕の動きを封じようとしている。一人、ちらっと見えたがスカウタも同行してるようだ」

「スカウタか。狙撃手の護衛用だな」

　６６６が観測用ドローンを使っていないのは意外だが、スカウタのほうが汎用性が高いという判断だろう。

「向こうが撃ってくるなら、僕は相討ち覚悟で一人二人は仕留める――というところまで読まれているかもしれない」

「相討ちは絶対に許さない。身の安全を優先しろ。命令だ、クロエ」

「OK、ボス。ひとまず睨《にら》み合いを続ける」

「頼む、クロエ」

フユトは横にいるリリセをちらりと見た。彼女も心得ているようで、シューズボックスの陰に隠れる。屋上のクロエを押さえにきた——ということは、666が地上でも仕掛けてくるということだ。

逆に言えば、クロエが三人のスナイパーを一人で引きつけてくれている。クロエは自己防衛を最優先してくれるだろうから、信頼して任せていいだろう。

「ヒィナ、俺たちは援護だ。リリセの近くにいると邪魔になる。離れて撃つぞ。リリセを多少撃っても大丈夫だ。あいつなら避《よ》ける」

「うん」

「うん、じゃない！　後ろから撃たれたら避けられないわよ！」

「いや、普通は前から撃たれても避けられないから」

少なくとも、フユトは弾を避けるような離《はな》れ業《わざ》はできない。

フユトとヒィナは正面出入り口から離れて廊下の壁際に張りつく。フユトは出入り口を、ヒィナは廊下の奥側を監視する。

「ね、ねぇ、フユくん。敵のヒトたち、来るかなあ？」

「誘いに乗ってくれたらしいが、ここからが本番だ。戦力を一気につぎ込んできたみたいだぞ。普通の戦争と規模が違っても〝戦力の逐次投入は愚策〟は同じってわけだ」

トップ5のIGLなら戦力投入の規模もタイミングも間違えないだろう。少なくとも自分なら、ここで一気に攻め込む——戦争を盛り上げるためにも、それが最善手だ。

「ボス！　校舎の奥へ逃げろ！」

「クロエが大声なんて珍し――うおっ！」

「きゃあっ！」

　フユトは異変に気づき、とっさにヒィナを抱えて廊下の一番近くにあったドアから、室内へ走り込んだ。

　そのときには凄《すさ》まじい連射音が響き――壁が撃ち抜かれて弾丸が飛び込んできていた。

「壁貫《かべぬ》き!?　おいおい、学校の壁をぶち抜くのは校則違反じゃないのか!?」

「窓ガラスを割って回るくらいにしてほしいよね！」

「撃ってる奴《やつ》ら、全員停学になればいいのに！」

　馬鹿な会話をしながら、フユトは室内の長テーブルを立てかけて盾にする。スチールのテーブルで、厚い壁を貫通してエネルギーが減衰している弾丸は充分に止められるようだ。

「ここ、会議室か。普通の教室の机じゃ盾にもならなかったから、ラッキーだったな」

「ぜ、全然ラッキーじゃないよ！　フユくん、ケガは!?」

「くそっ、二発くらってる。油断した、実戦で弾をくらうとは。ヒィナは？」

「ご、ごめん、一発当たっちゃった！」

　フユトはVウォッチでヒィナの状況を確認する。

「俺よりマシだな。でも無理はするなよ。あと、他に敵がいないか探ってくれ」

「心配するフリして無茶《むちゃ》言ってる！　やるけど！」

既に壁を撃ち抜いた銃撃は止《や》んでいるが、次の攻撃がいつ来るかわからない。

ヒィナは慎重に会議室の外に出た。窓から顔を出し、校舎の外の様子を見る。

「フユくん、外に装甲車一台。機関銃《きかんじゅう》が二、ううん、三丁いる」

「機関銃が三丁？　しかもこれ、ダメージがでかい。二発でアーマーの耐久を半分持っていかれてる。七・六二ミリ弾か？　あんな弾丸使っていいのかよ」

「重いからね。女の子はあまり使わないかな」

「男の子も重いのは嫌だぞ」

七・六二ミリ弾はフユトのライフルで使っている五・五六ミリ弾より威力が高い。ただし、射撃時の反動が大きく、弾丸が重く持ち運びに難があるため、取り扱いが難しい。

「七・六二ミリ弾は機関銃で一定数の敵をキルしたら、使用許可が下りるんだよ」

「デビュー戦の俺たちには使いようがないな。先輩の強みを活《い》かしてきたか」

だが、七・六二ミリ弾にはデメリットもある以上、フユトたちが圧倒的に不利になるというほどでもない。

「666は残り七人で、攻めてきたのが三人？　待てよ、スナイパーが三枚いてクロエを押さえてるとして、IGLはたった一人でスタジアムにいるのか？　IGLのガードを一人くらいは残すかと思ってた。大胆すぎないか？」

「私たちはスタジアムまで攻め込めないし、ここに釘付《くぎづ》けにされてるもん。全戦力を投入しても問題ないんじゃない？」

「思い切ったことするよなあ。こっちは俺だけ孤立させられたら泣くぞ」

「泣いてるフユくん、一ミリも想像つかないよ」

「俺に泣かされてるヒィナなら、一秒で想像できるのにな」

「今泣くよ!?」

「ちょっと、なにをまたイチャついてるの！　少しはわたしを心配しなさい！」

フユトたちのヘッドセットに、リリセの怒声が響いた。

「いや、リリセなら大丈夫だろうと思って。無事なら、早くこっちに戻ってこい」

「馬鹿、そこは危ないわ！　そっちがわたしのところに来なさい！」

「また壁貫きは困るんだけどな……」

フユトは文句を言いつつも、会議室から出る。このまま敵が校舎内に押し入ってきたら袋のネズミになってしまう。出て行くのが正解だ。

フユトとヒィナが周りを警戒しながら会議室を出ると、リリセがシューズボックスの陰に潜んでいるのが見えた。

「お待たせ、リリセ」

「遅いわよ、隊長、ヒィナ。二人ともダメージはどうなの？」

「さっきの壁貫き銃撃をあと二発くらったら終わりだな」

「私は……当たり所によっては三発まで耐えられるかも」

「わたしは無傷。こっちにも牽制《けんせい》射撃が飛んできたけど」

「それはよかった。エースをどこまで温存できるかが勝敗の分かれ目だからな」

「その割には、隊長から安否確認がまったく来なかったけれど?」

「根に持つなあ……俺もそろそろ手が回らなくなってきた。仕事が多い」

「隊長は仕事が好きなんでしょ。嬉《うれ》しくて笑いが止まらないんじゃない?」

「仕事至上主義を返上してもいいくらい忙しいな、この戦争は」

フユトは冗談を言ってから、ヒィナに向き直る。

「ヒィナ、三丁の機関銃《きかんじゅう》の位置は?」

「校舎の正面、前庭があるでしょ? 校門近くの装甲車の陰に一、南東のでっかい木の陰に一、前庭中央の銅像の陰に一。バラバラだね」

「あー、分散してるか」

フユトは前庭の光景を頭に浮かべる。隠れている大木も心当たりがある。お互いに安全な物陰に潜んだままでは、戦争は面白くならない。

フユトがそこまで考えたとき――遠くから銃声が続けて響いてきた。機関銃ではない。

「クロエ! 無事か!?」

「大丈夫、ただの牽制《けんせい》だ。ボス、反撃は?」

「OK。ただし、クロエの安全が最優先だ。俺たちも今から外に出るが援護は不要」

「了解、警戒しつつ、僕の判断で狙撃する」

校舎屋上からも銃声が響き出した。クロエが敵スナイパーを狙い撃っているはずだ。

「リリセ、ヒィナ、聞いてたな？　俺たちも外に出るぞ。防御特化の666が得意の戦術を捨てて、火力全開で攻めてくる。奴《やつ》らも俺たちを仕留めるために必死ってことだ。モタモタしてたら押し潰されるぞ。こっちも作戦変更、反撃に出る！」

「了解！　わたしが先頭で出るわ。二人は無理せず、わたしの援護のつもりでね」

「ヒィナ、聞いてのとおり、リリセが俺たちの盾になってくれるぞ」

「盾になるとは言ってないでしょ！　リリセ、行くわ！」

　リリセは叫ぶと、床を蹴って走り出した。フユトとヒィナも続く。

　校舎の出入り口の前には、二枚の巨大モニターが設置されており、リリセがそのうちの一枚に、フユトとヒィナがもう一枚の陰に隠れる。

「正面の大木の陰に機関銃が一！　撃ってきた、撃ってきたわ！」

「リリセ、ピンクを投げろ！　大木の陰でコソコソしてる奴を狙え！」

　フユトの指示と同時にリリセが発煙手榴弾《スモーク》を投げ、ピンクの煙が広がっていく。

　敵機関銃の弾が飛んでくるが、モニターは戦争の現場になることを想定しているらしく、七・六二ミリ弾をも防いでいる。頼もしいモニターだった。

「隊長、大木の陰の機関銃、移動してるわ！　弾幕薄い！　これならいける！」

「フユくん、南西《SW》方向から新手《あらて》のスカウタ出てきた！　こっちに走ってくる！」

「ボス、スナイパーが一枚、校舎出入り口に射線が通る位置に移動してる」

「了解、了解だ！」

フユトはヘッドセットに叫びつつ状況を整理する。

今こそ自分の役目を果たすべきときだ。俺の仕事はここからだ。大好きな仕事だ、さあ励め。頭を回転させろ。射撃は牽制《けんせい》だけでいい。状況を把握し、敵の動きを読み、味方の立ち回りを想像し、最適なパターンを選び出し、そしてなにより自信を持って指示を出し、仲間たちが自分を信じて戦えるように——

「リリセはピンクにまぎれて、右方向から回り込んで撃て！　止まるなよ！　ヒィナ、サブマシンガンでスカウタを牽制！　足止めに徹しろ！　クロエは残りのスナイパー二枚に狙撃、ただし防御を最優先！　リリセ、もっと前に出ていい！　クロエは命令変更、リリセが動いてるからこっちを照準してるスナイパーに牽制射撃を浴びせろ！　待て、クロエは命令変更、リリセの援護に回るから、ヒィナは下がれ、スカウタを撃つのを忘れるな！」

「やったやった、スカウタ二機やった！　今から下がるよ——って、フユくん、よく三人に同時に指示出せるね!?」

「俺は口先だけの男なんだよ！」

「それ、悪い意味の言葉だからね!?」

フユトは「日本語《にほんご》は難しい！」とヒィナに言い返しつつ、三人から次々と飛び込んでくる報告を同時に処理し、移動し、撃ち、リリセとヒィナを援護する。

確か、十人の話を同時に聞いたって偉人がいたっけな。

フユトはそんなことを思い出しながら牽制射撃を続け、発煙手榴弾《スモーク》をポイポイと投げ、濃いピンクの煙幕を張った。

「リリセ、ヒィナ、援護するから校舎に戻れ！　俺がそっちに撃ったら走ってくれ！」

「隊長、もう終わり？　まだ弾はあるのに！」

「ひぃぃー、スカウタ三機やるのがやっとだったよ！　機関銃《きかんじゅう》は無理だったー！」

リリセとヒィナが煙幕にまぎれて校舎の出入り口から中に戻り、フユトも続く。最後にフユトが校舎内に入ると、敵からの銃撃も止《や》んだ。

「リリセ、凄《すご》かった。機関銃、かなりの弾数を使わせたぞ。ヒィナも鬱陶しいスカウタを上手《うま》く仕留めてくれたな。思ってた以上の成果だ、ナイス」

フユトはリリセの肩を叩《たた》き、ヒィナの背中もポンと叩いた。二人は黙ってこくこくと頷《うなず》いた。三人でシューズボックスの陰に潜み、一息つく。

「クロエも助かった。敵スナイパーに撃たせなかったな」

クロエは、トントンとヘッドセットを叩く音で返事をしてきた。

「機関銃三丁はキツいがしっかり遮蔽物を頼っていけば、安全に立ち回れる。機関銃が重いから敵の動きは鈍い。むしろ、俺たちが積極的に――ヤバい！」

「任せて！」

フユトが校舎の出入り口を見ていると、ピンクの煙の向こうからなにかが飛んできた。直後に、リリセがアサルトライフルを構えてシューズボックスの陰から飛び出す。

パパパッとライフルを連射して――飛翔物を撃墜する。

「ぐっ……！」

「きゃあっ！」

フユトとヒィナは突然の爆発とその衝撃に悲鳴を上げてしまう。身体の内部がシェイクされるような衝撃と、耳をつんざく爆音——

フユトはとっさに、かたわらにいたヒィナをかばう。

吹き飛ばされ、転がったフユトの横にリリセとヒィナも同じく転がってくる。二人とも短いスカートがめくれて、ヒィナは黒いスパッツが、リリセは白い下着が見えているが、それどころではない。

「な、なんだ今のは？」

「エア爆《ばく》ね……」

リリセが素早く体勢を立て直し、膝立ちでライフルを構えながら言う。

「エア手榴弾《しゅりゅうだん》。爆風と爆音だけの手榴弾。略してエア爆」

「略すならエア手《しゅ》とかエア弾《だん》じゃ？」

「意味がわからないでしょ。殺傷力はゼロだけど、至近距離で爆発したら見てのとおりよ。撃ち落としたけど、近すぎたみたいね。隊長、アーマーは？」

「え？　ああっ、ミ、ミリまで減ってる!?」

フユトがVウォッチで自分のアーマーの耐久値を確認すると、ほんのわずかしか残っていない。弾丸がかすっただけでアーマーが砕けてしまいそうだ。

「エア爆はアーマーへのダメージ判定があるのよ。本物の手榴弾は危険すぎるし建物へのダメージも大きいから使えないけど、本物の手榴弾と仮定してＡＩがダメージを演算してアーマーの耐久値を下げちゃうのよ」

「凝った仕組みじゃないか、くそっ。それでアーマーが削られたのか……」

「ご、ごめん、フユくん。私をかばったから……！」

「まったくだわ。女子をかばうなんて、格好良《かっこうい》いことしちゃって何様なの？」

「女子をかばってディスられるのか、俺！」

「まあ、ヒィナをかばってなかったら隊長を軽蔑してたわ」

「どっちにしても怒られるのか！　八方塞がりだな！」

おそらくリリセは本気で言っている。

「わたしをかばわなかったのは、やっぱり納得いかないけど……」

「え？　いや、リリセは俺よりよっぽど身のこなしも――」

「うるさい！　そういうのは聞こえなかったことにすればいいの！」

「なにもかもが理不尽だ！」

フユトは、爆音のせいでまだ耳鳴りがしている。

「まったく、メチャクチャだな……なにもかもうるさいし」

さっきから懐かしい音が響きすぎている――機関銃《きかんじゅう》の連射音に、手榴弾そっくりの爆発音と閃光《せんこう》。

それに加えて、養成所での最終選抜でくらったミサイル爆撃を思い出す。

この平和に見える街が、いちいち記憶を刺激してくる——フユトは、目を閉じた。

欧州《おうしゅう》は全土が泥沼の戦争状態だった。フユトが住んでいた国でも爆撃や手榴弾《しゅりゅうだん》の爆音、機関銃《きかんじゅう》掃射が絶え間なく響き続け、その騒音はもはや日常となっていた。

欧州での戦争は、ネイラでは隠蔽《いんぺい》されている。だから、たとえ仲間にでも話すことはできない。彼女たちが知る必要がない情報でもある。

泥沼の戦争で、欧州各国は深刻な人手不足だ。外国人であろうと未成年であろうと、後方支援のボランティアを口実に徴兵を行っている。戦争に〝後方〟というものが存在しなくなるのは、しばしば起きる現実だ。欧州全域もとっくにその現実に覆《おお》われている。

フユト自身も、非正規の少年兵ではなく、正規の軍人として前線にいた。

陸軍強行偵察大隊所属のフジワラ軍曹——それがかつてのフユトの現実だった。

欧州での戦争のこと以上に、フユトは自分の過去をリリセたちには語れない。

ネイラでの戦争とはまったく別の、本物の殺し合いを生き抜いてきた事実を知ったリリセたちが、自分をどんな目で見るか。

そんな事実は、彼女たちは知らなくていい。

ここは娯楽で戦争をやっている、平和で豊かなネイラなのだから。

◆第七学区1022番エリア　カフェ〝N4NA〟　5番テーブル◆

制服姿の女子が四人、テーブル席で身を寄せ合うようにして座っている。

彼女たちはタブレット端末で、第六学区での学区侵略戦《エリア・ヘイスト》を観戦中だ。

「あー、いっぺんナマで戦闘を観《み》たいなあ」

制服女子の一人がぼやいた。〝戦場エリア〟は立ち入り禁止で、周囲をぐるりと遮景用《しゃけいよう》ホロカーテンで覆われていて、市民は見物も撮影もできない。

「前は観戦席とかあったらしいけどねー。流れ弾とか飛んでくるし、怖《こえ》えじゃん」

「そこがいいのに。弾が耳元をヒュンってかすめたらスリル凄《すご》くない？」

「あんたイカレてるわ。そういえば、学校でも基礎訓練とか嬉々《きき》としてやってるよね」

「私、戦争は観るだけでいい派かな。兵士やって勝てる未来が見えない」

「特に夢もないし、私も参加はダルいわ。観てるのが楽しい」

「参加してみたいけど、私はキャラ薄いからなあ。KIDZ《キッズ》ってキャラ濃いよね。リリセは言うまでもないけど」

「私はヒィナ派かなー。ちっちゃくて可愛《かわい》い」

「ヒィナ、あざとすぎて胡散臭《うさんくさ》くない？　裏で子犬とか蹴ってそう」

「偏見えぐっ！　リリセは人気すぎるから、別の推しを見つけたいよね」

「クロエでいいんじゃない？　王子様感ヤバい、イケメンだわ」

「男の子いるのに？　フユトって顔もいいし、なんかオーラあるくない？」

「確かに。フユトにスタチャ投げちゃおっかな。私のスタチャ処女、あげちゃう？」

「言い方がキモい。推しでもない奴《やつ》に一万はやれないかなー」

「フユトはまだスタチャもらえてないだろうから、今なら名前覚えてもらえるかも」

「だから、フユトはまだ推しじゃないでしょ。名前覚えてもらってもねー」

「というかKIDZ《キッズ》、無事にやられそう。うわ、ムチャクチャ撃たれてるやん！」

「あーっ、死ぬ死ぬ！　ヤバヤバヤバッ！　死んじゃう！」

「あんたが撃たれてんのかよ。死なないって」

「ピンチだね。ここで華麗に指揮して反撃したら、フユトを推しにしてもいいかな」

「でもさあ、これ、ただのカンなんだけど……」

「あ、出た。あんたのカンって変に当たるから、思わせぶりに言われると怖っ」

「いいじゃん、言わせてよ。アタシ、実は戦争ってちょい飽きてきてんだよね」

「あー、ちょっとわかるかも」

うんうんと、他の制服女子たちも頷《うなず》き——

「けどなんか、戦争を変えちゃいそうな気がすんだよね、フユトがさ——」

ラウンド12

「ちょっと隊長、寝てるの？」

「寝てない、すっごく起きてる」

フユトは目を開けて、首を横に振った。

つまらない過去を思い出している場合ではない。

「この状況でぼんやりできる度胸、凄《すご》いわね。あ、来るわ！」

ドドドドッと重い連射音が響き、それが近づいてくる。おそらくビースト666は校舎の正面出入り口から堂々と突撃してくるつもりだ。

「ボス、報告だ」

「どうした、クロエ？」

「スナイパー三名、ビルに潜んでいた全員が移動を始めた。事前に安全な脱出ルートを用意していたようだ。狙撃チャンスがなかった。すまない」

「気にするな、地の利は向こうにあるからな」

スナイパーたちは街中に狙撃用のポイントをいくつも設置してあるのだろう。フユトは戦闘区域のマップは把握しているが、建物内の構造までは調べ切れていない。

「結局、敵スナイパーを一人も仕留めてない。僕の見せ場が……」

「生き残れば勝ちだ。落ち込まないでくれ」

フユトは、クールに見えて意外に面倒くさいスナイパーをなだめる。敵を一人もキルできず、不憫《ふびん》であることは確かだ。クロエのせいではなく、配置したフユトの責任だろう。養成所時代からクロエに大きな戦果を挙げさせられていないことは、気の毒ではある。

「それよりクロエ、報告の続きを頼む。推測でオーケーだ」

「三名のスナイパーも地上の連中に合流して、六人で校舎を攻撃するつもりだ」

「なるほど、それしかないな」

さっきの前庭での撃ち合いは、双方ともに戦果ゼロだった。悠長な狙撃をあきらめて、全戦力を前線に送り込む戦術に切り替えたのだろう。

「クロエは引き続き屋上で待機。こっちはそろそろ――エースの出番だ」

「了解。すべてボスの命令どおりに」

「……やっぱこれ、変なプレイしてると思われないか？」

フユトは文句を言いつつライフルを構え直し、校舎の正面出入り口を警戒する。リリセがフユトの前に出て、同じくライフルを構える。

「さあ、リリセさん！　お遊びは終わり――新ユニットへのご祝儀はここまでよ！」

「ミナギサ……!?」

さっ、とリリセが反射的に横を振り向いてライフルを構え直す。その先――三十メートルほど離れたところにミナギサが立っている。

校門のそば、装甲車の陰にいた射手がミナギサだったようだ。

先のＩＧＬマップ表示からまだ五分も経《た》っていない。車両を使っても、スタジアムからこの学校まで移動するのは不可能だろう。つまり――

「６６６のＩＧＬはミナギサじゃない！」

「〝リーダーシャッフル〟！　普通、上位のユニットは使わないこすい手よ！」

「名称がついてるってことは定石ではあるんだな」

リリセに説明されるまでもなく、フユトもそのワードだけで意味がわかった。

戦争では、ＩＧＬが戦闘不能になれば終戦――

だが、戦闘の指揮を執《と》っている者がＩＧＬとして登録されている必要もない。別にエースや後衛が指示を出しても問題はないのだ。

スタジアムに光点が表示されているＩＧＬは、リリセが特に気にもしていなかった６６６メンバーの一人なのだろう。

戦闘能力が低いメンバーを一人だけ隔離した上で、敵チームに総攻撃を仕掛ける。格上が格下に仕掛ける戦術としては小細工が過ぎるが、手段を選ばずに勝ちにきているわけだ。

「今回のワタシはＩＧＬでなく、リリセさんを倒すための尖兵《ヴァンガード》よ！」

ミナギサは敵味方全員参加のフルオープンＶＣにフユトたちを招き、通話している。動きが筒抜けになるのでフルオープンVCは普通は繋《つな》がないが、ほとんどの参加兵士が肉眼で見える距離にいて、動きが元からバレているので問題はない。

「わたしは嫌いじゃないわ。勝ちへの貪欲《どんよく》さは」

「リリセ、実はミナギサと気が合うんじゃないか?」

666のこの戦術は、リリセに十二連続キルをくらった屈辱を晴らすためだろう。勝利へのそのこだわりは、戦争では賞賛に値する。

ミナギサが構えているのは機関銃《きかんじゅう》だ。高い威力で壁を貫き、装弾数の多さに任せた弾幕の圧力でKIDZ《キッズ》を封じ込めている。

ただ、ミナギサが持つ機関銃は——

「なんだあれ、金色の機関銃?」

「良好な成績を修めた兵士は、ご褒美がもらえるのよ。666を短期間でトップ5に押し上げたんだから、そりゃミナギサはもらえるでしょうね。銃の外見の特殊カスタマイズはよくあるわ」

「にしても、金色はナシじゃないか? 黄金の銃なんて独裁者しか使わないぞ」

「トップ5ユニットのリーダーなんて、独裁者みたいなものよ」

「違うわよ! ワタシはこの輝かしい銃でリリセさんを倒して屈服させたいだけ!」

ミナギサが黄金の機関銃を連射し始め、フユトは近くの柱の陰に隠れた。凄《すさ》まじい銃声が響く中で、フユトは一度ヘッドセットを操作してから叫ぶ。

「リリセ！　ミナギサの腕前は!?」

「だいたいどのユニットもＩＧＬはエース級に強いのよ。強いからこそ兵士たちに偉そうに命令を出せるんだから」

「俺は偉そうじゃないから強くなくてもいいな」

「隊長は充分偉そうよ！」

　リリセも別の柱に隠れながら、ミナギサに牽制《けんせい》射撃をしている。さすがにリリセでも、隠れたままの射撃では当たらない。

「まずいな、このままじゃジリ貧だ！　ここまで全力で攻めに転じてくるとは！」

　ミナギサが七・六二ミリの機関銃、さらに五・五六ミリの機関銃が五丁。全員が猛烈な銃火を浴びせてきている。校舎を丸ごと穴だらけにする勢いだ。

「リリセさん、あなたを仕留める方法はただ一つ！　得意の立ち回りと射撃を、圧倒的な火力で封じることよ！」

「ヤバいぞ、リリセの欠点がバレてる！　アクション映画顔負けの立ち回りができないリリセなんて、顔が良くて口が悪いだけの女子だってことが！」

「褒めてるの、ディスってるの、どっちよ!?」

「リリセさんの顔の良さは天才的よ！　ディスったら許さないわ！」

「ミナギサはどっちの味方なんだよ!?」

　むろんＫＩＤＺの敵で、６６６はリリセに射撃を集中させている。機関銃の弾切れ後の再装填《そうてん》も、メンバーたちがタイミングを調整して弾幕を途切れさせない。

「隊長、隠れて！」

「え？　もう隠れてる――うおっ！」

ドンッドンッと続けて爆発音が響く。遂《つい》にミナギサ以外の666のメンバーも校舎内に入ってきて、エア爆を投げつけてきたようだ。

機関銃《きかんじゅう》の掃射に手榴弾《しゅりゅうだん》の爆発音――呼び覚ましてしまう、戦場の街にいた頃の記憶を。

絶え間なく響く銃声と爆発音は、一つの街を丸ごと潰す勢いで襲ってきた。

フユトが幼い頃は潰される側で。

成長して軍に参加してからは、潰す側に回った――

そして、潰していた頃の記憶のほうがはるかに鮮明だ。

「聞こえますか、リリセさん！」

ミナギサのキンキンと高い声が、フユトの追想をかき消す。

「あなたが負けたら666に加わる話、忘れてないわよね！」

「ありえないから忘れてたわ！」

「誰とも知れない人たちのユニットに、あなたはもったいないわ！」

「ミナギサ、戦闘中に堂々と引き抜きの営業、かけないでくれる？」

「あなたたちのＩＧＬは、リリセさんを賭けに差し出したのよ！　そんな人のために戦う意味があるのかしら!?」

「おっと、俺に流れ弾が」

フユトは軽口を叩《たた》いた。だが、フユトは実際にミナギサを煽《あお》るためとはいえ、自分の仲間を賭けのチップに差し出してしまったのだ。

「ええ、差し出されて――嬉《うれ》しかったわ」

「嬉しかった……？」

リリセの反応に、ミナギサがきょとんとする。銃撃も止《や》んでしまっている。

「ウチの隊長はぼんやりしてて、勝つ気があるのか疑ってたのよ。でも、訓練では仲間を大事にしてた。そこだけは信じてるわ。つまり、仲間のわたしを賭けに差し出したのは負ける気がないからよ――こんなに嬉しいことはないでしょ！」

「チョロすぎるわ、リリセさん！　もういいっ、勝ってあなたを永遠にワタシのものにするだけよ！」

「そんな賭けじゃなかったでしょ！」

リリセとミナギサが撃ち合いを再開する。しかし、リリセに銃撃が集中していて、さすがの彼女も柱の陰からわずかに銃口を出すのが精一杯だ。

いや、それどころか――リリセが隠れている柱も穴だらけになり、弾が貫通し始めている。リリセはまだノーダメージだが、このままでは――

「俺のアーマーの残りはミリ。一発かすったらおしまい。でも、この戦争はショーだもんな。それくらいギリギリじゃなきゃ観客が沸かない」

フユトは、なぜか笑いがこみ上げてきてしまう。

指示を出すのがフユトの役目。だが、それだけにこだわるつもりもない。

前に進め。

戦場に安全な場所などない。分厚いコンクリートと装甲で固められた地下の塹壕《ざんごう》も爆撃をくらい続ければいつかは崩れ、生き埋めになって死ぬ。

前進せよ、生き残りたければ。

フユトは弾倉を外して残弾を確認し、再び弾倉をはめてライフルを構えた。リリセのライフルと異なり、ドットサイトやスコープのたぐいは装備していない。銃身についているアイアンサイトだけで充分だ。照門と照星を合わせて狙いを定め、右手でグリップを握り、左手で銃身前部を支えて構える。トリガーは絞るようにそっと引く。兵士なら目をつぶってもできることだが、フユトは戦闘前はこうして〝おさらい〟をする。これは彼にとって戦闘のルーティンであり、いわゆる験担《げんかつ》ぎでもあった。

ここからフユトの戦争、そして彼自身が身を投じる戦闘が始まる。

「フユト、前進する。リリセ、あとは〝おまえ〟の判断で行け」

「おまえって……言わないでよ！」

「ははっ、悪い。ここからは俺も兵士だ。お互い兵士ならおまえ呼びもアリだろ」

フユトは笑ってから、柱の陰から飛び出した。そして——銃撃を浴びて穴だらけになったシューズボックスの後ろに飛び込む。

「ここだ……！」

フユトはアサルトライフルを構えると、正面出入り口の向こうに膝立ちになって機関銃《きかんじゅう》を連射している666の敵兵に向けた。パンッと一発撃ち、その弾丸は吸い込まれるように敵兵の心臓へと命中する。

バリンッとガラスが砕けるような音が響き、アーマーが強烈な光を放って砕け散る。

「一人！」

フユトはすぐに、シューズボックスの背後から出て、正面出入り口の扉そばの壁に隠れた。それからすぐに、またライフルを構えて銃口を外に向ける。

校門から校舎へ向かう小道、その道沿いには木々が並んでいる。そのうちの一本のそばにも敵兵が一人いて、機関銃を撃ち続けている。

「二人――！」

フユトは一瞬で照準を定め、またもや一発で仕留める。

「ハトショ二連続!?　た、隊長？　なによ、やればできるんじゃない！」

「実は俺、戦争反対でさ。あー、撃ちたくないな」

フユトは命懸けの戦争をくぐり抜けてきた。倒すことより生き残ることを考えてきたのは今も昔も変わらない。

そんな戦い方を続けてきたからか、〝安全地帯〟を見極める目を持っている。どの位置に移動し、どこを狙って撃てばいいか。戦場はなぜか昼間でも薄暗く見えるが、安全地帯だけが色合いが明るく見える。

自分は安全なところから、身を隠し切れていない敵を撃つ。そうやって、フユトは戦場を生き残ってきた。

「人を撃つのは心が痛むな——三人！」

「言ってることとやってることが違うわ！」

フユトはリリセのツッコミを聞きつつ、二人目のそば、別の木に潜んでいた敵兵も一発で倒す。

シティの戦争では派手さのためにフルオートで撃つのが基本だが、欧州《おうしゅう》での〝実戦〟では無駄撃ちを避けるためにセミオートで一発ずつ撃つのが基本だった。

今挑んでいるこの戦いも〝実戦〟だ。ならば、慣れた撃ち方を選んだほうがいい。

これで666の残りは四人——一人は遠く離れたスタジアムに潜んでいるので、実質的に三人。

「スナイパーは——って、おいっ！」

フユトは付近に駐《と》まっていた車の陰に隠れた。間一髪で、車体に弾丸が連続して命中する。さっきまでこんな車はなかったので、666がここまでの移動に使ったのだろう。

「いけるぞ。ボス、僕の合図で撃て」

「どっちがボスだよ」

一瞬、キャップをかぶった姿が見えた。666でもキャップ着用の兵士は一人だけ——

主力スナイパーのシャンだけだ。

６６６は打倒リリセのために戦力を集中させすぎている。せっかくのスナイパーにまで機関銃《きかんじゆう》を持たせ、弾幕要員として使ってしまった。

距離は三百メートル。光学照準器がないアサルトライフルで狙うには遠すぎる。だが、幾多の獲物を見つけてきたこの目があれば狙いは定められる。昔、冬の国で生まれた天才スナイパーは光が反射して目立つスコープを使うことなく、屍《しかばね》の山を築いていたという。人間の視力に戦場での経験を加えることで、標的を確実に捉えられるようになる。

フユトはクロエの合図と同時に、すっと引き金を絞り、キャップを被《かぶ》ったシャンの心臓に命中させる。三百メートル離れていても、アーマーが砕ける音と光は確認できた。

「クロエ、ナイス指示！」

「どっちがスナイパーなんだ」

「狙撃で難しいのはタイミングだろ。クロエが指示してくれなかったら当たらん」

フユトの射撃の腕前は平均より上くらいだ。しかも、狙撃では目で標的を捉えるだけでなくタイミングを読むカンが必要で、専門的な狙撃手でないフユトにはそれがない。

だが、そこを本職の狙撃手に補ってもらえれば——格上のスナイパーも仕留められる。

それでなくても相手は不慣れな機関銃を手にしていた。

「恐ろしいなボスは」

「なにが？」

なぜか、クロエはミュートで話しかけてきている。フユトも彼女にならう。

「あれだけの機関銃《きかんじゆう》掃射を避けられる安全地帯を読み切って、射撃位置に陣取っていた。もしかして〝安地《あんち》〟を読《よ》むリセンス持ちか？」

「まさか、俺にそんな便利な能力は備わってないよ」

フユトは苦笑して答えた。一応、リセンスの話は秘密なので、クロエはわざわざミュートしたらしい。

「俺は安全重視だからな。弾よけになる場所を必死で探したってだけだ」

まだ撃たれるわけにはいかない。なにしろ――

「それより、大詰めだ。リリセ、そっちは？」

「二人来たわ」

「そうか……」

フユトはアサルトライフルを構えながら校舎内へと戻る。シューズボックスが銃撃でほとんど倒れ、あちこち穴だらけになった出入り口のロビーに――三人の兵士たちがいた。

リリセ、黄金の機関銃を構えるミナギサ、それに666のエースのハヤタ。

666の二人は、リリセを交差射撃《クロスファイア》で撃てる位置についている。

「外のみなさんは片付けた。準備は整ったぞ。あとはリリセ一人の見せ場だ」

「リリセ、了解。これより敵を殲滅《せんめつ》します」

フユトは澄まして答えたリリセをじっと見つめる。

「二人のエースの前に立つ、俺たちのたった一人のエースが誰よりも強い。俺たちの役目は、エースを最後の戦いの場に連れて行くことだ。仕事は果たしたぞ、リリセ」

フユトはつぶやく。このつぶやきも配信に乗って、大勢に聞かれていることだろう。

「ここでケリをつけるわよ、リリセさん！　二対一でも容赦はしないわ！」

「わたしも容赦はしない。たった二人でこのリリセの前に立つなんて、666のストーリーも〝勇者を前へ〟なの？　素晴らしい勇気だわ！」

「最底辺ユニットのエースが舐《な》めないで！」

「そうよ、わたしたちは借金まみれ、たった四人の最底辺《ゼロ》。そのわたしたちがあなたたちの足元を撃ち砕いて、底へ叩《たた》き落《お》としてあげる」

リリセはそう言うと、なぜかアサルトライフルの銃口を天井へ向けた。

「ミナギサ、わたしに〝仕返し〟したかったのよね？」

「当然でしょう」

「当然、わたしもあなたたちに仕返ししてやりたかったのよ」

「ワタシたちに？　十二連続キルをくらったこっちが恨まれるの？」

ミナギサが本気で不思議そうな声を出している。

「その十二連続キルよ。あなたたちがあっさりやられたから、コードセブンはわたし一人だけの〝ワンマン・ユニット〟でユニットを組んでいる意味がないと判断され、シティは解散命令を出した。ある意味、コードセブンが消えたのはあなたのせいよ、ミナギサ」

「そ、それは言いがかりじゃないかしら？」

フユトもミナギサに同意だった。

ただ、リリセにとっては十二連続キルは栄誉ではなく、苦い記憶だったようだ。彼女の桁外れの活躍が、自分以外のメンバーに役立たずの烙印《らくいん》を押してしまった——

リリセにはユニットの解散が心の傷になっていたのだろう。

その傷を癒やし、過去に決着をつけるチャンスは、リリセの目の前にある——

「でも、ミナギサ。わたしは新しいメンバーとここに来た。もうワンマンじゃない」

「そんなこと、どうでもいいわ！　ワタシはリリセさんとガチでやり合いたいのよ！」

「じゃあ、最後に希望に応えてあげる。朝宮《あさみや》リリセはエースの義務を果たすわ」

リリセは、ライフルの弾倉を落として新しい弾倉をはめ込み、初弾を装填《そうてん》した。

それから突然、吹き抜けの天井に向けて発砲を始めた。

「リ、リリセさん、なにをしてるの？」

「一、二、三………」

リリセはミナギサの質問に答えず、一発ずつ天井を撃ち続ける。そして——

「十四、十五、十六……お待たせ。これで残りは十四発。ミナギサ、ハヤタ、心臓を撃ち抜いて一発で終わりにはしない。二人で七発ずつ——この十四発で終わりにしてあげるわ」

「か、かっこいいわ……！」

「おい、ミナー!?　信者のツラをしてるって！」

「はっ!?」

ハヤタにツッコまれて、ミナギサが我に返った。

「舐《な》めすぎよ、リリセさん！　こっちは手加減しないわ！　ハヤタ！」

「わかってるよ！　邪魔はすんなよ、そこの兄ちゃん！」

ハヤタがフユトの存在を思い出してくれたようだ。

フユトはライフルを片手で掲げる。リリセを援護するつもりはない。エースを信頼しているから――そして、彼女の武器が十四発の弾丸だけでないと知っているからだ。

リリセは黄金の機関銃《きかんじゅう》を構えるミナギサに正面から相対して――

「…………っ!?」

ミナギサのほうを向いたまま、ライフルの銃口だけをハヤタに向けた。パンパンと二発続けて撃ち、ハヤタのアーマーが直撃を受けてパパッと輝く。

リリセはハヤタが怯《ひる》んだ隙に走り出す。交差射撃を避け、正面からの銃撃だけに集中すればいい。もちろんミナギサは即座に機関銃を撃ち始めている。

「真っ正面から！　それでこそリリセさんだわ！」

「遠回しに馬鹿って言ってない!?」

リリセは走りながらライフルを構え、また二発連射する。彼女のリセンス〝神エイム〟が発動して、ミナギサの心臓には当てることなく胴体部分に命中させている。

「きゃあっ……！」

「可愛《かわい》い悲鳴出さないで、ミナギサ！　調子が狂うわ！」

「か、可愛くてなにが悪いのよ！　ワタシだって可愛いの！　写真集とか売りたいわ！」

「ミナギサは声がいいんだからボイスデータでも売りなさいよ！　なんならわたしが恥ずかしい台本を書いてあげる！」

「ワタシがリリセさんの恥ずかしい台詞《せりふ》を書きたいわ！」

リリセとミナギサは会話の応酬を続けながらも撃ち合っている。いや、ミナギサが激しく撃ち続け、リリセは左右にかわすだけで射撃が止まっている。あれだけ左右に揺さぶられていたら、神エイムでも当てるのは難しいだろう。

「俺がエースなんだよ！　なにを無視して二人で盛り上がってるんだ！」

体勢を立て直したハヤタが機関銃《きかんじゆう》を構え直して射撃を開始する。フユトが見たところ、ハヤタは機関銃の扱いがぎこちない。エースである彼は普段はもっと取り回しのいいライフルを使っているはず。機関銃射撃も人並み以上の腕前だろうが、わずかなぎこちなさがリリセ相手だと致命的に遅くなってしまう。

「悪いな、リリセさん！　俺たちはトップに入ることより――あんたを倒すことが目的だったんだよ！」

「目標が大きいのはいいことだわ！」

「「…………っ！」」

ミナギサとハヤタが声にならない叫びを上げた。

突然、リリセが左腕を高く掲げると黒い制服の袖からワイヤーが飛び出した。飛び出したワイヤーの先端を吹き抜けの二階通路に引っかけ、リリセの身体が高く跳び上がる。

「フックショット!?」

ミナギサが驚きの声を上げた。

そのとおり、リリセの秘密兵器〝フックショット〟だ。左手首に発射機と巻きついたワイヤーを隠している。ワイヤーは極細でありながら硬度が高く、銃弾も弾《はじ》くほどだ。

先端のフックは通常は鉤《かぎ》型をしているが、発射機のＡＩが判定して形状を変化させる。

〝どこにでも引っかけられます〟が売り文句らしい。

地味に凝った構造で、これだけで二〇〇万という高価なシロモノだ。個人のＸＰが合わせて三〇〇万しか残っていない経済状況だったら購入をためらっただろう。

「珍しいものを使うわね！」

ミナギサが驚きつつ、空中に舞い上がったリリセを機関銃で撃ち続けるが当たらない。

リリセはワイヤーを巻き上げ、吹き抜け二階の通路の手すりに着地して――手のひらほどの幅しかない手すりの上を、全力で駆け抜けていく。

リリセのスカートがひらひらと揺れているが、動きが速すぎて下着は見えていない。

「もうっ、リリセさん、はしたないわ！」

「人のスカートの中を覗《のぞ》くミナギサのほうがはしたないでしょ！」

リリセは走りながら、素早くライフルを連射する。

「きゃあっ！」

「くっ……！」

リリセが撃った弾丸は、一発も外れることなくミナギサとハヤタの胸に命中していく。

「まず一人！」

リリセは再びワイヤーを巻き上げると、二階手すり部分を蹴り、ワイヤーのフックが外れて空中を舞い——一発撃った。

「ミナー！　ごめん！」

そう叫んだハヤタの心臓にリリセの七発目の弾丸が命中し、パリンッとガラスが割れるような音と強烈な光とともにアーマーが砕け散った。

「リリセさんっ……！」

ミナギサは機関銃《きかんじゅう》の銃口で追いかけるようにしてリリセを撃ったが、水色髪のエースは空中を走るようにして銃弾から逃れていく。

「…………！」

リリセの目がすっと細くなり、顔からはいつもの強気な表情が消えている。豪剣を振うバーサーカーが冷徹な射手になったかのようだ。

これがリリセの本当の姿か——フユトの背中が、ぶるりと震えた。

なんでもないように見えて、並外れた身体能力だ。なにもない空間を走るようにして、長く長く滞空している。あの水色の髪、狙いどおりに弾丸を命中させるリセンス——

朝宮《あさみや》リリセはどう考えても普通の人間ではない。

この国は、ネイラは、スクールシティはこれを生み出すために戦争している？

「誰かが言ってたな。〝完全な人間〟がどうとか――って、危ねっ！」

リリセがフユトのそばを走り抜け、危うく流れ弾が当たりそうになる。

思わぬ夢想に耽《ふけ》ってしまったが、今は気を抜いていられる状況ではない。

「ごめん、隊長！　気をつけてね！」

「本当に気をつけてくれ！　こっちは弾がかすっただけでアウトなんだからな！」

フユトが叫び、普段の姿に戻ったリリセは彼から距離を取って立ち止まる。

「くっ、こんなところで……！」

ミナギサの機関銃《きかんじゅう》が弾切れになったようだ。彼女は焦《あせ》りの表情を浮かべる。軽やかに着地したリリセにはまだ一発の銃弾が残されている。だが――

「ミナギサ、待ってあげる。弾切れで終わりなんてあっけなさすぎるわ」

「遠慮はしないわよ……ワタシは勝たなければいけないの！　どれだけの犠牲を払ってここに来たと思ってるのよ！」

「え、知らないけど……？」

「そういう人よ、あなたは！」

リリセはやはりファンに冷たいタイプらしい。

ミナギサは背中のリュックからベルト式弾帯を取り出し、銃弾を機関銃に装填《そうてん》していく。

リリセは言ったとおりにそれを待ち、不意をついて撃ったりしない。

「ねえ、隊長」

「え？　今話しかける相手、俺で合ってるか？」

「合ってるわよ。あなた、わたしをこの勝敗の賭けに差し出したわよね？」

「ああ、ウチで一番高く売れるのはリリセだろうからなあ」

「人を売り物として認識しないで！　でも——人を賭けに使ったからには、わたしにもなにかメリットがあってもいいわよね？」

「勝ったら、リリセもご褒美がほしいってことか？」

「当然の権利でしょ？」

リリセはライフルを軽く持ち上げる。断るなら撃つ、という意思表示だろうか。

「な、なにをお贈りすればいいんでしょうか？」

「なんで敬語なのよ。なにをもらうかは、終わったら教えてあげるわ」

「えぇー……」

フユトは、ミナギサよりリリセのほうが怖くなってきた。

「こっちの話は終わったわ、ミナギサ」

「では、始めるわ、リリセさん」

ミナギサはリリセの手元を警戒している。このまま普通に撃ってくるか、それとも再びフックショットを使うか。

「でも、ごめんなさい、リリセさん」

ミナギサが機関銃《きかんじゆう》の銃身を支えていた左手を軽く振った。なにか小さい卵形の物体が放物線を描いて飛ぶ。

「なにを――エア爆《ばく》!?」

リリセが叫び、同時に空中でエア爆が爆風を巻き起こし爆音を響かせる。一瞬、リリセは顔を背けてしまう。彼女は体勢を崩しながらも機関銃の掃射から逃れるべく、フックショットを撃って上空へ舞い上がる。

エア爆のダメージはないだろう。ミナギサの苦し紛れの反撃は、一秒にも満たない時間を稼いだ程度――

「なっ……!」

フユトがエースの最後の一発がミナギサの心臓を撃つと確信した瞬間、彼は驚きに目を瞠《みは》った。

ミナギサの機関銃の銃口が――俺のほうに向いている！

「ワタシは勝手に賭けに乗ってしまったわ！　だから負けるわけにはいかない！　たとえリリセさん、あなたとの決着を犠牲にしてでも！」

ミナギサが引き金を絞り、機関銃を乱射する。ろくに照準を定めずにバラまかれた銃弾をリリセならともかく、フユトが避《よ》けきれるはずもなく――

「うおおっ！」

　フユトは思わず獣じみた声を上げ、一発の銃弾がアーマーを砕くのを感じた。アーマーが砕ける瞬間のガラスが割れるような音が響き、全身を激しく揺さぶる衝撃に襲われる。

「隊長――フユト！」

「………………」

　フユトはあまりの衝撃に、声を出すこともできなかった。アーマーが砕ければ気絶するようだが、フユトはかろうじて意識を保っていた。

「ごめんなさい、藤原《ふじわら》フユトさん。でも、これでワタシたちの勝――利？」

「残念だったわね、ミナギサ！」

　そう、戦争はまだこれで終わりではなかった――

　リリセはフックショットを解除し、地上へと落ちてきながらライフルを構えた。

「フユト、無駄じゃないわ――」

　ミナギサの失敗は、フユトを狙ったこと。そしてフユトの最大の手柄は、この場に立ち合ったことかもしれない。

　生きた伝説《レジェンダリー》を目指す少女は、宙を舞いながら引き金を絞る。

　リリセの神エイムは冴《さ》え渡《わた》り、彼女の最後の一発はミナギサの心臓の、そのど真ん中を撃ち抜いていた。

「リリセさん……！」

　アーマーが砕け、ミナギサが倒れる。リリセは着地と同時に最後の弾倉を捨てた。

「リーダーシャッフル？　そっちも仕込んでいたのね、リリセさん……」

「わたしはこんな手は反対だったのだけど」

「ええ、リリセさんらしくない……だから見抜けなかったわ……」

　ミナギサはアーマーを砕かれてもまだ声を発していたが、そこが限界だったらしい。倒れたまま、沈黙してしまう。

「クロエ、終わったわ。隊長は見事に散っていったわよ」

「そうか、僕ももうそっちに行ってよさそうだな」

　リリセが通話でクロエと話している。フユトも声は出せないが、会話は聞こえていた。

　実はＫＩＤＺ《キッズ》も〝リーダーシャッフル〟を行い、クロエを名目上のＩＧＬとして登録していたのだ。フユトはルール上問題ないことを、ミコトに確認している。

　スナイパーであり、敵と接近戦を行わないクロエがＫＩＤＺでは一番の安全地帯にいる。敵スナイパー三人がクロエを抑え込んできたときはフユトも冷や汗をかいたが、６６６は打倒リリセに戦力を集中させてくれた。

　常にフユトとクロエは行動を共にして、この学校でもフユトは校舎の一階、クロエは屋上にいた。マップのＩＧＬ表示は大ざっぱで数十メートル位置がズレても敵にバレず、高度も表示されない。クロエがＩＧＬであることが露見する恐れは少なかった。

「あ、待って、隊長！　６６６の最後の一人に逃げ回られたら面倒なことに――！」

「大丈夫だよ、リリセちゃん。私もやるよ」

突然、ヒィナの声がＶＣで聞こえ、続けてパンッと銃声が一発響いた。

続いて――

「戦闘終了、戦闘終了です！　ビースト666のＩＧＬが戦闘不能になりました！　今回の学区侵略戦は第七学区ＫＩＤＺの勝利です！」

最初のルール説明から打って変わってハイテンションな戦争運営ＡＩミコトの声が響いた。そして――

フユトとリリセがいる校舎玄関ロビーに、〝ＶＩＣＴＯＲＹ〟のホロ映像が浮かび上がり、外から打ち上げ花火の音が響き渡る。

「ちょっと、ヒィナ。どういうこと？」

「さっき、ミナギサさんが現れてすぐにフユくんに指示されて。こっちはいいから、敵のＩＧＬを仕留めてこいって」

「隊長、いつの間に……」

リリセはフユトのそばまで来て、立ったまま見下ろしてくる。

「最初からヒィナに敵ＩＧＬの〝暗殺〟をさせるつもりだったわけ？」

「ち、違うよ。リリセちゃんがミナギサさんとエースを倒したあとで倒せって。先にＩＧＬを倒して終戦させたら盛り上がらないからって」

「そこは隊長もわかってたわけね。あいつが娯楽を一番理解してるんじゃないの」

「一度、駅前広場に戻って装甲車でスタジアムまで来たんだよ。この事態を想定して私に運転を練習させてたのかな……ありがとう、フユくん。君のことは忘れない」

「死んでない、死んでないわよ。わたしの足元でまだ息してるわ」

リリセは爪先でフユトの肩をつついてくる。フユトの視界にはスカートの中が見えているが、リリセは気づいていないようだ。

フユトは、ヒィナの〝裏取り《ラーク》〟を誰にも知られるわけにはいかなかった。わずかでも情報がバレるリスクは負えない。敵を欺くにはまず味方からだ。

「ま、デビュー戦はこの男のてのひらで転がされたわね。ミナギサたちも、わたしたちも。感謝していいのか、呆《あき》れていいのか――いえ、恐ろしいわ」

「…………」

フユトはまだ声を発することもできず、倒れたままだ。

このデビュー戦は完全勝利――そして、すべてをやりきった。

戦争はショー。だからただ勝つだけではなく、盛り上げなくてはいけない。本物の戦争に参加し、生き残ることだけを目的にしてきた少年は、慣れない仕事を無事に完遂できた。

フユトは確かな満足感を覚えていた。

FREE CHAT

きさらぎ：アツい戦争だった！
るお：GG！
山葵：リリセちゃん強すぎ！
SAM：最後はヒィナが決めた！
リコッタ：どっちも小ずるくねぇ？
天然：デビュー戦でちょっと卑怯《ひきよう》かもね
サタ：ラストバトル盛り上がったー
ミット：隠れたMVPはクロエ
小波：ミナギサもよくやった！　ナイファイ、ナイファイ！
やすら：シャンの狙撃もっと見たかったなー
博士：フユトは要チェックだわ　IGLが上手《うま》い
ニット：666に勝つかー　正直予想しなかった
ごくー：面白かったー
佐々木：フユト下手だよ　俺なら最後はリリセ一人に任せなかったな
たぬき：確かに　リリセ危なかった
紅茶：ギリギリで勝つのがいいんじゃん
ギバ：KIDZ《キッズ》は推せる！

リンダ：これは一躍トップ10入りもあるで
仁田：ないない　こういうの次でぽろっと負けるって
あっす：IGLが強いチームはのし上がるんだよ
GURA：むー　フユトって何者？
遊び人：兵士には詳しいけどアイツ情報なさすぎ　不気味
木戸：わかる　なんかガチ感あるよな……
：※※※※※※※※　(コメントは削除されました)
：※※※※※※※※　(コメントは削除されました)
：※※※※※※※※　(コメントは削除されました)

ライブ配信は終了しました

AFTER WAR

フユトはゆっくりと目を開けた。

どこかに寝転がされていて、特になにも考えずに身体を起こす。

「あ、フユくん、起きた？」

「おお……ヒィナか。最後の裏取り《ラーク》、ナイスだったな」

「そ、そんなの、ただ私はウロチョロしてただけで」

フユトがいるのは、学校の体育館のようだった。いくつか仮設ベッドが並んでいて、何人かの白学ランや白セーラーの兵士たちが横になっている。666の兵士たちで、フユトも見覚えがある。

病院の大部屋のように、ベッドが通路を挟んで二列に並べられている。

フユトが寝ていたベッドの横に、ヒィナが立っている。彼女はサブマシンガンも持っていなくて、くつろぎきっている様子だ。

「ここは……？」

「えーと、野戦病院？　とりあえずみんな、ここで休んでるの」

「ああ、まだ戦闘終わって時間経《た》ってないんだな」

「三十分も経ってないよ。フユくん、起きるの早かったね」

「え、三十分も昏倒《こんとう》してたのか……アーマー破壊のダメージ、大きすぎじゃないか？」

「そこはシティ側がいろいろ調整した結果みたいだよ。あ、お茶飲む？」

「お、ありがとう」

ヒィナが水筒を取り出し、紙コップに注いで差し出してくる。フユトはありがたく受け取って飲んだ。

「おおっ？　美味《うま》いな、このお茶。これ、ヒィナが淹《い》れたのか」

「うん、疲労回復効果があるハーブティーだよ。爽やかな味わいで美味《おい》しいでしょ」

「ああ、イケる」

フユトはヒィナにお茶を淹れてもらったのは初めてだった。本当に美味い。彼女にこんな特技があるとは意外だった。カフェ好きだからだろうか。

「あとでみんなにも飲んでもらいたいな」

「喜ぶだろ。あ、そのリリセとクロエは？」

「クロエちゃんはそこに——あれ、さっきまでいたのに。すぐどっか消えちゃうよね」

「そうか。あいつもＩＧＬやらされて疲れてるだろうから、労《ねぎら》っておかないと」

「あとで大丈夫じゃない？　あ、リリセちゃんは元気。あそこだよ」

「ん？」

フユトたちから少し離れたところ、ベッドに寝ているミナギサの姿があった。リリセはそのベッドの横に立ち、彼女の枕元に手をついて話しかけているところだ。

「ミ、ミナギサさん、今日はありがとう」

「あ、いいえ、リリセさん、こちらこそありがとうございました」

「…………」

フユトは、リリセとミナギサ、二人のやり取りに目を瞠《みは》った。

本当にあれはリリセとミナギサなのか——？

「わたし、だいぶ失礼なこと言っちゃってすみません。ちょっと言いすぎかとも思ったんですけど……」

「いえいえ、ワタシたちの関係性なら、あれくらいバチバチに煽《あお》ってもらったほうが助かります。こっちも最初のインタビューでヘイトぶつけすぎたかと不安で」

「わたし相手なら、あれくらい大丈夫です。生意気キャラのリリセですから。でも、わたしは強気すぎたかも。666さんのファンに嫌がられてないかしら」

「ウチのファンこそ、リリセさんとのバチバチを期待してましたから、大喜びですよ。負けたのは期待を裏切っちゃいましたけど」

「…………」

フユトは耳を疑う思いだった。しかも、リリセとミナギサは笑顔さえ向け合っている。

戦闘前も戦闘中もあれだけ険悪で、お互いに煽り合っていたというのに——戦闘が終われば、こんなにも和やかになってしまうのか。

「フユくんも、後でミナギサさんに挨拶しておいたほうがいいよ。お隣の学区なんだしね。

戦闘が終わったら仲良くしといて損はないし」

「……そんなもんか」

ヒィナもリリセとミナギサの会話を聞いていたはずだが、特に驚いていないらしい。

フユトには想像もつかなかった光景だ。スポーツの試合のように、戦いが終わればノーサイドとは――

本物の戦争ならば、戦闘終了後のほうが残酷な光景を見ることも多いというのに。

「戦争はショーである……いくら俺が否定したって、娯楽は娯楽か」

フユトはベッドから下りて立ち上がった。

「あ、フユくん、もう少し寝といたほうが」

「大丈夫だ、ありがとう。ちょっと外の空気を吸ってくる」

フユトは、ちらりとリリセとミナギサを見てから歩き出した。

外に出ると、何台か車両が駐《と》まっていた。戦争の運営スタッフが集まっていて、なにやら話し合いをしている。街中で派手な撃ち合いをしたのだから、後始末が必要なのだろう。

「ん……？」

ふと、スタッフたちから離れたところに二つの人影が見えた。

一つは黒縁眼鏡《めがね》に紺色スーツのお役人、イヌカイ。その役人の前にいるのは――

「僕は好きなようにやらせてもらう。奴《やつ》にそう伝えておけ」

「ハハハ。わかりましたって、お嬢さん」

「その呼び方はやめろ」

狙撃銃《そげきじゅう》を担いだままのクロエは冷たい目でそう言うと、イヌカイの前から離れてフユトのほうに歩いてきた。

「……お疲れ、クロエ」

「ああ、ボス。いい戦争を楽しませてもらった。僕の目は確かだったようだ」

「クロエ、大丈夫か？」

フユトが本当に訊《き》きたいのはそんなことではなかったが、まずは勝利の鍵になってくれたクロエへの労《ねぎら》いだ。

「問題ない。僕は少し休む」

「そうしてくれ。クロエ、最後まで生き残ってくれて助かったよ」

フユトが肩を軽く叩《たた》くと、クロエは無言で頷《うなず》いて去った。少し休む——今はこれ以上話しかけるなという意味だ。フユトはクロエの後ろ姿をちらりと見てから、歩き出す。

「あー、藤原《ふじわら》くん、お疲れさん」

「イヌカイさん。クロエともお知り合いですか」

「まあ、ちょっとね。ぶっきらぼうだけど良《い》い子だよ。仲良くしてあげてね」

「俺はみんなと仲良くしてますよ。人間関係を良好に保つのもＩＧＬの役目です」

フユトの言葉に、イヌカイはハハハと軽く笑った。クロエとの関係を詳しく説明するつもりはなさそうだ。

「それはけっこう。でも、私と仲良くするつもりはないのかな？　なにか言いたいことがありそうな顔をしてるね」

「言いたいことがありそうな顔をつくってるんですよ。わかってくれて嬉《うれ》しいです。あながいると思ったから、もうちょっと寝たいのを我慢して外に出た甲斐《かい》がありました」

「私は君たちKIDZ《キッズ》担当の役人だからね。立場上、現場に来ないわけにはいかない」

「俺は働くのが好きですが、成果を認めてもらって初めて仕事したことになりますから。褒めろとは言いませんが、俺たちの仕事はどうだったんでしょう？」

欧州《おうしゅう》での戦争ならば指揮官が軍上層部に戦果を報告し、上層部は報告をまとめて時には将兵に勲章を与え、昇進させる。

ネイラでの戦争に勲章や昇進という概念があるのかフユトは知らないが、イヌカイが今回の戦争をどう捉えているか確認する必要はある。

「初IGLで最高の指揮だったんじゃないかな。敵ユニットを全滅させて、エース単独で敵のエース二枚を撃破。ラストキルは偵察《リコン》ってところも意外性があっていい。新ユニットのデビュー戦としては出来すぎなくらいだよ。視聴者数も途中からドンドン増えて、十万を超えたよ。デビュー戦としては史上最高の同接数を叩《たた》き出したらしい。ボーナスXPにも期待していいね」

「一億を返せると助かりますね」

「返済が現実的になってきたよ。ただ、君らにはまだまだ軍資金が必要だろうから、返済には使えないよね。KIDZももっと装備を整えないと。今回はデビュー戦ってことで、もっともシンプルな〝学区侵略戦《エリア・ヘイスト》〟のルールでの戦争だったけど、他にも〝破壊工作戦〟〝奪還戦〟〝潜入戦〟とか、面白いルールがいくつもあるから」

「奥が深そうですね。そりゃ、ネイラの学生たちも戦争に夢中になるわけです」

「ネイラのネットでは〝リリセ〟に次いで〝フユト〟がトレンドワードに上がってるよ」

「悪目立ちしてるんですかね」

「まあ、中には『リリセちゃんとイチャイチャすんな』的な書き込みも多いけど」

「俺とリリセファンの間で戦争が起きそうですね」

「区庁は関与しないよ。上手《うま》くやってね」

「なんて無責任な。後始末はそっちの役目でしょう、仕事してくださいよ」

「いいじゃないか、君の名前も売れて第七学区としてはハッピーだよ。悪名は無名に勝るから。いい名前だしね」

「そうですか?」

「〝等しく優れたる者なし〟で、〝不優等《ふゆと》〟。自分に並ぶ者など存在しない、とは傲慢な名前だ。君の親御さん、太政大臣《だじょうだいじん》かなにか?」

「そんな役職、ないでしょ。出生届け以外で、名前の漢字は使わないって聞きましたよ」

「しかも私のような裏方さんだと、苗字《みょうじ》すら漢字を使えないんだよね」

はっはっは、とイヌカイは愉快そうに笑う。フユトは彼を睨《にら》んで——

「一つだけ訊《き》くぞ。あんたは役人じゃないよな。まさか、政治家か？」

「訊いていいですか、と確認を取るもんだよ。せっかちだな。まあ、第七学区の役所には〝出向〟してる身だね。これ以上は言えない」

「戦争はショーである――この馬鹿騒ぎはシティ公認だ。いや、シティがやらせている。なんのために？　〝パンとサーカス〟なんて言葉もあったな」

「日本《にほん》は食料が潤沢で、誰も食べるに困らない。この国に必要なのは〝ペンとサーカス〟なんだよ」

「〝教育と娯楽〟。子供が銃で撃ち合う。この異常なショーに誰も不自然さを感じていない。〝教育〟も上手《うま》いもんだ。さすがスクールシティだよ。そうだな、少なくともやらせてる連中は政治家じゃない。扇動者《アジテーター》だ」

「本当に君は〝等しく優れたる者〟がいない、無二の子だ。名は体を表してるね。それでいい。私たちは、そういう君が必要になって帰国を許可したんだ」

「…………」

欧州《おうしゅう》で軍に参加していたフユトは、今の鎖国中の日本では異分子だ。スクールシティがフユトを受け入れたのには、思惑があったことは気づいていたが――

「優秀な子供にはお勉強だけさせておけばいい。あんたらはなんのために、こんな馬鹿騒ぎを？　娯楽を与えたいなら、他にもっと穏便なやり方があるだろうに」

「人間は戦争なしでは生きられないからだよ。一時期は電子世界での戦争に移行したこともあったが、結局は〝リアルな戦争〟に戻ってきた。それは君がよく知ってるね？」

　フユトはイヌカイの胡散臭《うさんくさ》い笑顔を睨《にら》む。やはり、シティでの戦争はただのお遊びではない。むしろ〝教育〟よりも〝娯楽〟のほうがシティ上層部の優先事項ではないのか？ただの思いつきだが、外れていない気がした。

「あんたらは、俺になにを期待してる？」

「藤原《ふじわら》フユト、君は〝インフェクター〟だ」

「インフェクター？」

「感染し、変異を促す者。戦争も長く続けば変化が望まれる。ネイラは異分子を受け入れることで、戦争を〝大型アップデート〟させるのさ」

「人を病原菌みたいに言われてても」

「ウィルスは世界を変えてきただろう。人類が何度も体験したことだよ。ただ、今回は上出来ではあるが想定を大きく上回ってはいないね」

「ヌガタ教官と同じようなことを言うじゃないか」

「彼女は我々と同じ陣営だよ。だからこそ、君に求めるものも同じだ」

「具体的に聞かせてほしいな」

「戦争を面白くするんだ。人間は際限なく刺激を求めるから。戦争をもっとラディカルにドラスティックに、エキセントリックにね――」

「全然具体的じゃない」

「なに、君は難しいことを考えなくていい。ただ、戦争を勝ち抜いてくれたらいいんだ。我々は君を信用してる。君は仕事熱心な少年だ。娯楽より仕事、が君の信条だったね」

「遊んでるより働いてるほうが気が楽だろ？　仕事もせずに遊んでいたら後ろめたい」

「社畜だねえ。昔の日本《にほん》にはそういう人たちがたくさんいたらしいよ」

「俺は、欧州《あっち》でもクソガキ《キッズ》だったんだ。大人たちみたいに酒だのギャンブルだので気を紛らわすこともできなかったからな。働くしかなかった」

「どこでも子供は辛《つら》いもんだね。大人もまあまあ辛いんだが。ただ、藤原《ふじわら》フユト、君もシティに楽まり始めてるよ」

「俺が？　なんのことだ？」

「えーと切り抜きの……ああ、これだ」

イヌカイはスマホを取り出して、画面をフユトのほうに向けてきた。

そこには、終盤でフユトが６６６のメンバーを四人続けて仕留めたシーンが再生されている。一瞬アップになったフユトの顔は——

「……笑ってる」

「楽しそうだね、藤原くん。戦争は娯楽。シティの住民たち、特に学生たちの最大の楽しみだ。同じように、その戦争に参加する兵士たちは——戦争を楽しんでるのさ。街を走り回り、人を撃ち、戦闘不能《ダウン》させることを楽しむ。兵士も視聴者も娯楽に耽《ふけ》っているんだ」

「俺は……戦争を楽しいと思ったことなんてない。あるわけがない」

それは事実だった。フユトには戦闘中に笑っている自分の顔が、他人のもののように見えて仕方ない。

「君のお仲間たちは楽しんでるよ。朝宮《あさみや》さんは言うまでもないけど。あのアタフタした古《こ》賀《が》ヒィナさんも、クールな今川《いまがわ》クロエさんだって、楽しんでる」

「リリセはともかく、あとの二人はそうは見えない」

「君が彼女たちのなにをわかってるんだ？」

「…………っ」

イヌカイがスマホをしまいながら、笑みを浮かべた。その笑みの冷たさに、フユトは背筋がぞくりとする。

ミナギサと和やかに談笑していたリリセ、それに疑問も持たなかったヒィナ。戦争が終わり、その〝裏側〟で、彼女たちがそんな姿を見せるとは想像もしなかった。クロエもイヌカイと面識があることをさっき知ったばかりだ。

「まだ付き合い始めて三ヶ月《さんかげつ》かそこらだろう。まだ、君はなにもわかってない。少なくとも、アスカは戦争を楽しめる資質を持つ学生を選んで、インビテーションを送っている。この街の学生たちは戦争を観《み》て楽しんでる。だけど、ただ眺めるだけでは満足できなくなってしまった子たちを兵士として育ててるんだよ」

「俺はこっちの戦争を観たこともないまま、兵士にされたんだけどな」

「他の生徒たちと別物だからこそ、君には価値がある。今後も期待してるよ」

「……あんたに言われなくても——戦争に勝ちますよ。ご安心を」

フユトは口調をあらためる。

やはり、この男は不気味だ。今この時点で敵対するのはスマートとは言えない。

「おっと、今は終戦後のノーサイドタイムだ。666とも仲良くしてくれ」

イヌカイは笑って、体育館の中に入っていく。


あんなつかみ所のない男といつまでも話している場合ではなかった。

フユトは周りを見渡しながら、駐車中の車両の間をすり抜け、目当ての人物を捜す。

今ここで話しておかなければ、次にいつ会えるかわからない人物がいる。ここでさっさと帰られては困る——

「あっ」

体育館——野戦病院の中からキャップをかぶった白セーラーの少女が出てきて、フユトは声を上げた。ツイてる、と思った。ここで会えるのなら縁があるのだろうとも思う。

「お疲れさま。シャンさん、でいいか?」

「兵士同士だ、呼び捨てでいい。お疲れさま、あんたは……フユトだったね」

666のスナイパーであり、フユトは戦闘中は一度ちらりと見ただけの相手だ。

シャンはかぶったキャップのつばをきゅっと握って礼をしてくる。近くで見ると、意外に愛嬌《あいきょう》のある美貌の少女だった。

「シャン、連絡先を交換してもらっていいかな？」

「いきなり口説いてくるとは、なかなかの女好きだね？」

「腕のいい兵士とは仲良くしておきたいんだよ」

シャンは拒否しなかったのでスマホで連絡先を交換してから、彼女と別れた。それから、フユトはこめかみに指先を当てる。

「いいだろ、アスカ？」

「おしゃべりな教官、無口な戦闘嗜好《しこう》者の二人では足りませんからね。私とフユトがネイラのシステムと戦うための――〝チーム〟にはもっと〝戦士〟を集めないと」

「戦士、ね。ネイラのシステム……俺はまだそいつを知らないんだが？」

「いずれわかることになるかと」

「今すぐわかってもいいのに、ＡＩのくせにもったいぶるよな。意外なことをする」

「私も意外に思っています」

「なにが？」

「フユト、あなたがこの戦争に本気で付き合っていることです。あなたから見れば、ネイラでの戦争などお遊びなのでは？」

「お遊びだからだ」

「意味がわかりかねます」

「俺は人死には見飽きるほど見た。この国での、この街での戦争では一人も死なせない。飽きたからもう見たくない。見なくて済むように必死に働いてる」

「その言葉が真実である可能性は二〇パーセントです。いずれ直接会って、真偽を確かめましょう。待っています、中央一区で」

　そう言うとアスカの人工音声は途切れた。

　どいつもこいつも説明が足りない――フユトは舌打ちしたい思いだった。

「隊長っ！」

「ああ、リリセ。お疲れさん」

　振り返ると、リリセが体育館から出て小走りに寄ってくるところだった。先ほど抱《いだ》いたリリセへの疑念を顔に出すほど、フユトは迂闊《うかつ》ではない。

　リリセもいつもどおり――いや、珍しく機嫌が良《い》いようで笑っている。

「残念だったわね、隊長」

「なにが？」

「勝利の瞬間に無事だったら、わたしとハグの一つもできたのに」

「今からでも遅くはないのでは？」

「もうダメ」

リリセは、べぇっと子供のように舌を出してきた。

「そうね、ワタシもリリセさんとのハグは許さないわ」

「……どうも、ミナギサさんもお疲れ」

リリセに続いて現れたのはミナギサだった。顔にずいぶんと濃い疲労が浮かんでいる。

「藤原《ふじわら》フユトさん、あなたは優秀な指揮官で――モチベーターでもあるようですね」

「モチベーター？」

「仲間たちの資質を活《い》かした立ち回りを指示し、成果を褒め、モチベーションを上げる。意外と難しいものです。あなたはこの難しいリリセさんを見事に操縦してますね」

「それほどでも」

ＫＩＤＺ《キッズ》の仲間たちにとってはＩＧＬ、敵から見ればモチベーター、敵か味方かわからないイヌカイはインフェクターと認識している。

いったい俺は何者なんだろう、とフユトは思わず笑いそうになる。

「操縦なんかされてないわよ。まあ、フユトの命令を聞くのは、悪い気はしないけど」

「ということみたいですよ。リリセさんは素直でないので、最大級の賛辞でしょう」

「そう受け取っておくよ。ミナギサさんもナイスファイトだった」

フユトは、ミナギサと今度は互いにリアルの手で握手する。

「あなたにはやられたわ。『かすっただけでアウト』――何気ないあの言葉は、リリセさんへのリベンジより目先の勝利に誘う悪魔のささやきだったわね」

ミナギサは、握手したままフユトの耳にささやいてきた。敬語から戦闘時のような口調に戻っている。

ミナギサは自分の決定的な敗因を認識しているらしい。フユトはなにも答えず、ミナギサの手を軽く握り返すだけだった。

「こんなに疲れた戦争は初めてだったかもしれないわ」

ミナギサは、フユトから手を放しつつ言った。

「俺たちには重要なデビュー戦だったが、666にとっちゃただの一戦だろ。まあ、五〇〇〇万はデカいだろうが」

「ええ、ユニットの大事なUXPを勝手に賭けに差し出した責任は取らないと」

「責任か。トップ5のIGLは辛《つら》そうだな」

666のIGLが名も知らないメンバーだったのは今回の一戦だけの話で、実態はミナギサがIGLのままだろう。

「楽しい戦争だったから、いいのよ。リリセさんもありがとう」

「うん、またどこかで会いたいわね」

「………………？」

またどこかで？　フユトは首を傾《かし》げる。

隣の学区で、ビースト666が解散するわけでもないだろうから、ミナギサとはいくらでも会えるはずだ。それとも、やはり敵同士で馴《な》れ合《あ》うべきではないのだろうか。

ミナギサはまだ寝ている仲間たちの様子が気になる、といって体育館へ戻っていった。

「ねえ、隊長」

「ん？　どうした、リリセ？」

リリセがすっと顔を寄せて、フユトをまじまじと見つめてきている。

「さっきのご褒美の話、忘れてないわよね？」

「うっ……か、金はないぞ。個人のＸＰなんて準備で使い切ったからな」

「お金なんか要求しないわよ。わたしは自分で戦って稼ぐんだから。でもそうね、お金の問題は少しは解決できたわね。一億借金したり、五〇〇〇万も吹っかけたり、隊長に振り回されてる気がするけど」

「動かしてる金額は大きいが、全部ＫＩＤＺ《キッズ》のための金策だぞ」

「それはそうなんだけど……えーと、結局いくらになるの？」

「イヌカイの計算どおりならＵＸＰが三〇〇〇万って話だったな。それと６６６から受け取る五〇〇〇万で合計八〇〇〇万だな」

「次の更新での〝飛び〟回避に大きく近づいたわね。まだ安心はできないけど」

リリセはため息をつき、フユトもそれにつられたように苦笑してしまう。

借金の返済だけなら残り二〇〇〇万。一億や五〇〇〇万の話をしていたので数字が小さく感じられるが、とんでもない大金だ。それを忘れてはならない。

「今は勝利を喜んでもいいけどな。リリセのおかげで勝てたんだ。ありがとう」

「あなたの命令には従うわ。今後ともよろしくね、隊長」

「頑張ってみますよ、エース」

フユトは手を差し出して、リリセに握手を求め——

リリセはまた舌を出してから、一瞬だけ抱きついてきた。

「さっき約束したご褒美、もらっていい？」

「ん？　俺が今まさにご褒美をもらってるのでは？」

「馬鹿。そうじゃなくて——」

リリセはフユトに抱きついたまま、すっと背伸びして耳元に唇を寄せてくる。

「お願い、わたしだけは信じてほしいの」

「……なに？」

「見えないものを見ようとしないで。見えているものだけが現実で真実——それでいいでしょ」

「…………」

リリセが戦争の裏側、配信されていない場所で見せていた穏やかな笑顔。敵だったはずの少女との和やかな会話。フユトが不審を抱《いだ》いたことに、リリセは気づいていたようだ。

「俺は理屈っぽくて考え込むタイプなんだよ。あと、実は想像力も豊かだ」

「あなたの思考を停止させてって言ってるのよ。それがわたしへのご褒美」

「……わかった」

フユトが頷《うなず》くと、リリセはすっと離れて――珍しく穏やかな微笑を浮かべた。彼女は満足したようだった。

フユトのほうはとても納得できないが、これはリリセへのご褒美だ。呑《の》み込《こ》むしかない。

二人は並んで歩き出す。ヒィナはまだ野戦病院にいるようだ。迎えに行って、またお茶を一杯もらうのもいいだろう。

休んでいるクロエにも起きてもらって、メンバー四人で美味《おい》しいお茶を飲もう。

今はそれでいい――と、フユトは胸につかえているものを強引に呑み込んだ。

「今日の戦果は上々だ。まだまだリリセの夢には遠いけどな」

「なによ、急に。わたしは遠いとは思ってないわ。ここからKIDZは勝ち続けていくんだから。あなたもよかったわね」

「うん？　なにがだ？」

「妹さんとの生活のために戦争してるんでしょう。隊長、あなたの夢が叶《かな》う日にも一歩近づいたわ」

リリセは、ぱっと明るい笑顔を向けてきた。百日ほど付き合ってきて、こんな笑顔を見たのは初めてかもしれなかった。

「そういえば、隊長。夢の話で思い出したのだけど」

「どうした？」

「全然詳しい話を聞いてなかったわね。隊長の妹さん、名前はなんていうの？」

「そうか、そんなことも言ってなかったか」

フユトは苦笑して、空を見上げて答えた。

「アスカだ」

リリセが目を大きく見開いた――だが、フユトは微笑《ほほえ》むだけで、それ以上はなにも言わなかった。

ネイラの空は、どこまでも晴れ渡っている。

この空の下で叶えたい夢があるからには、戦い続けるしかない。

「さあ、リリセ。次の戦争もちょっと勝ってくるか」

あとがき

お久しぶりです、あるいははじめまして。鏡遊《かがみゆう》です。

前作から二年ほど経《た》ったでしょうか。やっと新作をお届けすることができます。

新作のジャンルについてはだいぶ迷ったのですが、一風変わった〝戦争モノ〟という、この時代に攻めた作品になりました。常に攻めの姿勢は忘れずにいきたい。


既に読まれた方はお気づきでしょうけど、作者はFPS好きでして。

十数年前からハマっているFPSシリーズがあり、特に昨年発売された新作は死ぬほど遊んでいます（現在進行形）。もうプレイ時間は担当さんには見せらない。

ただ、肉体的な衰えはあるようで……やり込んでも昔のようには立ち回れません。自分のプレイ動画を見返すと、「おい、なんでそこで止まる?」「エイムがガバい！　どこを撃ってるんだ!?」と我ながら不可解な立ち回りをしています。強くなりたいなら、FPSは若いうちに楽しんだほうがいいかも。いえ、ベテランで強い人もいっぱいいますけど。

老兵の長い戯言《たわごと》は置いといて、『ちょっと戦争』では明るく楽しい戦争を描いています。過酷なジャングルや砂漠を進軍したり、泥水をすすったりしません。それどころか、血を見ることすらないですね。それでいて、ガチの撃ち合いであるという……真剣だから面白いんですよね。ガチ勝負で真剣で、しかも健全なお話です。

まあ健全なだけでは済まない、怪しげな展開もありますが……長く続けて、このあたりも掘り下げていきたいですね。

フユト、陰謀に負けずに頑張れ。おまえも怪しいけどな。

とにかく、応援していただけたら嬉《うれ》しいです！


イセ川《がわ》ヤスタカ先生、最高のイラストをありがとうございます！　今作、特に指定が多かった上に銃器まで必要で、とんでもなく大変だったかと思いますが……大満足のイラストでした！　リリセたち、みんな可愛《かわい》いです！　そして格好《かっこう》良いです！

担当さん、今作は特に相談事が多く、大変お世話になりました！

この本の制作・販売に関わってくださったみなさま、ありがとうございます！

そして、読者のみなさまに最大限の感謝を！

それでは、またお会いできたら嬉しいです。

２０２５年春　鏡遊

「ファンレター、作品のご感想をお待ちしています」

あて先

〒102-0071　東京都千代田区富士見2-13-12
株式会社KADOKAWA　MF文庫J編集部気付
「鏡遊先生」係　「イセ川ヤスタカ先生」係

MF文庫J

ちょっと戦争、勝ってくる

2025年 3月25日 初版発行

著者 鏡遊

発行者 山下直久

発行 株式会社 KADOKAWA
〒102-8177 東京都千代田区富士見 2-13-3
0570-002-301（ナビダイヤル）

印刷 株式会社広済堂ネクスト

製本 株式会社広済堂ネクスト

Printed in Japan ISBN 978-4-04-684632-7 C0193

◇◇◇

〈第21回〉MF文庫Jライトノベル新人賞

MF文庫Jライトノベル新人賞は、10代の読者が心から楽しめる、オリジナリティ溢れるフレッシュなエンターテインメント作品を募集しています！ ファンタジー、SF、ミステリー、恋愛、歴史、ホラーほかジャンルを問いません。
年に4回締切があるから、時期を気にせず投稿できて、すぐに結果がわかる！ しかもWebからお手軽に投稿できて、さらには全員に評価シートもお送りしています！

イラスト：アルセチカ

通期

大賞
【正賞の楯と副賞 300万円】
最優秀賞
【正賞の楯と副賞 100万円】
優秀賞【正賞の楯と副賞 50万円】
佳作【正賞の楯と副賞 10万円】

各期ごと

チャレンジ賞
【活動支援費として合計6万円】

※チャレンジ賞は、投稿者支援の賞です

選考スケジュール

■第一期予備審査
【締切】2024年 6 月30日
【発表】2024年10月25日ごろ

■第二期予備審査
【締切】2024年 9 月30日
【発表】2025年 1 月25日ごろ

■第三期予備審査
【締切】2024年12月31日
【発表】2025年 4 月25日ごろ

■第四期予備審査
【締切】2025年 3 月31日
【発表】2025年 7 月25日ごろ

■最終審査結果
【発表】2025年 8 月25日ごろ

MF文庫J
ライトノベル新人賞の
ココがすごい!

年4回の締切!
だからいつでも送れて、
すぐに結果がわかる!

応募者全員に
評価シート送付!
執筆に活かせる!

投稿がカンタンな
Web応募にて
受付!

チャレンジ賞の
認定者は、
担当編集がついて
直接指導!
希望者は編集部へ
ご招待!

新人賞投稿者を
応援する
『チャレンジ賞』
がある!

詳しくは、
MF文庫Jライトノベル新人賞
公式ページをご覧ください!
https://mfbunkoj.jp/rookie/award/

MF文庫J

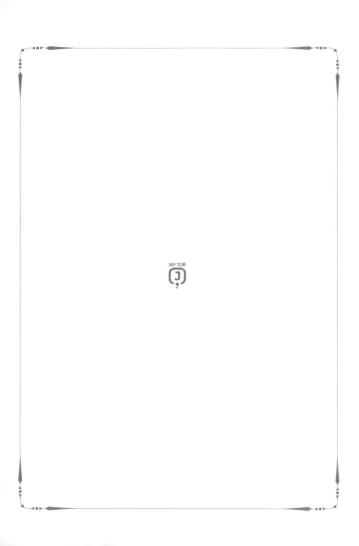